As Correntes do Espaço

ALEPH

Isaac Asimov

As Correntes do Espaço

TRADUÇÃO
Aline Storto Pereira

AS CORRENTES DO ESPAÇO

TÍTULO ORIGINAL:
The Currents of Space

COPIDESQUE:
Isabela Talarico

REVISÃO:
Hebe Ester Lucas
Renato Ritto

PROJETO GRÁFICO E DIAGRAMAÇÃO:
Desenho Editorial

CAPA:
Pedro Inoue

ILUSTRAÇÃO:
Chris Foss

DIREÇÃO EXECUTIVA:
Betty Fromer

DIREÇÃO EDITORIAL:
Adriano Fromer Piazzi

EDITORIAL:
Daniel Lameira
Tiago Lyra
Andréa Bergamaschi
Débora Dutra Vieira
Luiza Araujo
Juliana Brandt

COMUNICAÇÃO:
Thiago Rodrigues Alves
Fernando Barone
Maria Clara Villas
Júlia Forbes

COMERCIAL:
Giovani das Graças
Lidiana Pessoa
Roberta Saraiva
Gustavo Mendonça

FINANCEIRO:
Roberta Martins
Sandro Hannes

COPYRIGHT © ISAAC ASIMOV, 1952
COPYRIGHT RENOVADO © ESTATE OF ISAAC ASIMOV, 1980
COPYRIGHT © EDITORA ALEPH, 2022
(EDIÇÃO EM LÍNGUA PORTUGUESA PARA O BRASIL)

TODOS OS DIREITOS RESERVADOS.
PROIBIDA A REPRODUÇÃO, NO TODO OU EM PARTE,
ATRAVÉS DE QUAISQUER MEIOS.

EDITORA ALEPH
Rua Tabapuã, 81 - cj. 134
04533-010 – São Paulo – SP – Brasil
Tel.: (55 11) 3743-3202
www.editoraaleph.com.br

DADOS INTERNACIONAIS DE CATALOGAÇÃO NA PUBLICAÇÃO (CIP)
DE ACORDO COM ISBD

A832c
Asimov, Isaac
As correntes do espaço / Isaac Asimov ; traduzido por Aline Storto
Pereira. - São Paulo, SP : Editora Aleph, 2022.
304 p. ; 14cm x 21cm.

Tradução de: The currents of space
ISBN: 978-85-7657-510-8

1. Literatura americana. 2. Ficção científica. I. Pereira, Aline Storto.
II. Título.

| 2022-1442 | CDD 813.0876 |
| | CDU 821.111(73)-3 |

ELABORADO POR VAGNER RODOLFO DA SILVA - CRB-8/9410

ÍNDICES PARA CATÁLOGO SISTEMÁTICO:
1. Literatura americana : ficção científica 813.0876
2. Literatura americana : ficção científica 821.111(73)-3

PARA DAVID,
QUE DEMOROU PARA VIR
MAS VALEU A PENA ESPERAR.

PRÓLOGO 09

1. O ÓRFÃO 13

2. O CITADINO 27

3. A BIBLIOTECÁRIA 41

4. O REBELDE 55

5. O CIENTISTA 69

6. O EMBAIXADOR 85

7. O PATRULHEIRO 99

8. A LADY 115

9. O NOBRE 129

10. O FUGITIVO 147

11. O CAPITÃO 165

12. O DETETIVE 183

13. O IATISTA 199

14. O RENEGADO 215

15. O CATIVO 231

16. O ACUSADO 247

17. O ACUSADOR 263

18. OS VITORIOSOS 277

EPÍLOGO 293

POSFÁCIO 297

PRÓLOGO
UM ANO ANTES

O terráqueo tomou uma decisão. Ela demorara a chegar e tomar corpo, mas estava lá.

Fazia semanas desde a última vez que sentira o reconfortante convés de sua nave e o fresco e escuro manto do espaço em torno dela. A princípio, pretendera passar um breve relatório para o escritório local da Agência Interestelar de Espaçoanálise e dar uma volta ainda mais breve no espaço. Em vez disso, fora forçado a permanecer ali.

Era quase como uma prisão.

Ele tomou o resto do chá e olhou para o homem do outro lado da mesa.

– Não vou mais ficar aqui – disse.

O outro homem tomou uma decisão. Ela demorara a chegar e tomar corpo, mas estava lá. Ele precisaria de tempo, muito mais tempo. A resposta às primeiras cartas havia sido nula. Considerando tudo o que haviam conseguido, era o mesmo que tivessem caído em uma estrela.

Ele não esperara mais do que isso; ou melhor, não esperara menos. Mas era apenas a primeira jogada.

Estava claro que, enquanto futuras jogadas se desenrolavam, não podia permitir que o terráqueo ficasse fora de alcance. Ele tateava o bastonete preto dentro do bolso.

– Você não está entendendo a delicadeza do problema – falou.

– O que há de delicado na destruição de um planeta? – perguntou o terráqueo. – Quero que você divulgue os detalhes para o planeta Sark inteiro, para todo mundo.

– Não podemos fazer isso. Você sabe que significaria pânico.

– Antes você disse que divulgaria.

– Eu pensei bem e simplesmente acho que não é prático.

O terráqueo se voltou para uma segunda queixa.

– O representante da AIE ainda não chegou.

– Eu sei. Eles estão ocupados organizando os procedimentos adequados para esta crise. Mais um ou dois dias.

– Mais um ou dois dias? Sempre é mais um ou dois dias! Estão tão ocupados assim que não podem me dar um momento de atenção? Eles não viram os meus cálculos.

– Eu me ofereci para levar seus cálculos para eles. Você não quis.

– E continuo não querendo. Eles podem vir ao meu encontro ou eu posso ir ao encontro deles – acrescentou com veemência. – Acho que você não acredita em mim. Você não acredita que Florina será destruída.

– Acredito em você.

– Não acredita, não. Sei que não acredita. Vejo que não acredita. Está dizendo isso só para me animar. Você não consegue entender os meus dados. Você não é espaçoanalista. Acho que nem é quem diz ser. Quem é você?

– Você está ficando agitado.

– Estou mesmo. Isso o surpreende? Ou você está apenas

pensando: pobre diabo, o espaço mexeu com a cabeça dele. Você acha que eu sou louco.

– Bobagem.

– Claro que acha. É por isso que quero ver a AIE. Eles vão saber se sou louco ou não. Eles vão saber.

O outro homem se lembrou de sua decisão.

– Puxa, você não está se sentindo bem. Vou ajudá-lo – falou.

– Não, não vai – gritou o terráqueo, histérico –, porque eu vou embora. Se quiser me deter, me mate, só que você não vai se atrever a fazer isso. Você vai ter nas mãos o sangue de um mundo inteiro cheio de gente se me matar.

O outro homem começou a gritar também para se fazer ouvido.

– Não vou matar você. Me escute, não vou matar você. Não é necessário.

– Você vai me amarrar – retrucou o terráqueo. – Vai me manter aqui. É nisso que está pensando? E o que vai fazer quando a AIE começar a procurar por mim? Eu deveria mandar relatórios regulares, sabe?

– A Agência sabe que você está seguro comigo.

– Sabe mesmo? Fico me perguntando se eles sabem que cheguei ao planeta. Fico me perguntando se receberam minha mensagem original. – O terráqueo estava tonto. Seus membros pareciam contraídos.

O outro homem se pôs de pé. Parecia-lhe óbvio que chegara a uma decisão bem a tempo. Caminhou devagar ao redor da comprida mesa em direção ao terráqueo.

– Será para o seu próprio bem – disse, em um tom tranquilizador. Ele tirou o bastonete preto do bolso.

– É uma sonda psíquica. – O terráqueo balbuciou as palavras de um jeito enrolado e, quando tentou se levantar, seus braços e pernas mal se mexeram.

– Fui drogado! – exclamou ele por entre dentes que se cerravam, rígidos.

– Foi drogado! – concordou o outro. – Mas, veja, não vou machucá-lo. É difícil para você entender o verdadeiro nível de delicadeza da questão enquanto está tão agitado e ansioso por conta desse assunto. Vou simplesmente tirar essa ansiedade de você. Só a ansiedade.

O terráqueo não conseguiu mais falar. Pôde apenas permanecer ali, sentado. Pôde apenas pensar: *Grande Espaço, fui drogado.* Ele queria gritar e berrar e correr, mas não podia.

O outro chegou perto do terráqueo nesse momento. Ficou ali, parado, olhando para ele. O terráqueo alçou o olhar. Seus globos oculares ainda podiam se mexer.

A sonda psíquica era uma unidade autossuficiente. Só era preciso fixar seus fios nas partes apropriadas da cabeça. O terráqueo observou em estado de pânico até que os músculos de seus olhos paralisaram. Ele não sentiu a leve picada quando os fios condutores perfuraram sua pele e sua carne para ficar em contato com as suturas dos ossos do crânio.

Ele gritou e gritou no silêncio de sua mente. Gritou: *Não, você não entende. É um planeta cheio de gente. Você não vê que não pode correr riscos com centenas de milhares de seres vivos?.*

As palavras do outro homem eram tênues e distantes, ouvidas da outra extremidade de um comprido túnel batido pelo vento.

– Isso não vai machucar você. Daqui a uma hora vai se sentir bem, muito bem. Vamos rir de tudo isso juntos.

O terráqueo sentiu a leve vibração contra o seu crânio e depois desvaneceu também.

A escuridão se intensificou e desabou à sua volta. Parte dela jamais se dissipou. Levou um ano até mesmo para que parte dela se dissipasse.

1. O ÓRFÃO

Rik pousou o alimentador sobre a mesa e levantou-se de um salto. Tremia tanto que teve de se apoiar na parede, vazia e branca como leite.

— Eu me lembro! — gritou ele.

Eles olharam para o rapaz, e o murmúrio vigoroso de homens em horário de almoço diminuiu um pouco. Olhares que vinham de rostos indiferentemente limpos e indiferentemente barbeados, brancos e brilhantes sob a iluminação imperfeita da parede, cruzaram-se com o seu. Os olhos não refletiam grande interesse; apenas a atenção involuntária provocada pelo grito repentino e inesperado.

— Eu me lembro do meu emprego. Eu tinha um emprego! — gritou Rik outra vez.

— Cala a boca! — disse alguém.

— Senta aí! — gritou outro.

As pessoas desviaram o rosto, e o murmúrio voltou a aumentar. Rik ficou olhando fixamente para a mesa. Ouviu o comentário "Rik Maluco" e viu alguém dar de ombros. Viu um homem fazer um gesto em espiral à altura da têmpora. Tudo aquilo não significava nada para ele. Não havia espaço para nenhuma daquelas coisas em sua mente.

Ele se sentou devagar. Pegou outra vez o alimentador, um objeto semelhante a uma colher, com bordas afiadas e pequenos dentes que se projetavam da curva dianteira da cavidade, que podia, portanto, com igual torpeza, cortar, acomodar no côncavo e espetar, o que bastava para um operário. Virou-o e ficou olhando para ele, sem prestar atenção ao número na parte de trás do cabo. Não precisava prestar atenção. Sabia de cor. Todos os outros tinham número de registro, exatamente como ele, mas os outros também tinham nome. Ele, não. Chamavam-no de Rik porque significava algo como "idiota" na gíria das fábricas de kyrt. E o chamavam de "Rik Maluco" com bastante frequência.

Mas talvez estivesse tendo cada vez mais lembranças agora. Desde que viera à fábrica, essa era a primeira vez que recordara qualquer coisa de antes do começo. Se ele se esforçasse! Se usasse a mente inteira!

De repente perdeu a fome; não sentia nem um pouco de fome. Com um gesto súbito, cravou o alimentador no tijolo gelatinoso de carne e legumes à sua frente, empurrou a comida para longe e tampou o rosto com as palmas das mãos. Mergulhou os dedos entre os cabelos e agarrou-os e tentou seguir sua mente de forma meticulosa até o breu de onde ela extraíra um único item, um item turvo e indecifrável.

Então começou a chorar, justamente quando o ressoar de uma campainha anunciava o fim do horário de almoço.

Valona March pôs-se ao seu lado quando ele saiu da fábrica naquele fim de tarde. Ele mal a notou a princípio, pelo menos como indivíduo. Ouviu apenas que alguém acompanhava seus passos. Parou e olhou para ela. Seu cabelo tinha uma tonalidade entre loiro e castanho. Ela usava duas tranças grossas que prendia com pequenas presilhas de pedra verde magnetizadas.

Eram presilhas bem baratas e pareciam desbotadas. Usava um vestido simples de algodão, que era a única coisa necessária naquele clima ameno – assim como Rik precisava só de uma camiseta aberta, sem mangas, e uma calça de algodão.

– Ouvi dizer que alguma coisa deu errado na hora do almoço – disse ela.

Falava com o forte sotaque camponês que seria de se esperar. A linguagem do próprio Rik era repleta de vogais fracas e tinha uma pronúncia um tanto nasal. Riam dele por causa do sotaque e imitavam seu modo de falar, mas Valona lhe dizia que era apenas ignorância.

– Não tem nada errado, Lona – balbuciou Rik.

Ela insistiu.

– Fiquei sabendo que você disse que teve uma lembrança. É isso mesmo, Rik?

Ela o chamava de Rik também. Não havia outro nome pelo qual chamá-lo. Ele não conseguia recordar seu nome verdadeiro. Tentara com bastante desespero. Valona tentara junto com ele. Um dia, ela conseguiu de alguma maneira uma lista telefônica rasgada e leu todos os primeiros nomes para ele. Nenhum parecera mais familiar do que os outros.

Ele olhou bem no rosto dela e disse:

– Vou ter que sair da fábrica.

Valona fez cara feia. Seu rosto redondo e largo, com bochechas lisas e salientes, estava preocupado.

– Acho que você não pode. Não seria certo.

– Tenho que descobrir mais coisas sobre mim mesmo.

Valona passou a língua pelos lábios.

– Acho que você não deveria.

Rik desviou o olhar. Sabia que a preocupação dela era sincera. Para começar, ela lhe conseguira o emprego na fábrica. Ele não tinha nenhuma experiência com o maquinário da fábrica – ou talvez tivesse e não se lembrava. De qualquer forma, Lona insistira que ele era muito pequeno para o trabalho braçal, e concordaram em lhe dar treinamento técnico de graça. Antes disso, nos tenebrosos dias em que mal conseguia produzir sons e não sabia para que servia a comida, ela cuidara dele e o alimentara. Ela o mantivera vivo.

– Eu preciso – falou ele.

– São as dores de cabeça de novo, Rik?

– Não. Eu me lembrei mesmo de uma coisa. Lembro qual era o meu emprego antes... *Antes!*

Ele não tinha certeza de que queria contar para ela. Desviou o olhar. Faltavam pelo menos duas horas para o sol cálido e agradável se pôr. Era cansativo olhar para as monótonas fileiras com os cubículos dos trabalhadores que se espalhavam ao redor das fábricas, mas Rik sabia que, assim que terminassem a subida, o campo se estenderia diante deles com toda a beleza do carmim e do dourado.

Ele gostava de olhar para o campo. Desde o primeiro momento aquela vista lhe agradara, acalmando-o. Mesmo antes de saber que as cores eram carmim e dourado, antes de saber que existiam cores, antes que pudesse expressar seu deleite diante de qualquer coisa com mais do que um murmúrio, as dores de cabeça desvaneciam mais rapidamente no campo. Naqueles dias, Valona pegava emprestada uma lambreta magnética e o levava para fora do vilarejo todo dia de folga. Eles voavam trinta centímetros acima da estrada, sobre a maciez acolchoada do campo antigravidade, até estar a quilômetros e quilômetros de distância de qualquer moradia humana e restar apenas o vento contra o rosto, carregado com o perfume das flores de kyrt.

Depois se sentavam ao lado da estrada, cercados por flores e aromas, e partilhavam um bloco de comida enquanto o sol os banhava, até chegar a hora de voltarem.

Rik ficou mexido com a lembrança.

— Vamos para o campo, Lona — falou ele.

— Está tarde.

— Por favor. Só nos arredores da cidade.

Ela mexeu no fino porta-moedas que guardava entre o corpo e o macio cinto de couro azul que estava usando — único item luxuoso que se permitia vestir.

Rik a pegou pelo braço.

— Vamos andando.

Eles saíram da rodovia em direção às estradas de areia batida, ventosas e sem poeira, meia hora depois. Havia um silêncio profundo entre os dois, e Valona sentia um medo familiar tomando conta de si. Não tinha palavras para expressar seus sentimentos por ele; por isso, nunca tentara fazê-lo.

E se ele a deixasse? Era um sujeito pequeno, da mesma altura e mais magro que ela, na verdade. Ainda era como uma criança indefesa em muitos aspectos. Mas, antes de apagarem sua memória, devia ter sido um homem instruído. Um homem instruído e muito importante.

Valona jamais tivera qualquer estudo além de aprender leitura e escrita e o suficiente sobre tecnologia na escola técnica para saber operar maquinário de fábrica, mas sabia o bastante para se dar conta de que nem todas as pessoas eram tão limitadas. Havia o citadino, claro, cujo grandioso conhecimento era tão útil para todos eles. Às vezes vinham nobres[*]

---

[*] O termo original em inglês é *squire*, e se refere a um proprietário de terras influente, de alta posição social, que vive no campo; pertence a uma espécie de fidalguia rural. Por não haver um termo específico em português para designar essa condição, será chamado de "nobre" ao longo do livro. [N. de T.]

em visitas de inspeção. Ela nunca os vira de perto, mas uma vez, durante um feriado, visitara a Cidade e vira um grupo de criaturas incrivelmente belas a distância. Ocasionalmente, era permitido que os operários ouvissem como soavam as pessoas instruídas. Elas falavam diferente, com mais fluência, com palavras maiores e tons mais suaves. Rik falava cada vez mais desse modo à medida que sua memória melhorava.

Valona se assustara ao ouvir suas primeiras palavras. Elas vieram de repente, após longos gemidos resultantes de uma dor de cabeça, e foram pronunciadas de um jeito estranho. Quando ela tentou corrigi-lo, ele não quis mudar.

Desde aquele momento ela temia que ele pudesse se lembrar de coisas demais e, então, deixá-la. Ela era apenas Valona March. Chamavam-na de Valona Girafa. Nunca se casara. Nunca se casaria. Uma moça como ela, alta, de pés grandes e mãos avermelhadas do trabalho, jamais poderia se casar. Nunca conseguira fazer mais do que olhar para os rapazes com um ressentimento tolo quando eles a ignoravam nas festas dos dias de folga. Ela era grande demais para dar risadinhas ou sorrisos maliciosos.

Jamais teria um bebê para segurar e acariciar. As outras moças pariam, uma após a outra, e o máximo que ela podia fazer era aglomerar ao redor para vislumbrar rapidamente aquelas pequenas criaturas avermelhadas, sem cabelo e de olhos bem fechados, punhos impotentemente cerrados e boca viscosa...

— Você é a próxima, Lona.

— Quando você vai ter neném, Lona?

A única coisa que ela podia fazer era afastar-se.

Mas, quando Rik viera, era como um bebê. Tinha de ser alimentado e cuidado, colocado para tomar sol e tranquilizado até dormir quando as dores de cabeça o atormentavam.

As crianças corriam atrás dela, rindo. Elas gritavam: "A Lona tem um namorado. A Lona Girafa tem um namorado maluco. O namorado da Lona é um idiota".

Mais tarde, quando Rik já conseguia andar sozinho – ela ficara tão orgulhosa no dia em que ele dera o primeiro passo, como se o rapaz tivesse de fato um ano de idade, em vez de provavelmente trinta e um – e caminhava desacompanhado pelas ruas do vilarejo, elas corriam em volta dele em círculos, gargalhando e gritando suas tolas zombarias, só para ver um homem feito cobrir os olhos com medo e encolher-se, sem nenhuma reação a não ser lamúrias. Dezenas de vezes ela tivera de sair correndo de casa, gritando com elas, agitando seus grandes punhos.

Até homens feitos temiam aqueles punhos. Ela derrubara o chefe de seção com um único golpe violento na primeira vez que levara Rik para trabalhar na fábrica, após ouvir um comentário indecente a respeito deles dois, entremeado por risos sarcásticos. O conselho da fábrica aplicara-lhe uma multa de uma semana de trabalho por esse incidente, e poderia tê-la mandado para a Cidade, para outro julgamento na corte dos nobres, não fosse pela intervenção do citadino e pelo argumento de que houvera provocação.

Por tudo isso, ela queria deter as lembranças de Rik. Sabia que não tinha nada a oferecer a ele; era egoísmo da sua parte querer que ele permanecesse com a mente em branco e indefeso para sempre. Mas ninguém nunca dependera tanto dela antes. A questão é que ela temia retornar à solidão.

– Tem certeza de que lembra, Rik? – perguntou ela.

– Tenho.

Eles pararam no campo, com o sol conferindo seu brilho avermelhado a tudo que os cercava. A suave brisa perfumada do fim de tarde começaria em breve, e os canais de irrigação em formato de tabuleiro de xadrez já começavam a assumir um tom púrpura.

– Posso confiar nas minhas lembranças à medida que elas vão voltando, Lona – ele falou. – Você sabe que posso. Você não me ensinou a falar, por exemplo. Eu me lembrei das palavras sozinho. Não lembrei? Não lembrei?

– Lembrou – concordou ela, relutante.

– Eu me lembro até das vezes que você me trouxe para o campo antes que eu conseguisse falar. Fico me lembrando de coisas novas o tempo todo. Ontem lembrei que uma vez você pegou um bicho de kyrt para mim. Você o prendeu entre as suas mãos fechadas e me fez olhar pelo espaço no meio dos seus polegares para eu poder ver o inseto piscando sua luz roxa e alaranjada no escuro. Eu ri e tentei colocar as minhas mãos entre as suas para pegá-lo, mas ele voou, e fiquei chorando no final das contas. Naquele momento eu não sabia que era um bicho de kyrt, nem sabia nada sobre ele, mas agora está tudo muito claro para mim. Você nunca me falou sobre isso; falou, Lona?

Ela chacoalhou a cabeça.

– Mas aconteceu, não aconteceu? O que lembro é verdade, não é?

– É, Rik.

– E agora me lembro de uma coisa de antes sobre mim mesmo. Deve ter existido um *antes*, Lona.

Devia ter existido. Ela sentiu um peso no coração ao pensar no assunto. Era um antes diferente, nada parecido com o agora que eles viviam. Fora em um mundo diferente. Ela sabia disso porque uma palavra de que ele nunca se lembrara era kyrt. Tivera de ensinar-lhe a palavra, porque correspondia ao produto mais importante de todo o planeta Florina.

– De que você se lembra? – perguntou ela.

Ao ouvir a pergunta, o entusiasmo de Rik de repente pareceu desvanecer. Ele parou de andar.

– Não faz muito sentido, Lona. É só que eu tive um emprego antes e sei o que era. Pelo menos de certo modo.

– O que era?

– Eu analisava o Nada.

Ela se virou bruscamente para ele, perscrutando seus olhos. Por um momento, pôs a palma da mão na testa de Rik até ele se afastar, irritado.

– Você não está com dor de cabeça de novo, está, Rik? – indagou ela. – Faz semanas que você não tem.

– Eu estou bem. Não me perturbe.

Ela baixou o olhar, e ele acrescentou de imediato:

– Não quis dizer que você me perturba, Lona. É só que eu estou me sentindo bem e não quero que você se preocupe.

Ela se animou.

– O que significa "analisar"?

Ele conhecia palavras que ela não conhecia. Sentia-se diminuída ao pensar no nível de instrução que ele devia ter tido um dia.

Ele pensou um pouco.

– Significa… significa "desmontar". Sabe, como a gente desmontaria um separador para descobrir por que o raio sensor está desalinhado?

– Ah. Mas, Rik, como pode uma pessoa ter como emprego não analisar coisa nenhuma? Isso não é um trabalho.

– Eu não disse que não analisava coisa nenhuma. Disse que analisava o Nada. Com N maiúsculo.

– Não é a mesma coisa? – Estava acontecendo, ela pensou. Estava começando a soar burra aos ouvidos dele. Logo ele se livraria dela, indignado.

— Não, claro que não. — Ele respirou fundo. — Acho que não consigo explicar. É a única coisa que lembro sobre esse emprego. Mas devia ser um emprego importante. É a sensação que tenho. *Não posso* ter sido um criminoso.

Valona estremeceu. Jamais deveria ter dito isso a ele. Dissera a si mesma que o alertara apenas para protegê-lo, mas agora sentia que, na verdade, fizera-o para mantê-lo mais ligado a ela.

Foi quando ele começara a falar. Fora tão repentino que a assustara. Ela nem sequer se atrevera a conversar com o citadino sobre o assunto. No dia de folga seguinte, ela retirara cinco créditos da sua reserva de vida (jamais haveria um homem para exigi-los como dote, então não tinha importância) e levara Rik a um médico da Cidade. Levara o nome e o endereço em um pedaço de papel, mas mesmo assim demorou duas assustadoras horas para encontrar o caminho até o prédio certo em meio às enormes colunas que sustentavam a Cidade Alta ao alcance da luz do sol.

Insistira em ficar observando, e o médico fizera todo tipo de coisa pavorosa com instrumentos estranhos. Quando ele colocou a cabeça de Rik entre dois objetos de metal e a fez brilhar como um bicho de kyrt à noite, ela se levantou de um salto e tentou fazê-lo parar. Então ele chamou dois homens que a arrastaram para fora, enquanto ela lutava freneticamente para se soltar.

Meia hora depois o médico foi falar com ela, alto e carrancudo. Valona se sentia desconfortável perto dele, porque ele era um nobre, apesar de manter um consultório na Cidade Baixa; mas seu olhar estava brando, até gentil. Enxugava as mãos em uma toalhinha, que jogou em um cesto de lixo, embora parecesse perfeitamente limpa aos olhos dela.

— Onde você encontrou esse homem? — perguntou ele.

Ela lhe contara as circunstâncias com cautela, reduzindo-as aos detalhes indispensáveis e deixando de fora qualquer menção ao citadino e aos patrulheiros.

— Então não sabe nada sobre ele?

Ela chacoalhou a cabeça.

— Nada antes disso.

— Aplicaram uma sonda psíquica nesse homem — informou ele. — Você sabe o que é?

De início, ela chacoalhara a cabeça de novo; então falou, em um sussurro seco:

— É aquilo que fazem com os loucos, doutor?

— E com os criminosos. Fazem isso para mudar a mente deles, para o seu próprio bem. A sonda psíquica torna a mente deles saudável ou modifica as partes que fazem essas pessoas quererem roubar ou matar. Você entende?

Ela entendia. Ficou vermelha como um tijolo e falou:

— Rik nunca roubou nada nem machucou ninguém.

— Você o chama de Rik? — Ele pareceu achar graça. — Agora escute, como sabe o que ele fazia antes de encontrá-lo? É difícil dizer com base na condição da mente dele agora. A aplicação da sonda foi completa e brutal. Não posso dizer quanto da mente dele foi removido permanentemente e quanto foi perdido temporariamente por causa do choque. O que estou querendo dizer é que parte dela vai voltar, como a fala, com o passar do tempo, mas não tudo. Ele deveria ficar em observação.

— Não, não. Ele tem que ficar comigo. Eu venho cuidando muito bem dele, doutor.

Ele franziu o cenho e depois abrandou a voz.

— Bem, estou pensando em você, moça. Pode não ter saído toda a maldade da mente dele. Você não ia querer que ele a machucasse um dia.

Nesse momento, a enfermeira trouxe Rik. Ela tentava acalmá-lo como se faz com uma criança. Rik pôs uma das mãos na cabeça e seus olhos ficaram vagando até se concentrarem em Valona, então estendeu as mãos e choramingou com uma voz fraca:

— Lona…

Ela correu até ele e colocou a cabeça dele em seu ombro, abraçando-o apertado.

— Ele não me machucaria, não importa o que acontecesse — disse ao médico.

— O caso dele vai ter que ser comunicado, claro — comentou o médico, pensativo. — Não sei como ele fugiu das autoridades na condição em que devia estar.

— Isso significa que vão levá-lo embora, doutor?

— Receio que sim.

— Por favor, doutor, não faça isso. — Ela pegou o lenço onde estavam as cinco peças brilhantes de metal de crédito. Depois falou: — Pode ficar com tudo, doutor. Vou cuidar bem dele. Ele não vai machucar ninguém.

O médico olhou para as peças que tinha na mão.

— Você é operária, não é?

Ela concordou com a cabeça.

— Quanto pagam a você por semana?

— Dois vírgula oito créditos.

Ele jogou delicadamente as peças para o alto, juntou-as na palma da mão fechada, produzindo um tinido metálico, e as estendeu na direção dela.

— Leve, moça. Não vou cobrar.

Ela as aceitou, admirada.

— O senhor não vai contar a ninguém, doutor?

Ele respondeu:

— Receio que vou ter que contar. É a lei.

Ela dirigira às cegas, pesadamente, de volta para o vilarejo, agarrando Rik desesperadamente.

Na semana seguinte, o noticiário do hipervídeo informou a morte de um médico em um acidente com um giro-táxi durante uma breve falha em um dos feixes de energia de trânsito locais. O nome lhe pareceu familiar e, naquela noite, ela o comparou com o nome do pedaço de papel. Era o mesmo.

Valona ficou triste, porque ele fora um homem bom. Ela recebera sua indicação havia muito tempo, por intermédio de outro operário, que o descreveu como um médico nobre, bom para com os operários, e guardara o nome para emergências. E, quando a emergência veio, ele fora bom com ela também. No entanto, a alegria abafou o pesar. Ele não tivera tempo de denunciar Rik. Pelo menos jamais aparecera alguém no vilarejo para perguntar.

Mais tarde, quando a compreensão de Rik aumentara, ela lhe contou o que o médico dissera para que ele ficasse no vilarejo e em segurança.

Rik a estava chacoalhando, e ela despertou do devaneio.

— Você não está me ouvindo? Eu não posso ter sido um criminoso se tinha um emprego importante — falou ele.

— Você não pode ter feito alguma coisa errada? — ela começou a dizer, hesitante. — Se você era um homem importante, pode ter feito. Até mesmo os nobres...

— Tenho certeza de que não fiz. Mas você não entende que preciso descobrir para os outros terem certeza? Não existe outro jeito. Tenho que sair da fábrica e do vilarejo e descobrir mais sobre mim mesmo.

Ela sentiu o pânico aumentar.

— Rik! Seria perigoso. Por que você precisa fazer isso? Mesmo que analisasse o Nada, por que é tão importante saber mais sobre esse assunto?

— Por causa da outra coisa que lembrei.

— Que outra coisa?

— Não quero contar para você — sussurrou ele.

— Você precisa contar para alguém. Pode esquecer de novo.

Ele tocou no braço dela.

— É verdade. Você não vai contar para mais ninguém, vai, Lona? Você vai ser só a minha memória sobressalente caso eu esqueça.

— Claro, Rik.

Rik olhou ao redor. O planeta era muito bonito. Valona lhe contara que havia um enorme letreiro brilhante na Cidade Alta, até mesmo quilômetros acima dela, que dizia: "De todos os planetas da Galáxia, Florina é o mais belo".

E, olhando ao redor, ele acreditou.

— É uma coisa horrível de se lembrar, mas minhas lembranças sempre estão corretas, quando me lembro. A lembrança me ocorreu hoje à tarde — disse ele.

— E?...

Ele estava olhando para ela, aterrorizado.

— Todo mundo vai morrer. Todo mundo em Florina.

2. O CITADINO

Myrlyn Terens estava a ponto de retirar um livro-filme do lugar na prateleira quando soou a campainha. Os contornos um tanto rechonchudos de seu rosto tinham um aspecto pensativo, mas desvaneceram e deram lugar à expressão mais comum de branda cautela. Ele passou uma das mãos pelo ralo cabelo rubro e gritou:

– Um minuto.

Voltou a guardar o filme e pressionou o contato que fazia a tampa se fechar e se tornar indistinguível do resto da parede. Para os simples operários e lavradores com os quais ele tratava, havia um vago orgulho no fato de um deles, de nascimento pelo menos, possuir filmes. Abrandava, por meio de uma tênue reflexão, o crepúsculo ininterrupto de suas próprias mentes. E, no entanto, não seria bom mostrar os filmes abertamente.

Vê-los estragaria as coisas. Paralisaria suas línguas não muito articuladas. Eles poderiam se gabar dos livros do seu citadino, mas a presença real desses objetos diante dos seus olhos teria feito Terens assemelhar-se demais a um nobre.

Havia também os nobres, claro. Era extremamente im-provável que algum deles lhe fizesse uma visita social em casa, mas, se um deles entrasse ali, uma fileira de filmes seria imprudente. Ele era um citadino, e a tradição lhe dava certos privilégios, mas jamais seria boa ideia exibi-los.

– Já vou! – ele voltou a gritar.

Desta vez postou-se diante da porta, fechando a abertura da túnica enquanto andava. Até sua vestimenta se parecia com a dos nobres. Às vezes ele quase se esquecia de que nascera em Florina.

Valona March estava à porta. Ela dobrou os joelhos e inclinou a cabeça, em uma saudação respeitosa.

Terens abriu a porta completamente.

– Entre, Valona. Sente-se. Já deve ter passado do toque de recolher. Espero que os patrulheiros não a tenham visto.

– Acho que não, citadino.

– Bem, vamos esperar que não a tenham visto, mesmo. Você tem maus antecedentes.

– Tenho, citadino. Sou muito grata pelo que o senhor fez por mim no passado.

– Deixe para lá. Venha, sente-se. Quer alguma coisa para comer ou beber?

Ela se sentou, com as costas retas na beirada da cadeira, e chacoalhou a cabeça.

– Não, obrigada, citadino. Já comi.

Era de bom tom entre os moradores do vilarejo oferecer um lanche. Era de mau tom aceitar. Terens sabia disso. Não insistiu.

– Qual o problema, Valona? – perguntou ele. – É o Rik outra vez?

Valona aquiesceu, mas parecia perdida, sem saber como dar maiores explicações.

– Ele está com problemas na fábrica? – indagou Terens.

– Não, citadino.

– Dores de cabeça de novo?

– Não, citadino.

Terens esperou, com os olhos claros estreitando-se e aguçando-se.

– Bem, Valona, você não espera que eu adivinhe qual é o seu problema, não é? Vamos lá, fale, senão não consigo ajudá-la. Você quer ajuda, eu suponho.

– Quero, citadino – ela disse; então soltou: – Como vou contar, citadino? Parece quase loucura.

Terens sentiu o impulso de dar uma batidinha no ombro dela, mas sabia que o toque a faria recuar. Ela estava sentada, como de costume, com as mãos grandes enterradas até onde era possível nos bolsos do vestido. Ele notou que os seus dedos fortes e arredondados estavam entrelaçados e se contorciam lentamente.

– Seja o que for, eu vou ouvir – declarou ele.

– O senhor se lembra, citadino, quando vim lhe contar sobre o médico da Cidade e sobre o que ele disse?

– Lembro, Valona. E lembro que lhe falei especialmente para nunca mais fazer nada desse tipo outra vez sem me consultar. *Você* se lembra disso?

Ela arregalou os olhos. Não precisava de nenhum estímulo para recordar a raiva dele.

– Eu nunca faria uma coisa dessas de novo, citadino. Só quero lembrá-lo que o senhor falou que faria qualquer coisa para me ajudar a ficar com o Rik.

– E assim farei. Então os patrulheiros andaram perguntando por ele?

– Não. Ah, citadino, o senhor acha que eles podem perguntar?

– Tenho certeza de que não vão perguntar. – Ele estava perdendo a paciência. – Agora, Valona, me diga o que há de errado.

Os olhos dela se anuviaram.

– Citadino, ele disse que vai me deixar. Quero que o senhor o impeça.

– Por que ele quer deixar você?

– Ele disse que está se lembrando das coisas.

Um ar de interesse tomou conta do rosto de Terens. Ele se inclinou para a frente e quase estendeu o braço para pegar a mão dela.

– Lembrando-se das coisas? Que coisas?

Terens recordava-se do dia em que Rik fora encontrado. Vira os jovens aglomerados ao redor de uma das valas de irrigação nos arredores do vilarejo. Eles haviam erguido as vozes esganiçadas para chamá-lo.

– Citadino! Citadino!

Ele correra.

– Qual é o problema, Rasie? – Tivera o trabalho de aprender os nomes dos jovens quando se mudara para aquela cidade. Pegava bem com as mães e tornava os primeiros um ou dois meses mais fáceis.

Rasie parecia estar sentindo-se mal.

– Veja, citadino – disse ele.

Estava apontando para algo branco que se contorcia – e era Rik. Os outros garotos gritavam ao mesmo tempo, dando uma confusa explicação. Terens conseguiu entender que eles estavam brincando de alguma coisa que envolvia correr, esconder-se e procurar. Estavam determinados a lhe contar o nome do jogo, o seu desenvolvimento, o momento em que haviam sido interrompidos, com uma ligeira discussão secundária sobre que indivíduo ou lado estava "ganhando". Evidentemente, nada disso importava.

Rasie, o garoto de doze anos que tinha cabelo preto, ouvira o choro e se aproximara com cautela. Esperara encontrar

O CITADINO

um animal, talvez um rato do campo que proporcionasse uma boa caçada. Encontrara Rik.

Todos os garotos foram tomados por um óbvio mal-estar e uma igualmente óbvia fascinação com aquela estranha cena. Era um ser humano adulto, quase nu, com o queixo úmido por conta da baba, lamuriando-se e chorando fracamente, mexendo os braços e as pernas ao acaso. Olhos de um azul apagado moviam-se aleatoriamente em um rosto coberto de barba por fazer. Por um momento, aqueles olhos cruzaram com os de Terens e pareceram concentrar-se. Aos poucos o homem foi erguendo o polegar e o colocou na boca.

Uma das crianças riu.

– Olha para ele, citadino. Está chupando o dedo.

O grito repentino sacudiu a figura inclinada. O rosto enrubesceu e contorceu-se. Ouviu-se um choro fraco, sem lágrimas, mas o polegar permaneceu onde estava. O dedo estava úmido e rosado, em contraste com o resto da mão, suja de terra.

Terens interrompeu seu torpor ao ver aquilo.

– Tudo bem, garotada, vocês não deviam estar correndo por aqui, no campo de kyrt – disse ele. – Estão estragando a safra e sabem o que vai acontecer se os lavradores pegarem vocês. Vão embora e não falem nada sobre isso. E escute, Rasie, vá correndo procurar o sr. Jencus e faça-o vir para cá.

Ull Jencus era a coisa mais próxima de um médico que o vilarejo tinha. Passara algum tempo como aprendiz no consultório de um médico de verdade na Cidade e, por isso, fora dispensado do serviço no campo ou na fábrica. Não tinha sido uma ideia tão ruim assim. Ele podia medir a temperatura, administrar remédios, dar injeções e, o mais importante, sabia dizer quando uma doença era séria o bastante para justificar uma ida ao hospital da Cidade. Sem esse respaldo semiprofissional, os desafortunados acometidos por meningite espinhal ou apendicite aguda poderiam sofrer intensamente, mas, em geral, não por muito tempo. Não obstante, depois os capatazes resmungavam e acusavam Jencus de todas as formas, menos com palavras, de ser cúmplice de uma conspiração dos trabalhadores para fingir doença.

Jencus ajudou Terens a colocar o homem no carrinho de uma lambreta e, tão discretamente quanto possível, levaram-no para o vilarejo.

Juntos lavaram a sujeira e a fuligem acumuladas e endurecidas. Não havia nada que pudesse ser feito quanto ao cabelo. Jencus depilou o corpo todo do homem e fez o que pôde em termos de exame físico.

— Nenhuma infecção que eu possa identificar, citadino — falou Jencus. — Ele foi alimentado. As costelas não estão aparecendo muito. *Eu* não sei o que pensar. Como o senhor acha que ele foi parar lá no campo, citadino?

Ele fez a pergunta em um tom pessimista, como se ninguém pudesse esperar que Terens tivesse a resposta para qualquer coisa. Terens aceitou isso filosoficamente. Quando um vilarejo perde o citadino com o qual estava acostumado havia quase cinquenta anos, um recém-chegado de pouca idade deve esperar um período de suspeita e desconfiança. Não era nada pessoal.

— Receio não saber — respondeu Terens.

— Ele não consegue andar, sabe? Não consegue dar um passo. Deve ter sido *colocado* ali. É o máximo que consigo deduzir, porque ele parece mais um bebê. Todo o resto desapareceu.

— Existe alguma doença que tenha esse efeito?

— Não que eu saiba. Problema de cabeça poderia explicar, mas não sei nada sobre esse assunto. Problema de cabeça eu mandaria para a Cidade. O senhor já viu esse sujeito, citadino?

Terens sorriu e disse, em um tom gentil:

– Faz apenas um mês que estou aqui.

Jencus suspirou e pegou o lenço.

– É. O antigo citadino era um homem bom. Ele cuidava bem da gente. Faz quase sessenta anos que *eu* tô aqui e nunca vi esse sujeito antes. Deve ser de outra cidade.

Jencus era gorducho. Parecia ter nascido gorducho e, se a essa tendência natural se agrega o efeito de uma vida em grande parte sedentária, não é de surpreender que ele tendesse a marcar até as falas curtas com uma arfada e uma passada um tanto inútil do grande lenço vermelho pela testa brilhante.

– Não sei muito bem o que dizer aos patrulheiros – comentou ele.

Os patrulheiros vieram, com certeza. Era impossível evitar. Os garotos contaram aos pais; os pais contaram uns para os outros. A vida no vilarejo era bem tranquila. Mesmo isso seria estranho o suficiente para valer a pena ser contado, quaisquer que fossem o informante e o informado. E, com todo aquele falatório, os patrulheiros não puderam deixar de ouvir.

Os assim chamados patrulheiros eram membros da Patrulha Floriniana. Não eram nativos de Florina, tampouco conterrâneos dos nobres do planeta Sark. Eram simplesmente mercenários com os quais se podia contar para manter a ordem, por causa do pagamento que recebiam e porque jamais se deixariam levar pelo comportamento equivocado de nutrir simpatia pelos florinianos em virtude de laços de sangue ou nascimento.

Havia dois deles, e junto veio um dos capatazes da fábrica, com toda a plenitude de sua própria autoridade minúscula.

Os patrulheiros estavam entediados e indiferentes. Um idiota dementado poderia tomar parte do dia de trabalho, mas dificilmente seria uma parte empolgante.

— Bem, quanto tempo você demora para identificá-lo? Quem é esse homem? — perguntou um deles ao capataz.

O capataz chacoalhou a cabeça com força.

— Nunca vi esse homem, oficial! Não é ninguém daqui!

O patrulheiro se virou para Jencus.

— Algum documento com ele?

— Não, senhor. Só tinha um trapo enrolado nele. Eu queimei para evitar infecção.

— O que há de errado com ele?

— Está sem mente, até onde consigo deduzir.

A essa altura, Terens puxou os patrulheiros de lado. Como estavam entediados, eram maleáveis. O patrulheiro que estivera fazendo as perguntas ergueu o caderno e falou:

— Tudo bem, nem vale a pena registrar isso. Não tem nenhuma relação conosco. Deem um jeito de resolver essa questão.

Depois foram embora.

O capataz ficou. Ele tinha sardas, cabelo ruivo e um grande bigode eriçado. Fora um capataz de rígidos princípios por cinco anos, e isso significava que a responsabilidade de atingir a cota em sua fábrica recaía muito sobre ele.

— Olha só — disse ele, em um tom impetuoso. — O que devo fazer com tudo isso? Esses desgraçados se ocupam tanto falando que acabam por não trabalhar!

— Manda pro hospital da Cidade, é o máximo que consigo deduzir — falou Jencus, empunhando o lenço diligentemente. — Não há nada que eu possa fazer.

— Para a Cidade? — O capataz ficou consternado. — Quem vai pagar? Quem vai bancar as taxas? Ele não é nenhum de nós, é?

— Não que eu saiba — admitiu Jencus.

O CITADINO

– Então por que *nós* deveríamos pagar? Descubra de onde ele é. Deixe a cidade *dele* pagar.

– Como a gente vai descobrir? Me fala.

O capataz ficou pensando. Ficou passando a língua pela moita avermelhada sobre o lábio superior.

– Então vamos ter que nos livrar dele. Como o patrulheiro disse – falou ele.

Terens interrompeu.

– Escute, o que você quer dizer com isso?

– Que seria melhor que ele estivesse morto – respondeu ele. – Seria misericórdia.

– Você não pode matar uma pessoa – declarou Terens.

– Me fale *você* o que fazer então.

– Nenhum dos moradores do vilarejo pode cuidar dele?

– Quem iria querer? Você iria querer?

Terens ignorou a atitude abertamente insolente.

– Eu tenho outro trabalho a fazer.

– Todas as pessoas têm também. Não posso deixar ninguém se descuidar do trabalho na fábrica para tomar conta dessa maluquice.

Terens suspirou e disse sem rancor:

– Capataz, sejamos sensatos. Se vocês *não* atingirem a cota este trimestre, poderei supor que terá sido porque um dos seus funcionários está cuidando desse pobre coitado e vou defender vocês diante dos nobres. Caso contrário, vou falar que não conheço nenhum motivo para vocês não terem atingido a cota, se não atingirem.

O capataz olhou feio. Fazia apenas um mês que o citadino estava ali e já estava mexendo com homens que haviam vivido a vida inteira no vilarejo. No entanto, ele tinha um cartão marcado pelos nobres. Não seria bom enfrentá-lo muito abertamente por muito tempo.

– Mas quem o aceitaria? – indagou ele. Uma suspeita terrível o afligiu. – *Eu* não posso. Tenho três filhos e a minha mulher não está bem.

– Não sugeri que deveria ser você.

Terens olhou pela janela. Agora que os patrulheiros haviam ido embora, a multidão que se contorcia e cochichava aproximou-se mais da casa do citadino. A maioria eram jovens, novos demais para estar trabalhando; outros eram lavradores das fazendas mais próximas. Alguns eram operários fora de turno.

Terens viu a moça alta bem atrás na multidão. Ele a observara com frequência no último mês. Forte, competente e trabalhadora. Boa inteligência natural escondida sob aquela expressão de infelicidade. Se ela fosse homem, poderia ter sido escolhida para fazer o treinamento para citadino. Mas era mulher; os pais haviam morrido e era simples demais, a ponto de impossibilitar interesses românticos. Em outras palavras, uma mulher solitária e que provavelmente continuaria assim.

– E ela? – perguntou ele.

O capataz olhou, depois vociferou:

– Droga. Ela devia estar trabalhando.

– Tudo bem – suavizou Terens. – Qual é o nome dela?

– Valona March.

– Certo. Eu me lembro agora. Mande-a entrar.

A partir daquele momento, Terens se tornara um guardião não oficial dos dois. Fizera o possível para conseguir rações adicionais para ela, cupons extras para vestuário e o que mais fosse necessário para permitir que dois adultos (um sem registro) vivessem com a renda de um. Ele fora essencial para ajudá-la a conseguir treinamento para Rik nas fábricas de kyrt. Interviera para evitar uma punição maior na ocasião da briga de Valona com o chefe de seção. A morte do médico da Cidade tornara-lhe desnecessário tentar qualquer medida além das que já tomara, mas ele havia se preparado para isso.

Era natural Valona vir procurá-lo toda vez que tinha problemas, e ele estava agora esperando que ela respondesse a sua pergunta.

Valona continuava hesitante.

— Ele disse que todas as pessoas do planeta vão morrer — disse ela, por fim.

Terens pareceu perplexo.

— Ele disse como?

— Disse que não sabe como. Só falou que se lembra disso de antes de ficar, o senhor sabe, como está. E falou que se lembra de ter um emprego importante, mas eu não entendo o que é.

— Como ele descreve esse emprego?

— Ele disse que an... analisava o Nada com N maiúsculo.

Valona esperou algum comentário, depois apressou-se em explicar:

— Analisar significa desmontar uma coisa, como...

— Eu sei o que significa, garota.

Valona o observou com ansiedade.

— *O senhor* sabe o que significa, citadino?

— Talvez, Valona.

— Mas, citadino, como é que alguém pode fazer alguma coisa com o Nada?

Terens se pôs de pé. Deu um breve sorriso.

— Bem, Valona, você não sabe que tudo no universo inteiro é composto em grande parte pelo Nada?

Nenhuma luz clareou o entendimento de Valona, mas ela aceitou a explicação. O citadino era um homem muito culto. Com uma inesperada ponta de orgulho, de repente ela teve a certeza de que seu Rik era ainda mais culto.

— Venha. — Terens estendeu a mão para ela.

— Para onde vamos? — perguntou ela.

— Bem, onde está Rik?

— Em casa — respondeu ela. — Dormindo.

— Ótimo. Vou levá-la para casa. Você quer ser encontrada pelos patrulheiros sozinha na rua?

O vilarejo parecia sem vida de noite. As luzes ao longo da única rua que dividia a área das cabines dos trabalhadores em duas tinham um brilho fraco. Havia um indício de chuva no ar, mas só daquela leve chuva morna que caía quase toda noite. Não havia necessidade de tomar nenhuma precaução especial contra ela.

Valona nunca estivera fora até tão tarde em uma noite de trabalho, e aquilo era assustador. Ela tentou evitar o som dos próprios passos ao mesmo tempo que prestava atenção ao possível passo distante dos patrulheiros.

— Pare de tentar andar na ponta dos pés, Valona — pediu Terens. — Estou com você.

Sua voz reverberou no silêncio, e Valona sobressaltou-se. Ela apressou o passo em resposta ao pedido dele.

A cabana de Valona estava tão escura como as outras, e eles entraram com cautela. Terens nascera e crescera em uma cabana dessas e, embora houvesse vivido desde então em Sark e agora ocupasse uma casa com três cômodos e encanamento, ainda havia um quê de nostalgia na escassez de seu interior. Era preciso apenas um aposento, uma cama, uma cômoda, duas cadeiras, um chão liso de cimento, um armário em um canto.

Não era necessário ter uma cozinha, já que todas as refeições eram feitas na fábrica, nem um banheiro, já que havia uma fileira de banheiros e cabines de banho no espaço atrás das casas. Naquele clima ameno e constante, as janelas não eram adaptadas para proteger contra o frio e a chuva. Todas as quatro paredes eram perfuradas por aberturas protegidas por telas, e os beirais lá no alto forneciam proteção suficiente contra os chuviscos noturnos sem vento.

Sob a luz de uma lanterninha de bolso que ele segurava na palma de uma das mãos, Terens reparou que um canto do cômodo tinha uma tela surrada. Lembrava-se de tê-la conseguido para Valona recentemente, quando Rik se tornara menos criança ou mais homem. Ele podia ouvir uma respiração regular de sono que vinha ali de trás.

Apontou com a cabeça para aquela direção.

– Acorde-o, Valona.

Valona deu uma batidinha na tela.

– Rik! Rik, bebê!

Ouviu-se um gritinho.

– É só a Lona – disse Valona. Eles circundaram a tela e Terens focou a lanterninha no rosto de ambos, depois em Rik.

Rik colocou o braço diante do rosto para tapar o brilho.

– O que aconteceu?

Terens sentou-se na beirada da cama. Rik dormia na cama de cabana padrão, ele notou. Conseguira um catre velho e um tanto bambo para Valona logo de início, mas ela o reservara para si mesma.

– Rik – disse ele –, Valona contou que você está começando a se lembrar das coisas.

– Estou, citadino. – Rik sempre se comportava com muita humildade diante do citadino, que era o homem mais importante que ele já vira. Até o superintendente da fábrica era educado com o citadino. Rik repetiu os fragmentos que sua mente recordara durante o dia.

– Você se lembrou de mais alguma coisa desde que contou isso para Valona? – perguntou Terens.

– Mais nada, citadino.

Terens pressionou os dedos de uma mão contra os da outra.

– Tudo bem, Rik. Volte a dormir.

Valona o seguiu para fora da casa. Estava se esforçando muito para não contorcer o rosto e passou as costas de uma das mãos ásperas pelos olhos.

– Ele vai ter que me deixar, citadino?

Terens pegou as mãos dela e disse:

– Você precisa ser sensata, Valona. Ele vai ter que vir comigo só por um tempinho, mas vou trazê-lo de volta.

– E depois disso?

– Não sei. Você tem que entender, Valona. Neste exato momento, a coisa mais importante do mundo é descobrirmos mais sobre as lembranças do Rik.

– O senhor quer dizer que todas as pessoas de Florina podem morrer, como ele falou? – perguntou Valona de súbito.

Terens apertou suas mãos com mais intensidade.

– Jamais diga isso a ninguém, Valona, ou os patrulheiros podem levar Rik embora para sempre. Estou falando sério.

Ele se virou e voltou caminhando lenta e pensativamente para casa, sem se dar conta de que suas mãos tremiam. Em vão tentou dormir e, depois de uma hora, ajustou o narcocampo. Era um dos poucos objetos de Sark que levara consigo quando retornou a Florina para se tornar citadino. Encaixava-se ao redor da cabeça como um gorro fino de feltro. Ajustou os controles para cinco horas e fechou o contato.

Teve tempo de se ajeitar confortavelmente na cama antes que a resposta tardia provocasse um curto-circuito nos centros conscientes do seu cérebro e o colocasse em um sono instantâneo e sem sonhos.

3. A BIBLIOTECÁRIA

Eles deixaram a lambreta diamagnética em um compartimento para lambretas fora dos limites da Cidade. As lambretas eram raras na Cidade, e Terens não tinha nenhuma intenção de atrair atenção desnecessária. Pensou, por um instante de desvario, nas pessoas da Cidade Alta, com seus carros terrestres diamagnéticos e giros antigravitacionais. Mas isso era na Cidade Alta. Era diferente.

Rik esperou Terens fechar o compartimento e lacrá-lo com a digital. Ele vestia um macacão novo e estava se sentindo um pouco desconfortável. Um tanto relutante, seguiu o citadino para baixo da primeira das altas estruturas semelhantes a pontes que sustentavam a Cidade Alta.

Em Florina, todas as outras cidades tinham nome, mas esta era simplesmente a "Cidade". Os trabalhadores e camponeses que viviam nela ou ao redor eram considerados sortudos pelo resto do planeta. Na Cidade havia médicos e hospitais melhores, mais fábricas e mais lojas de bebidas, mesmo alguns pingos de luxo bem moderado. Os moradores em si eram menos entusiastas. Viviam à sombra da Cidade Alta.

A Cidade Alta era exatamente o que o nome sugeria, pois era uma cidade dupla, rigidamente dividida por uma camada horizontal de oitenta quilômetros quadrados de ligacimento apoiada sobre umas vinte mil colunas de vigas mestras de aço. Abaixo, na sombra, ficavam os "nativos". Em cima, ao sol, ficavam os nobres. Quando se estava na Cidade Alta, era difícil acreditar que se localizasse no planeta Florina. A população era de natureza quase exclusivamente sarkita, além de uns poucos patrulheiros. Eles eram literalmente a classe mais alta.

Terens conhecia o caminho. Andava rápido, evitando os olhares dos transeuntes, que examinavam as roupas do citadino com uma mescla de inveja e ressentimento. As pernas mais curtas de Rik tornavam seu passo menos nobre à medida que tentava acompanhar o ritmo. Parecia tão diferente agora. Antes estava nublado. Agora o sol havia saído, penetrando pelas espaçadas aberturas do ligacimento acima para formar feixes de luz que deixavam o espaço intermediário ainda mais escuro. Eles mergulhavam nos feixes de luz de um modo ritmado, quase hipnótico.

Idosos em cadeiras de rodas se posicionavam nos feixes, absorvendo o calor e movendo-se quando o feixe se movia. Às vezes adormeciam e ficavam para trás, na sombra, balançando nas cadeiras até que o rangido das rodas os acordasse quando mudavam de posição. Ocasionalmente, as mães quase bloqueavam os feixes com sua prole em carrinhos.

– Agora, Rik, endireite-se. Nós vamos subir – disse Terens.

Ele estava diante de uma estrutura que ocupava o espaço entre quatro colunas que formavam um quadrado e que ia desde o chão até a Cidade Alta.

– Estou com medo – falou Rik.

Rik podia imaginar o que era aquela estrutura. Era um elevador que conduzia ao andar de cima.

A BIBLIOTECÁRIA

Eles eram necessários, evidentemente. A produção acontecia lá embaixo, mas o consumo acontecia lá em cima. Produtos químicos básicos e alimentos crus de primeira necessidade eram despachados para a Cidade Baixa, mas embalagens e refeições refinadas ficavam a cargo da Cidade Alta. O excesso da população multiplicava-se lá embaixo; domésticas, jardineiros, motoristas e operários da construção civil eram usados lá em cima.

Terens ignorou a expressão de medo de Rik. Ficou impressionado com o fato de seu próprio coração bater com tanta violência. Não era medo, claro, mas uma intensa satisfação de estar subindo. Pisaria por toda parte naquele ligacimento, bateria os pés nele, rasparia a sujeira nele. Como citadino, podia fazer isso. Óbvio que continuava sendo apenas um floriniano nativo para os nobres, mas era um citadino e podia pôr os pés no ligacimento sempre que quisesse.

Pela Galáxia, como ele os detestava!

Ele se deteve, respirou fundo e chamou o elevador. Era inútil pensar em ódio. Estivera em Sark por muitos anos, no próprio planeta Sark, o centro e criadouro dos nobres. Aprendera a suportar em silêncio. Não devia esquecer agora o que aprendera. De todas as circunstâncias, não agora.

Ouviu o zumbido do elevador chegando ao andar inferior e a parede inteira à sua frente abriu-se, encaixando-se em sua ranhura.

O nativo que operava o elevador pareceu indignado.

– Só dois?

– Só dois – respondeu Terens, entrando. Rik o seguiu.

O operador não fez nenhum movimento para que a parede voltasse à sua posição original.

– Acho que vocês podiam ter esperado a carga das duas horas e subido com ela – disse ele. – Eu não devia subir e descer essa coisa só para dois caras. – Ele cuspiu com cuidado, certificando-se de que seu cuspe caísse no concreto do andar inferior, não no piso do seu elevador.

– Onde estão os seus passes de emprego? – continuou ele.

– Eu sou citadino – declarou Terens. – Não está vendo pelas minhas roupas?

– As roupas não significam nada. Escuta, você acha que vou arriscar o meu emprego por você, que pode ter pegado um uniforme em algum lugar? Onde está o seu cartão?

Terens, sem dizer mais uma palavra, apresentou a pasta de documentos padrão que todos os nativos tinham de portar o tempo todo: número de registro, certificado de emprego, recibos de impostos. Estava aberta na página cor de carmim de sua licença de citadino. O operador deu uma rápida passada de olhos.

– Bem, talvez você tenha pegado o documento também, mas isso não é da minha conta. Você está com ele e eu o deixo passar, embora citadino seja só um nome chique para um nativo, no meu modo de entender. E o outro cara?

– Ele está sob os meus cuidados – falou Terens. – Ele pode vir comigo ou vamos ter que chamar um patrulheiro para verificar as regras?

Era a última coisa que Terens queria, mas sugerira a ideia com a arrogância adequada.

– Tudo bem! Não precisa se zangar. – A parede do elevador se fechou e, com um movimento brusco, o aparelho subiu.

Terens deu um sorriso breve. Era quase inevitável. Os que trabalhavam diretamente para os nobres ficavam demasiado felizes em se identificar com os soberanos e compensar sua verdadeira inferioridade aderindo com mais afinco às regras de segregação, tendo uma atitude hostil e arrogante para com seus companheiros. Eles eram os "homens do alto", a quem os outros florinianos reservavam seu ódio em particular, sem ligação com o fascínio cuidadosamente ensinado que nutriam pelos nobres.

A distância vertical percorrida era de nove metros, mas a porta voltou a se abrir para um mundo novo. Como as cidades nativas de Sark, a Cidade Alta fora traçada com especial atenção às cores. Estruturas individuais, fossem residências ou prédios públicos, eram elaboradas em um intrincado mosaico multicolorido que, de perto, era um emaranhado sem sentido, mas, à distância de uns noventa metros, formava um suave aglomerado de matizes que se fundiam e mudavam com o ângulo de visão.

– Venha, Rik – disse Terens.

Rik estava de olhos arregalados. Não havia nada vivo e em crescimento; apenas enormes massas de pedra e cor. Jamais soubera que as casas poderiam ser tão grandes. Algo se agitou por um momento em sua mente. Por um segundo, aquela imensidão não pareceu tão estranha... E então a memória voltou a se fechar.

Um carro terrestre passou a toda velocidade.

– Aqueles são nobres? – sussurrou Rik.

Houvera tempo somente para uma olhada. Cabelo curtíssimo, amplas mangas mais largas na boca, de cores brilhantes e uniformes que iam do azul ao violeta, calças curtas de aspecto veludoso e compridas meias finas que reluziam como se houvessem sido tecidas com delicados fios de cobre. Nem sequer olharam para Rik e Terens.

– Nobres jovens – respondeu Terens. Ele não os via tão de perto desde que deixara Sark. Em Sark, eles eram ruins o bastante, mas pelo menos estavam no lugar adequado. Aqui, nove metros acima do Inferno, não era lugar para anjos. Outra vez ele se contorceu para reprimir um estremecimento inútil de ódio.

Um carroplano para duas pessoas passou assoviando atrás deles. Era um modelo novo, com controles aéreos acoplados. Naquele momento, o veículo deslizava suavemente cinco centímetros acima da superfície, com sua base plana e reluzente curvando-se para cima em todas as bordas para reduzir a resistência do ar. Ainda assim, o deslocamento de ar contra sua superfície inferior bastava para produzir o chiado característico que significava "patrulheiros".

Eles eram grandalhões, como todos os patrulheiros; tinham rosto largo, bochechas achatadas, cabelo comprido, preto e liso, e tez morena clara. Para os nativos, todos os patrulheiros tinham a mesma aparência. O preto lustroso de seus uniformes, acentuado pelo espantoso prateado de fivelas e botões ornamentais estrategicamente distribuídos, diminuía a importância do rosto e intensificava ainda mais a impressão da semelhança.

Um dos patrulheiros estava nos controles. O outro saltou gentilmente sobre a borda rasa do carro.

— A pasta! — ele exclamou, olhou mecânica e momentaneamente e devolveu-a para Terens. — O que veio fazer aqui?

— Pretendo consultar a biblioteca, oficial. É um privilégio meu.

O patrulheiro virou-se para Rik.

— E você?

— Ele é meu assistente — interpôs Terens.

— Ele não tem privilégios de citadino — disse o patrulheiro.

— Eu me responsabilizo por ele.

O patrulheiro deu de ombros.

— É problema seu. Os citadinos têm privilégios, mas não são nobres. Lembre-se disso, rapaz.

— Sim, oficial. A propósito, poderia me indicar onde fica a biblioteca?

O patrulheiro usou o cano fino e mortal de uma pistola-agulha para indicar a direção. Do ângulo onde estavam, a biblioteca era uma mancha de tom avermelhado brilhante que se tornava carmim nos andares mais altos. À medida que se aproximavam, o matiz carmim ia se alastrando para os andares mais baixos.

– Eu acho feio – falou Rik com súbita veemência.

Terens lançou-lhe um olhar repentino e surpreso. Ele se acostumara a tudo isso em Sark, mas também achava a pompa da Cidade Alta um tanto vulgar. Mas a Cidade Alta era mais Sark do que o próprio planeta Sark. Em Sark, nem todos os homens eram nobres. Havia até mesmo sarkitas pobres, alguns não muito melhores do que o floriniano médio. Ali existia apenas o topo da pirâmide, e a biblioteca mostrava isso.

Era maior do que a maioria das bibliotecas em Sark, muito maior do que a Cidade Alta precisava, o que mostrava a vantagem do trabalho barato. Terens parou na rampa curva que conduzia à entrada principal. O esquema de cores da rampa dava a ilusão de degraus, um pouco desconcertante para Rik, que tropeçava, mas que dava à biblioteca o aspecto apropriado de arcaísmo que tradicionalmente acompanhava as estruturas acadêmicas.

O saguão principal era grande, gelado e qualquer coisa, menos vazio. A bibliotecária atrás da única mesa que havia nele parecia uma ervilha pequena e um tanto enrugada em uma vagem inchada. Ela levantou os olhos e soergueu-se.

– Sou citadino – disse Terens sem demora. – Privilégios especiais. Sou responsável por este nativo. – Ele estava com os documentos de prontidão e os estendeu.

A bibliotecária sentou-se e pareceu rígida. Ela tirou uma lasca de metal de uma ranhura e estendeu-a para Terens. O citadino pôs o dedo direito sobre ela com firmeza.

A bibliotecária recolheu a lasca e colocou-a em outra ranhura onde uma suave luz violeta se acendeu brevemente.

— Sala 242 — falou ela.

— Obrigado.

Os cubículos no segundo andar tinham aquela gélida falta de personalidade que qualquer elo em uma corrente infinita teria. Alguns estavam ocupados; as portas de vidrito foscas e opacas. A maioria não estava.

— Duzentos e quarenta e dois — repetiu Rik. Sua voz estava estridente.

— Qual é o problema, Rik?

— Não sei. Me sinto muito empolgado.

— Já esteve em uma biblioteca antes?

— Não sei.

Terens pôs o polegar no disco de alumínio que, cinco minutos antes, tornara-se sensível à sua digital. A porta de vidro clara abriu-se e, quando eles entraram, fechou-se silenciosamente e se tornou opaca, como se alguém tivesse puxado uma persiana.

A sala tinha quase dois metros quadrados, sem janelas nem adornos. Era iluminada pelo brilho difuso do teto, e o ar era renovado por ventilação forçada. Os únicos móveis eram uma mesa que se estendia de parede a parede e um banco preto estofado que ficava entre a mesa e a parede. Na mesa havia três "leitores". A frente de vidro fosco se inclinava para trás em um ângulo de trinta graus. Diante de cada um havia vários botões.

— Você sabe o que é isso? — Terens sentou-se e pousou a mão macia e rechonchuda sobre um dos leitores.

Rik sentou-se também.

— Livros? — sugeriu ele, ansioso.

– Bem – Terens pareceu inseguro. – Isto é uma biblioteca, então a sua suposição não quer dizer muita coisa. Você sabe usar o leitor?

– Acho que não, citadino.

– Tem certeza? Pense um pouco.

Rik tentou bravamente.

– Sinto muito, citadino.

– Então vou mostrar a você. Olhe. Primeiro, veja bem, há este botão onde está escrito "catálogo", que tem o alfabeto impresso em volta. Como queremos começar pela enciclopédia, vamos girar o botão até o E e pressioná-lo.

Ele fez isso, e várias coisas aconteceram ao mesmo tempo. O vidro fosco começou a brilhar e apareceram alguns textos. O preto se destacou sobre o fundo amarelo à medida que a luz do teto esmaeceu. Três painéis lisos se projetaram como línguas, uma diante de cada leitor, e cada um estava centralizado por meio de um firme feixe de luz.

Terens apertou um interruptor e os painéis voltaram às suas reentrâncias.

– Não vamos fazer anotações – disse ele.

Depois continuou:

– Agora podemos percorrer a lista dos Es girando este botão.

A longa linha de materiais, de títulos e autores em ordem alfabética e de números no catálogo foi subindo, depois parou na coluna abarrotada de informações que listava os numerosos volumes da enciclopédia.

– Você digita os números e as letras do livro que quer nesses botõezinhos e ele aparece na tela – disse Rik de repente.

Terens virou-se para ele.

– Como sabe? Você se lembra?

– Talvez. Não tenho certeza. Só parece a coisa certa.

– Bem, chame isso de uma suposição inteligente.

Ele digitou uma combinação de letras e números. A luz do vidro esmaeceu, depois reacendeu. Dizia: "Enciclopédia de Sark, volume 54, En.-Espec.".

– Agora ouça, Rik, não quero colocar nenhuma ideia na sua cabeça, então não vou contar em que estou pensando – disse Terens. – Só quero que você dê uma olhada nesse volume e pare em qualquer coisa que pareça familiar. Entendeu?

– Entendi.

– Ótimo. Não tenha pressa.

Os minutos se passaram. De súbito, Rik arquejou e girou os botões para trás.

Quando parou, Terens leu o título e pareceu satisfeito.

– Você se lembra agora? Não é suposição? Você se lembra?

Rik aquiesceu veementemente.

– Surgiu em minha mente, citadino. De forma muito repentina.

Era o artigo sobre espaçoanálise.

– Eu sei o que o texto diz – falou Rik. – O senhor vai ver, o senhor vai ver. – Ele estava com dificuldade para respirar normalmente, e Terens, por sua vez, estava quase igualmente empolgado.

– Veja – disse Rik –, eles sempre têm essa parte.

Ele leu em voz alta, hesitante, mas de maneira muito mais proficiente do que poderia ser justificada pelas aulas superficiais de leitura que recebera de Valona. O artigo dizia:

Não é de surpreender que o espaçoanalista seja introvertido de temperamento e, muitas vezes, inadaptado. Dedicar boa parte da vida adulta ao registro solitário do terrível vazio entre as estrelas é mais do que pode ser exigido de uma pessoa totalmente normal. Talvez seja com alguma percepção disso que o Instituto de Espaçoanálise adotou como *slogan* oficial a declaração um tanto sarcástica: "Nós analisamos o Nada".

Rik terminou a leitura com o que soou quase como um grito.

— Você entende o que acabou de ler? — perguntou Terens.

O homem mais baixo ergueu a cabeça com um olhar brilhante.

— Dizia: "Nós analisamos o Nada". Foi disso que me lembrei. Eu era um deles.

— Você era espaçoanalista?

— Era — gritou Rik. Depois prosseguiu, em um tom mais baixo: — Minha cabeça está doendo.

— Por estar se lembrando?

— Acho que sim. — Ele levantou os olhos, franzindo a testa. — Tenho que me lembrar de mais. Há perigo. Um grande perigo! Não sei o que fazer.

— A biblioteca está à nossa disposição, Rik — Terens observava cuidadosamente, pesando as palavras. — Use o catálogo você mesmo e dê uma olhada em alguns textos sobre espaçoanálise. Veja aonde isso o leva.

Rik lançou-se sobre o leitor. Ele tremia visivelmente. Terens afastou-se para lhe dar espaço.

— Que tal o *Tratado de instrumentação espaçoanalítica*, de Wrijt? — indagou Rik. — Não parece bom?

— Tudo depende de você, Rik.

Rik digitou o número do catálogo, e a tela brilhou intensa e continuamente. Ela dizia: "Por favor, consulte o bibliotecário a respeito do livro em questão".

Terens estendeu a mão depressa e neutralizou a tela.

– Melhor tentar outro livro, Rik.

– Mas... – Rik hesitou, depois seguiu a ordem. Fez outra busca pelo catálogo e então escolheu *Composição do espaço*, de Enning.

A tela mostrou mais uma vez o pedido para consultar o bibliotecário. Terens exclamou: "Droga!", depois apagou a tela de novo.

– Qual é o problema? – perguntou Rik.

– Nada. Nada – respondeu Terens. – Não entre em pânico, Rik. Eu só não entendo muito bem...

Havia um pequeno alto-falante atrás da grade decorativa ao lado do mecanismo de leitura. A voz fina e seca da bibliotecária ecoou dali e deixou os dois paralisados.

– Sala 242? Há alguém na sala 242?

– O que você quer? – retrucou Terens, asperamente.

– Que livro vocês querem? – indagou a voz.

– Nenhum. Obrigado. Estamos apenas testando o leitor.

Seguiu-se uma pausa, como se estivesse acontecendo alguma consulta invisível. Depois a voz disse, com um tom ainda mais agudo:

– O registro indica um pedido de leitura do *Tratado de instrumentação espaçoanalítica*, de Wrijt, e da *Composição do espaço*, de Enning. Está correto?

– Nós estávamos digitando os números do catálogo aleatoriamente – respondeu Terens.

– Posso perguntar por que o interesse nesses livros? – A voz era inexorável.

– Estou lhe dizendo que não queremos esses livros... – Terens voltou-se irritado para Rik, que começara a choramingar: – Agora, por favor, pare com isso.

Outra pausa. Então a voz disse:

A BIBLIOTECÁRIA

– Se descerem até a mesa, terão acesso aos livros. Eles estão em uma lista reservada e vocês terão que preencher um formulário.

Terens estendeu uma das mãos para Rik.

– Vamos.

– Talvez a gente tenha quebrado alguma regra – falou Rik, com a voz trêmula.

– Bobagem, Rik. Nós vamos embora.

– Não vamos preencher o formulário?

– Não, vamos pegar os livros algum outro dia.

Terens estava com pressa, forçando Rik a acompanhá--lo. Desceu o saguão principal. A bibliotecária levantou os olhos.

– Ei – gritou ela, levantando-se e dando a volta em torno da mesa. – Um momento. Um momento!

Eles não pretendiam parar para falar com ela – até que um patrulheiro os deteve.

– Vocês estão com muita pressa, garotos.

A bibliotecária, um tanto ofegante, alcançou-os.

– Vocês estavam na sala 242, não estavam?

– Escute – disse Terens com firmeza –, por que estão nos parando?

– Vocês não perguntaram por certos livros? Nós gostaríamos de pegá-los para vocês.

– Está muito tarde. Outra hora. Você não entende que não queremos os livros? Eu volto amanhã.

– A biblioteca – disse a mulher, em um tom empertigado – se empenha o tempo todo em proporcionar satisfação. Os livros serão colocados à sua disposição em um instante.

– Dois pontos vermelhos queimavam em suas bochechas. Ela se afastou e entrou depressa por uma portinha que se abriu quando ela se aproximou.

Terens começou a dizer:

– Oficial, se o senhor não se importa...

Mas o patrulheiro estendeu o chicote neurônico pesado e de tamanho razoável. Poderia servir como um excelente cassetete ou como uma arma de alcance maior e de potencialidades paralisantes.

– Agora, garoto, por que você não se senta quietinho e espera a moça voltar? – sugeriu ele. – Seria a coisa educada a se fazer.

O patrulheiro já não era jovem, já não era magro. Parecia estar perto de se aposentar e provavelmente estava cumprindo o seu tempo vegetando sossegadamente como guarda da biblioteca, mas estava armado, e a jovialidade em seu rosto trigueiro tinha um ar de falsa.

A testa de Terens estava úmida, e ele podia sentir a transpiração se acumulando na base da espinha. De algum modo, subestimara a situação. Sentira-se seguro de sua própria análise sobre a questão, de tudo. No entanto, ali estava ele. Não deveria ter sido tão imprudente. Era aquele maldito desejo de invadir a Cidade Alta, percorrer os corredores da biblioteca como se fosse sarkita...

Durante um momento de desespero, quis agredir o patrulheiro; então, inesperadamente, não precisou fazê-lo.

A princípio, foi apenas um lampejo de movimento. O patrulheiro começou a se virar um pouco tarde demais. As reações mais lentas da idade o traíram. O chicote neurônico foi arrancado de sua mão e, antes que pudesse fazer mais do que emitir o começo de um grito rouco, a arma tocou sua têmpora. Ele desmaiou.

Rik soltou um grito agudo de satisfação, e Terens exclamou:

– Valona! Por todos os demônios de Sark, *Valona!*

4. O REBELDE

Terens se recompôs quase de imediato.

– Para fora – disse ele. – Rápido! – E começou a andar.

Por um instante, teve o impulso de arrastar o corpo inconsciente do patrulheiro para a sombra atrás das colunas que bordejavam o saguão principal, mas obviamente não havia tempo.

Eles despontaram na rampa com o sol da tarde despejando luz e calor no mundo à sua volta. As cores da Cidade Alta haviam mudado para um padrão de alaranjado.

– Venham! – exclamou Valona, ansiosa, quando Terens a pegou pelo cotovelo.

Ele sorria, mas sua voz soou rígida e baixa.

– Não corra – disse ele. – Ande naturalmente e me siga. Fique com o Rik. Não o deixe correr.

Deram alguns passos. Pareciam estar andando em meio a uma cola. Os sons que vinham de trás seriam da biblioteca? Ou seriam só imaginação? Terens não se atreveu a olhar.

– Aqui – indicou ele. O letreiro em cima da entrada da garagem piscava um pouco sob a luz da tarde, mas não competia muito bem com o sol de Florina. Ele dizia: "Entrada de ambulância".

Dentro da garagem, passando por uma entrada lateral e por entre paredes incrivelmente brancas, havia borrões de material estranho contra o asséptico aspecto vítreo do corredor.

Uma mulher de uniforme olhava para eles a certa distância. Ela hesitou, franziu a testa e começou a se aproximar. Terens não esperou por ela. Virou-se bruscamente, seguiu uma bifurcação do corredor, depois outra. Eles passaram por outras pessoas de uniforme, e Terens podia imaginar a incerteza que estavam levantando. Era inédito ter nativos perambulando sem guardas nos andares mais altos de um hospital. O que é que se podia fazer?

Mais cedo ou mais tarde, claro, alguém os deteria.

Terens sentiu as batidas do coração acelerarem quando viu uma porta discreta com a inscrição: aos andares nativos. O elevador estava no mesmo andar que eles. Ele levou Rik e Valona para dentro, e o suave movimento do elevador enquanto baixava foi a sensação mais agradável do dia.

Havia três tipos de edificações na Cidade. A maioria se compunha de Edificações Baixas, inteiramente construídas no nível baixo. Casas de trabalhadores, variando até a três andares de altura. Fábricas, padarias, instalações para a eliminação de resíduos. As outras eram Edificações Altas: residências sarkitas, teatros, a biblioteca, ginásios de esporte. Mas alguns poucos eram duplos, com níveis e entradas tanto embaixo como em cima, como as centrais de patrulheiros, por exemplo, e os hospitais.

Era possível, portanto, usar um hospital para ir da Cidade Alta para a Cidade Baixa e, assim, evitar o uso dos grandes elevadores de carga com seu deslocamento lento e seus ascensoristas excessivamente atentos. Para um nativo, fazer isso era totalmente ilegal, evidentemente; mas o crime adicional era só mais um pequeno aborrecimento para quem já agredira patrulheiros.

Eles saíram no nível de baixo. As austeras e assépticas paredes brancas continuavam lá, mas tinham uma aparência ligeiramente degradada, como se fossem limpas com menos frequência. Os bancos estofados que se enfileiravam nos corredores no nível de cima haviam sumido. Sobretudo, havia o burburinho incômodo de uma sala de espera cheia de homens desconfiados e mulheres assustadas. Uma única atendente tentava organizar aquela confusão, sem muito êxito.

Ela falava rispidamente com um idoso de barba por fazer, o qual puxava e alisava o joelho enrugado de sua calça desfiada e respondia a todas as perguntas em um tom monótono de desculpas.

– Qual exatamente é a sua queixa?... Quanto tempo faz que sente essas dores?... Já esteve no hospital antes?... Olhe, vocês não podem nos incomodar por cada coisinha. Sente-se; o médico vai dar uma olhada no senhor e passar mais remédio.

– Próximo! – ela chamou com um grito agudo, depois murmurou algo para si mesma enquanto olhava para o grande relógio na parede.

Terens, Valona e Rik esgueiravam-se cautelosamente pela multidão. Valona, como se a presença de conterrâneos florinianos houvesse libertado sua língua da paralisia, sussurrava intensamente.

– Eu tive que vir, citadino. Fiquei tão preocupada com Rik. Achei que o senhor não o levaria de volta e...

– Como você subiu até a Cidade Alta, afinal? – indagou Terens por sobre o ombro, enquanto empurrava de ambos os lados nativos que não ofereciam resistência.

– Eu segui o senhor e vi que subiu pelo elevador de carga. Quando ele desceu, falei que estava com o senhor e ele me levou lá para cima.

– Simples assim?

– Eu chacoalhei o sujeito um pouco.

– Demônios de Sark – resmungou Terens.

– Eu tive que fazer isso – explicou Valona com tristeza. – Então vi os patrulheiros mostrando um edifício para o senhor. Esperei até eles irem embora e fui para lá também. Só que não me atrevi a entrar. Eu não sabia o que fazer, então meio que me escondi até ver vocês saindo e o patrulheiro detendo...

– Ei, vocês aí! – Era a voz aguda e impaciente da recepcionista. Ela estava de pé agora, e a batida forte de sua caneta de metal no tampo de ligacimento da mesa prevaleceu sobre o falatório e reduziu-o a um silêncio de respirações ofegantes.

– Essas pessoas que estão tentando sair. Venham aqui. Vocês não podem sair sem ser examinados. Ninguém vai escapar da jornada de trabalho fingindo estar doente. Voltem aqui!

Mas os três já estavam na penumbra da Cidade Baixa. Havia ao redor os cheiros e o barulho do que os sarkitas chamavam de Bairro Nativo, e o nível de cima era mais uma vez apenas um teto sobre eles. Mas, por maior que fosse o alívio de Valona e Rik estando longe da opressiva riqueza do ambiente sarkita, a ansiedade de Terens não arrefecera. Eles haviam ido longe demais e, de agora em diante, poderiam não encontrar segurança em lugar nenhum.

Esse pensamento ainda passava por sua mente turbulenta quando Rik gritou:

– Olhe!

Terens sentiu um aperto na garganta.

Aquela talvez fosse a visão mais assustadora que os nativos da Cidade Baixa poderiam ter. Como um pássaro gigantesco que descia flutuando de uma das aberturas da Cidade

Alta, tampou o sol e intensificou a escuridão agourenta daquela parte da Cidade. Mas não era um pássaro. Era um dos carros terrestres armados dos patrulheiros.

Nativos gritaram e começaram a correr. Podiam não ter nenhum motivo específico para temer, mas se espalharam mesmo assim. Um homem, quase no trajeto do carro, afastou-se, relutante. Estava com pressa, determinado a cuidar de algum assunto pessoal quando a sombra o alcançou. Ele olhou ao redor, uma rocha de tranquilidade em meio à loucura. Tinha estatura mediana, mas seus ombros eram quase grotescamente largos. Uma das mangas tinha um racho de cima a baixo, revelando um braço da grossura da coxa de um homem.

Terens hesitou, e Rik e Valona não podiam fazer nada sem ele. A incerteza interior do citadino transformara-se em uma febre. Se corressem, para onde poderiam ir? Se permanecessem onde estavam, o que fariam? Havia uma chance de que os patrulheiros estivessem atrás de outras pessoas, mas, com um patrulheiro inconsciente no chão da biblioteca por culpa deles, essas chances eram insignificantes.

O homem de ombros largos se aproximava a passos rápidos e pesados. Por um momento, parou ao passar por eles, como que inseguro.

– A padaria de Khorov fica na segunda rua à direita, depois da lavanderia – disse ele, em tom de conversa.

Ele voltou para trás.

– Venham – falou Terens.

Ele transpirava profusamente enquanto corria. Em meio ao tumulto, ouviu as ordens dadas aos berros que saíam das gargantas dos patrulheiros com naturalidade. Deu uma olhada por cima do ombro. Meia dúzia deles estava descendo do carro terrestre, espalhando-se. Eles não teriam problemas, ele sabia.

Com aquele maldito uniforme de citadino, ele era tão discreto quanto uma das colunas que sustentavam a Cidade Alta.

Dois dos patrulheiros estavam correndo na direção certa. Ele não sabia se o haviam visto ou não, mas não importava. Ambos se chocaram com o homem de ombros largos que acabara de falar com Terens. Todos os três estavam perto o bastante para Terens ouvir o grito rouco do homem de ombros largos e os xingamentos severos dos patrulheiros. Terens fez Valona e Rik virarem a esquina.

O nome da padaria de Khorov estava escrito em uma "minhoca" quase desfigurada de plástico luminoso, quebrado em meia dúzia de lugares, e o maravilhoso cheiro que saía pela porta aberta a tornava inconfundível. Não havia nada a fazer exceto entrar, e eles entraram.

De dentro de um cômodo interior, onde podiam ver o brilho das fornalhas de radar apagadas pela farinha, um velho olhou para fora. Não teve a chance de perguntar o que eles queriam.

– Um homem de ombros largos... – Terens começou a dizer. Ele estendeu os braços para demonstrar, e passaram-se a ouvir os gritos de "Patrulheiros! Patrulheiros!" do lado de fora.

– Por aqui! Rápido! – exclamou o velho com voz rouca.

Terens se conteve.

– Aí?

– Esse é burro – falou o velho.

Primeiro Rik, depois Valona, depois Terens entraram engatinhando pela porta da fornalha. Ouviu-se um leve clique, e a parede do fundo da fornalha moveu-se ligeiramente e soltou-se das dobradiças de cima. Eles passaram por ela e entraram em um cômodo pequeno e mal iluminado.

*   *   *

E esperaram. A ventilação era ruim e o cheiro de assado aumentava a fome sem satisfazê-la. Valona ficava sorrindo para Rik, dando palmadinhas na mão dele de tempos em tempos. Rik olhava de volta para ela, sem expressão. De vez em quando ele colocava uma das mãos no rosto corado.

– Citadino – começou Valona.

– Agora não, Lona, por favor! – retorquiu ele, com um sussurro firme.

Ele passou as costas da mão pela testa, então observou a umidade dos nós dos dedos.

Ouviu-se um clique, amplificado pelo confinamento apertado do esconderijo deles. Terens ficou tenso. Sem perceber muito bem, ergueu os punhos fechados.

Era o homem de ombros imensos, enfiando-os pela abertura. Seus ombros mal cabiam ali.

Ele olhou para Terens e achou graça.

– Que é isso, cara? Não vamos lutar.

Terens olhou para os punhos e deixou-os cair.

O homem de ombros largos estava em condições marcadamente mais precárias agora do que quando eles o viram pela primeira vez. Estava sem camisa, e um vergão recente, que aos poucos adquiria uma coloração vermelha e roxa, marcava uma de suas bochechas. Seus olhos eram pequenos, e as pálpebras os apertavam em cima e embaixo.

– Eles pararam de procurar – falou ele. – Se estiverem com fome, a comida aqui não é sofisticada, mas é suficiente. O que me dizem?

Era noite na Cidade. Havia luzes na Cidade Alta que iluminavam o céu em um raio de quilômetros; mas, na Cidade Baixa, a escuridão era sufocante. As sombras se cerravam densamente sobre a fachada da padaria para esconder as luzes ilegais após o toque de recolher.

Rik sentiu-se melhor depois de ter forrado o estômago com comida quente. A dor de cabeça começou a ceder. Ele fixou o olhar na bochecha do homem de ombros largos.

– O senhor se machucou? – perguntou ele, timidamente.

– Um pouco – respondeu o grandalhão. – Não importa. Acontece todos os dias no meu ramo de trabalho. – Ele riu, mostrando dentes grandes. – Tiveram de admitir que não fiz nada, mas eu estava no caminho deles enquanto procuravam outra pessoa. O jeito mais fácil de tirar um nativo do caminho... – Ele levantou a mão e abaixou-a com tudo, segurando uma arma invisível pelo cabo.

Rik encolheu-se, e Valona instintivamente ergueu um braço para protegê-lo.

O homem de ombros largos se recostou, passando a língua pelos dentes para tirar as partículas de comida.

– Eu sou Matt Khorov, mas as pessoas me chamam de padeiro – disse ele. – Quem são vocês?

Terens encolheu os ombros.

– Bem...

– Entendo – falou o padeiro. – O que eu não ficar sabendo não vai prejudicar ninguém. Talvez. Talvez. Mas nesse ponto vocês podem confiar em mim. Salvei vocês dos patrulheiros, não salvei?

– Salvou. Obrigado. – Terens não conseguiu exprimir cordialidade em sua voz. Ele perguntou: – Como sabia que estavam atrás de nós? Havia um bocado de gente correndo.

O outro sorriu.

– Nenhuma delas estava com a cara que vocês três estavam. Tão pálidos que daria para triturar o rosto de vocês e usar como giz.

Terens tentou sorrir como resposta. Não se saiu muito bem.

– Não sei ao certo por que você arriscou a sua vida. De qualquer forma, obrigado. Não é grande coisa dizer apenas "obrigado", mas não há mais nada que eu possa fazer neste exato momento.

– Você não tem que fazer nada. – Os amplos ombros do padeiro se recostaram contra a parede. – Faço isso sempre que posso. Não é nada pessoal. Se os patrulheiros estão atrás de alguém, faço o melhor que posso por essa pessoa. Odeio os patrulheiros.

Valona arquejou.

– Você não se mete em confusão?

– Claro. Olhe para isso. – Ele pôs um dedo suavemente sobre a bochecha machucada. – Mas você não acha que eu devo deixar esse tipo de coisa me atrapalhar, assim espero. Foi por isso que construí o forno falso. Para os patrulheiros não me pegarem e não dificultarem muito para mim.

Valona arregalara os olhos com uma mescla de medo e fascínio.

– Por que não? – perguntou o padeiro. – Você sabe quantos nobres existem em Florina? Dez mil. Sabe quantos patrulheiros? Talvez vinte mil. E existem quinhentos milhões de nativos. Se nós nos juntássemos contra eles... – Ele estalou os dedos.

– Estaríamos nos juntando contra pistolas-agulha e canhões desintegradores, padeiro – falou Terens.

– É – retrucou o padeiro. – Precisaríamos arranjar algumas armas. Vocês, citadinos, têm vivido perto demais dos nobres. Vocês têm medo deles.

O mundo de Valona estava sendo virado de cabeça para baixo naquele dia. À sua frente havia um homem que lutava com patrulheiros e falava com o citadino com autoconfiança.

Quando Rik puxou a manga da sua roupa, ela o fez soltar os dedos com delicadeza e lhe disse para dormir. Mal olhou para ele, tamanho o fascínio que sentia ao ouvir as palavras daquele homem.

— Mesmo com pistolas-agulha e canhões desintegradores, o único jeito de os nobres manterem Florina é com a ajuda de cem mil citadinos — dizia o homem de ombros largos.

Terens parecia ofendido, mas o padeiro continuou.

— Por exemplo, olhe para você. Roupas muito bonitas. Arrumado. Bonito. Tem uma cabaninha legal. Aposto que tem livros-filmes, um vagão particular e não precisa seguir o toque de recolher. Pode ir para a Cidade Alta se quiser. Os nobres não fariam isso por você a troco de nada.

Terens não se sentiu em posição de perder a cabeça.

— Tudo bem — disse ele. — O que você quer que os citadinos façam? Que briguem com os patrulheiros? De que isso serviria? Admito que mantenho minha cidade quieta e cumprindo a cota, mas também a mantenho longe de problemas. Tento ajudar a todos, até onde a lei permite. Já não é alguma coisa? Um dia...

— Ah, um dia. Quem é que pode esperar por um dia? Quando você e eu estivermos mortos, que diferença vai fazer quem governa Florina? Para nós, quero dizer.

— Em primeiro lugar, eu odeio os nobres mais do que você — disse Terens. — Porém... — Ele parou, corando.

O padeiro riu.

— Continue. Fale de novo. Não vou entregá-lo por odiar os nobres. O que fizeram para os patrulheiros estarem atrás de vocês?

Terens ficou calado.

— Eu posso adivinhar — falou o padeiro. — Quando vieram para cima de mim, os patrulheiros estavam muito zangados.

Zangados mesmo, e não apenas porque algum nobre disse para se zangarem. Eu conheço esses caras e posso dizer. Então penso que só poderia ter acontecido uma coisa. Vocês devem ter dado uma pancada num patrulheiro. Ou matado, talvez.

Terens continuou calado.

O padeiro não perdeu nem um pouco do seu tom agradável.

– Tudo bem manter silêncio, mas existe uma coisa que é ser cauteloso demais, citadino. Vocês vão precisar de ajuda. Eles sabem quem vocês são.

– Não, não sabem – replicou Terens, rapidamente.

– Eles devem ter olhado os seus cartões na Cidade Alta.

– Quem disse que eu estava na Cidade Alta?

– Uma suposição. Aposto que estavam.

– Eles olharam o meu cartão, mas não por tempo suficiente para ler o meu nome.

– Por tempo suficiente para saber que você é um citadino. A única coisa que eles precisam fazer é achar o citadino que está ausente de sua cidade ou um que não consiga explicar por onde andou hoje. As linhas telefônicas de toda a Florina provavelmente estão pegando fogo neste exato momento. Acho que vocês estão em apuros.

– Talvez.

– Você sabe que não existe talvez. Quer ajuda?

Eles conversavam aos sussurros. Rik se encolhera no canto e dormira. Os olhos de Valona passavam de um interlocutor para o outro.

Terens chacoalhou a cabeça.

– Não, obrigado. Eu... eu vou sair dessa.

O riso fácil do padeiro ecoou.

– Vai ser interessante de ver. Não me despreze porque não tenho instrução. Eu tenho outras coisas. Olhe, passe a noite pensando no assunto. Talvez você decida que precisa de ajuda.

Os olhos de Valona estavam abertos na escuridão. Sua cama era apenas um cobertor sobre o chão, mas era quase tão boa quanto as camas com as quais estava acostumada. Rik dormia profundamente em outro cobertor no canto oposto. Ele sempre dormia profundamente em dias agitados, depois que suas dores de cabeça passavam.

O citadino recusara uma cama e o padeiro rira (ele ria de tudo, ao que parecia), apagara a luz e dissera-lhe que se sentisse à vontade para ficar sentado no escuro.

Os olhos de Valona continuavam abertos. O sono passava longe. Será que voltaria a dormir algum dia? Ela derrubara um patrulheiro com uma pancada!

Inexplicavelmente, estava pensando no pai e na mãe.

Eles eram lembranças nebulosas em sua mente. Ela quase se forçara a esquecê-los nos anos que se estenderam entre eles e ela mesma. Mas agora se lembrava do som das conversas sussurradas durante a noite, quando achavam que ela estava dormindo. Ela se lembrava de pessoas que vieram à noite.

Os patrulheiros haviam-na acordado uma noite e feito perguntas que ela não conseguia entender, mas às quais tentava responder. Nunca mais viu os pais depois disso. Eles haviam ido embora, disseram-lhe, e no dia seguinte colocaram-na para trabalhar enquanto outras crianças da idade dela ainda tinham dois anos para brincar. As pessoas ficavam olhando para ela quando passava, e as outras crianças não tinham permissão para brincar com ela, mesmo quando o horário de trabalho terminava. Aprendera a evitar contato com os outros. Aprendera a não falar. Então chamavam-na "Lona Girafa" e riam dela e diziam que era débil mental.

Por que a conversa desta noite a fizera lembrar-se dos pais?

– Valona.

A voz estava tão próxima que a leve respiração fez seu cabelo se mexer e tão baixa que ela mal pôde ouvir. Ficou tensa, em parte por medo, em parte por constrangimento. Havia apenas um lençol sobre seu corpo nu.

Era o citadino.

– Não diga nada – falou ele. – Apenas ouça. Eu vou embora. A porta não está trancada. Mas vou voltar. Está me ouvindo? Entendeu?

Ela estendeu o braço na escuridão, pegou a mão dele, pressionou-a com os dedos. Ele ficou satisfeito.

– E cuide do Rik. Não deixe que ele saia de perto. E Valona… – Seguiu-se uma longa pausa. Então continuou: – Não confie demais nesse padeiro. Não sei nada sobre ele. Entendeu?

Ouviu-se um tênue barulho de movimentação, um rangido distante ainda mais tênue, e ele se foi. Ela se ergueu sobre um cotovelo e, a não ser pela respiração de Rik e a dela própria, havia somente silêncio.

Ela fechou os olhos na escuridão, apertando-os, tentando pensar. Por que o citadino, que sabia de tudo, dissera aquilo sobre o padeiro, que odiava os patrulheiros e os havia salvado? Por quê?

Ela só conseguiu pensar em uma coisa: ele estivera lá. No exato momento em que as coisas pareciam tão sombrias quanto poderiam estar, o padeiro viera e agira rapidamente. Era quase como se houvesse sido arranjado ou como se o padeiro estivesse esperando tudo aquilo acontecer.

Ela chacoalhou a cabeça. Parecia estranho. Se não fosse pelo que o citadino falara, ela jamais pensaria nisso.

O silêncio foi quebrado em pedaços palpitantes por um comentário alto e indiferente.

– Olá? Ainda estão aí?

Ela ficou paralisada quando um feixe de luz recaiu em cheio sobre ela. Aos poucos relaxou e amontoou o lençol ao redor do pescoço. O feixe se desviou.

Ela não precisou se perguntar sobre a identidade do novo interlocutor. Seu amplo vulto agachado avolumava-se à meia-luz refletida pela lanterna.

– Sabe, eu achei que você iria com ele – falou o padeiro.

– Quem, senhor? – respondeu Valona, com voz fraca.

– O citadino. Você sabe que ele foi embora, garota. Não desperdice o meu tempo fingindo.

– Ele vai voltar, senhor.

– Ele falou que vai voltar? Se falou, está errado. Os patrulheiros vão pegá-lo. Ele não é muito esperto, o citadino, ou saberia quando deixam uma porta aberta por um motivo. Você está pensando em ir embora também?

– Eu vou esperar o citadino – respondeu Valona.

– Fique à vontade. Vai ser uma longa espera. Vá quando quiser.

De repente, o feixe de luz dele deixou de iluminá-la de vez e deslizou pelo chão, recaindo sobre o rosto pálido e magro de Rik. As pálpebras de Rik se contraíram automaticamente com o impacto da luz, mas ele continuou dormindo.

A voz do padeiro assumiu um tom pensativo.

– Mas eu preferiria que você deixasse esse aí para trás. Você entende isso, eu suponho. Se decidir ir embora, a porta está aberta, mas não está aberta para *ele*.

– Ele é só um pobre rapaz doente... – Valona começou a dizer, em uma voz alta e assustada.

– É? Bem, eu coleciono pobres rapazes doentes, e esse aí fica. Lembre-se!

O feixe de luz não desviou do rosto adormecido de Rik.

5. O CIENTISTA

Fazia um ano que o dr. Selim Junz estava impaciente, mas uma pessoa não se acostuma, com o tempo, a sentir-se impaciente. Na verdade, acontece o contrário. Não obstante, aquele ano lhe ensinara que não se podia apressar o Serviço Público Sarkita, ainda mais porque os servidores públicos são, na maioria, florinianos transferidos e, portanto, terrivelmente cuidadosos com a própria dignidade.

Uma vez ele perguntara ao velho Abel, embaixador trantoriano, que vivia em Sark havia tanto tempo que as solas das botas tinham criado raízes, por que os sarkitas permitiam que os departamentos do governo fossem administrados pelas mesmas pessoas que tanto desprezavam.

Abel enrugara os olhos por sobre uma taça de vinho verde.

– Política, Junz – respondeu ele. – Política. Uma questão de genética prática levada a cabo pela lógica sarkita. Esses sarkitas em si são um mundo pequeno, imprestável, e só são importantes contanto que controlem aquela eterna mina de ouro, Florina. Então, todo ano eles vasculham os campos e vilarejos de Florina, trazendo a nata da juventude para Sark para treinamento. Os medíocres são colocados para arquivar seus documentos e preencher seus espaços em branco e assinar seus formulários, e os muito inteligentes são enviados de volta para Florina para atuar como governantes nativos das cidades. Citadinos, eles são chamados.

O dr. Junz era espaçoanalista, basicamente. Ele não entendia o objetivo daquilo tudo. Disse que não entendia.

Abel apontou um velho e rígido dedo indicador para ele, e a luz verde que refletia através do conteúdo de sua taça tocou-lhe a unha estriada, sobrepujando seu tom cinza amarelado.

– Você nunca será administrador – disse ele. – Não me peça recomendação. Olhe, os elementos mais inteligentes de Florina são incondicionalmente seduzidos em prol da causa sarkita, uma vez que, enquanto servem Sark, são bem cuidados, ao passo que, se derem as costas a Sark, o máximo que podem esperar é a volta à existência floriniana, que não é boa, meu amigo, não é boa.

Ele tomou o vinho com um gole e continuou:

– Além do mais, nem os citadinos nem os funcionários da área administrativa em Sark podem procriar sem perder seus cargos. Isto é, nem mesmo as mulheres florinianas. A miscigenação com os sarkitas, claro, está fora de questão. Dessa forma, os melhores genes florinianos são sempre retirados de circulação, de modo que, aos poucos, Florina será composta apenas de talhadores de madeira e carregadores de água.

– Nesse ritmo, vão ficar sem funcionários, não vão?

– Uma questão para se resolver no futuro.

O dr. Junz estava em uma das antessalas externas do Departamento de Assuntos Florinianos e esperava com impaciência que lhe permitissem passar pelas lentas catracas, enquanto subalternos florinianos percorriam, apressada e interminavelmente, um labirinto burocrático.

O CIENTISTA

Um idoso floriniano, que enrugara em serviço, postou--se diante dele.

— Doutor Junz?

— Sim.

— Venha comigo.

Um número piscando em uma tela teria sido igualmente eficaz para chamá-lo, e um fluorocanal pelo ar, igualmente eficaz para conduzi-lo; no entanto, onde a mão de obra é barata, nada precisa ser substituído. Ele jamais vira mulheres em nenhum departamento do governo em Sark. Deixavam as mulheres florinianas em seu planeta, à exceção de algumas empregadas domésticas que eram igualmente proibidas de procriar, e as mulheres sarkitas, como dissera Abel, estavam fora de questão.

Fizeram-lhe um gesto para se sentar à mesa do assistente do subsecretário. Ele sabia qual era o título do homem por causa do brilho canalizado que estava gravado sobre a mesa. Nenhum floriniano poderia ser mais do que assistente, é claro, independentemente de quantos fios de comando de fato passassem por seus dedos brancos. O subsecretário e o secretário de Assuntos Florinianos seriam sarkitas, mas, embora pudesse encontrá-los socialmente, o dr. Junz sabia que nunca os encontraria ali no departamento.

Ele se sentou, ainda impaciente, mas pelo menos mais próximo do objetivo. O assistente olhava o arquivo com cautela, virando cada página criteriosamente codificada como se ela guardasse os segredos do universo. O homem era bastante jovem, um recém-graduado, talvez, e, como todos os florinianos, tinha pele e cabelo muito claros.

O dr. Junz sentiu uma excitação atávica. Ele próprio vinha do planeta Libair e, como todos os libairianos, era muito pigmentado, e sua pele tinha um tom marrom-escuro intenso. Havia poucos mundos na Galáxia onde a cor da pele era tão extrema quanto em Libair ou Florina. Em geral, tonalidades intermediárias eram a regra.

Alguns dos jovens antropólogos radicais brincavam com a ideia de que homens de planetas como Libair, por exemplo, haviam surgido de uma evolução independente, porém convergente. Os homens mais velhos condenavam amargamente qualquer ideia de uma evolução que admitisse que diferentes espécies pudessem convergir a ponto de permitir o cruzamento, como certamente acontecia entre todos os mundos da Galáxia. Insistiam que, no planeta original, fosse qual fosse, a humanidade já se dividira em subgrupos de pigmentação variada.

Isso apenas deslocava o problema para um passado mais distante e não respondia a nada, de modo que o dr. Junz não achava nenhuma das duas explicações satisfatória. No entanto, mesmo agora se via pensando nessa questão de vez em quando. Lendas de um passado de conflitos haviam permanecido, por algum motivo, nos mundos negros. Os mitos libairianos, por exemplo, falavam de tempos de guerra entre homens de pigmentação diferente, e considerava-se que a fundação do próprio planeta Libair se devia à fuga de um grupo de negros de uma derrota em batalha.

Após deixar Libair para entrar no Instituto Arcturiano de Tecnologia Espacial, e mais tarde ingressar na profissão, o dr. Junz esqueceu-se das antigas fábulas. Só uma vez pensara de fato no assunto, quando deparara com um dos antigos mundos do Setor Centauriano no decorrer de uma atividade profissional; um daqueles mundos cuja história era milenar e cuja língua era tão arcaica que seu dialeto quase poderia ser aquela língua mítica e perdida, o inglês. Eles tinham uma palavra especial para designar homens de pele negra.

Mas por que deveria haver uma palavra especial para um homem de pele negra? Não havia nenhuma palavra especial para homens de olhos azuis, ou orelhas grandes, ou cabelo enrolado. Não havia...

A voz precisa do assistente interrompeu seu devaneio.

– O senhor já esteve neste gabinete antes, de acordo com o registro.

– De fato já estive, senhor – respondeu o dr. Junz, com certa aspereza.

– Mas não recentemente.

– Não, não recentemente.

– O senhor continua procurando um espaçoanalista que desapareceu – o assistente folheou as páginas – uns onze meses e treze dias atrás.

– Correto.

– Em todo esse tempo – disse o assistente em seu tom seco e frágil, do qual parecia que toda a energia fora retirada –, não houve nenhum sinal do homem e nenhuma evidência de que ele tenha estado em qualquer parte do território sarkita.

– Sua última localização – falou o cientista – foi no espaço, perto de Sark.

O assistente levantou a cabeça e seus pálidos olhos azuis se concentraram por um momento no dr. Junz, depois baixaram rapidamente.

– Pode ser, mas não é evidência de sua presença em Sark.

Não era evidência! O dr. Junz apertou os lábios. Era o que a Agência Interestelar de Espaçoanálise vinha lhe dizendo com cada vez mais rudeza havia meses.

"Não há evidência, dr. Junz. Achamos que seu tempo pode ser mais bem empregado, dr. Junz. A Agência vai se certificar de que a busca continue, dr. Junz."

O que eles queriam dizer na verdade era: "Pare de desperdiçar nosso dinheiro, Junz".

Aquilo começara, como o assistente declarara cuidadosamente, onze meses e treze dias antes pelo Tempo Interestelar Padrão (o assistente não seria culpado, claro, por usar o horário local em uma questão dessa natureza). Dois dias antes ele aterrissara em Sark no que deveria ser uma inspeção rotineira dos escritórios da Agência naquele planeta, mas que acabou sendo... bem, acabou sendo o que foi.

Encontrara-se com o representante local da AIE, um jovem magro que ficou marcado no pensamento do dr. Junz sobretudo pelo fato de mascar incessantemente algum produto elástico da indústria química de Sark.

Foi quando a inspeção estava quase terminada e resolvida que o agente local se lembrara de algo, posicionara o mascafumo no espaço atrás dos dentes molares e dissera:

— Mensagem de um dos homens de campo, dr. Junz. Provavelmente sem importância. O senhor sabe como *eles* são.

Era a expressão costumeira de dispensa: o senhor sabe como *eles* são. O dr. Junz levantou os olhos com um lampejo momentâneo de indignação. Estava prestes a dizer que, quinze anos antes, ele próprio fora um "homem de campo"; então se lembrou de que, três meses depois, não conseguira mais suportar. Mas foi essa pitada de raiva que o fez ler a mensagem com zelosa atenção.

Ela dizia: *Por favor, mantenha uma linha codificada direta aberta para a sede central da AIE para enviar uma mensagem detalhada sobre uma questão da maior importância. Toda a Galáxia será afetada. Vou aterrissar por trajetória mínima.*

O agente achou graça. Com a mandíbula de volta à mastigação ritmada, ele falou:

– Imagine, senhor. "Toda a Galáxia afetada." Essa é muito boa, mesmo para um trabalhador de campo. Eu o chamei depois que recebi isso para ver se conseguia entender, mas foi um fiasco. Ele só continuava dizendo que a vida de todos os seres humanos em Florina estava em perigo. Sabe, meio bilhão de vidas em jogo. Ele parecia muito psicopático. Então, francamente, eu não quero tentar lidar com ele quando aterrissar. O que o senhor sugere?

– Você tem uma transcrição da sua conversa? – perguntara o dr. Junz.

– Tenho, senhor. – Seguiu-se uma busca de alguns minutos. Uma lasca de filme foi enfim encontrada.

O dr. Junz reproduziu-a no leitor. Ele franziu o cenho.

– Essa é uma cópia, não é?

– Mandei o original para a Agência de Transporte Extraplanetário aqui em Sark. Achei que seria melhor se se encontrassem com ele no campo de aterrissagem com uma ambulância. Ele provavelmente está em maus lençóis.

O dr. Junz teve o impulso de concordar com o rapaz. Quando os solitários analistas das profundezas do espaço chegavam a ponto de perder o controle por causa do trabalho, era provável que suas psicopatias fossem violentas.

– Mas espere – disse ele então. – Pelo modo como você fala, ele não aterrissou ainda.

O agente pareceu surpreso.

– Suponho que tenha aterrissado, mas ninguém me ligou para falar sobre isso.

– Bem, ligue para a Agência de Transporte e descubra os detalhes. Psicopático ou não, os detalhes precisam estar nos nossos registros.

O espaçoanalista aparecera outra vez no dia seguinte em uma checagem de último minuto antes de deixar o planeta.

Ele não tinha nenhum outro assunto a tratar em outros planetas e estava com uma pressa razoável. Quase à porta, perguntou por sobre o ombro:

— Como está o homem de campo?

— Ah, olhe… eu pretendia contar. A Agência de Transporte não recebeu nenhuma notícia. Mandei um padrão de energia para os motores hiperatômicos dele e dizem que sua nave não está em nenhum lugar no espaço próximo. O cara deve ter mudado de ideia sobre a aterrissagem.

O dr. Junz decidiu atrasar a partida por vinte e quatro horas. No dia seguinte, estava na Agência de Transporte Extraplanetário da Cidade de Sark, a capital do planeta. Encontrou-se com os burocratas florinianos pela primeira vez, que chacoalharam a cabeça para ele. Haviam recebido a mensagem sobre a provável aterrissagem de um analista da AIE. Ah, sim, mas nenhuma nave aterrissara.

Mas era importante, insistiu o dr. Junz. O homem estava muito doente. Então não haviam recebido uma cópia da transcrição da conversa dele com o agente local da AIE? Eles arregalaram os olhos ao ouvi-lo. Transcrição? Não foi possível encontrar ninguém que se lembrasse de havê-la recebido. Eles lamentavam que o sujeito estivesse doente, mas nenhuma nave da AIE aterrissara e não havia nenhuma nave da AIE em parte alguma no espaço próximo.

O dr. Junz voltou ao seu quarto de hotel e pensou em muitas coisas. O novo prazo para a sua partida passara. Ele ligou para a recepção e pediu para ser transferido para outra suíte, mais adaptada a uma ocupação prolongada. Depois marcou um encontro com Ludigan Abel, o embaixador trantoriano.

Passou o dia seguinte lendo livros sobre a história sarkita e, quando chegou a hora do encontro com Abel, seu coração

O CIENTISTA

havia passado a repercutir uma lenta pulsação de raiva. Estava seguro de que não desistiria facilmente.

O velho embaixador tratou o encontro como uma visita social, apertara sua mão, acionara o barman mecânico e não permitira nenhuma discussão de negócios durante os dois primeiros drinques. Junz aproveitou a oportunidade para um bate-papo útil: perguntou sobre o Serviço Público Floriniano e recebeu a explicação sobre a genética prática de Sark. Seu senso de raiva se intensificou.

Junz sempre se lembrava de Abel como ele estava naquele dia. Olhos fundos fechados sob espantosas sobrancelhas brancas, nariz pontudo pairando intermitentemente sobre a taça de vinho, bochechas encovadas acentuando o rosto e o corpo magros e um dedo nodoso acompanhando lentamente alguma música inaudível. Junz começou a sua história, contando-a com imperturbável economia. Abel ouviu com atenção, sem interromper.

Quando Junz terminou, ele tocou com delicadeza os lábios e perguntou:

– Escute, você conhece esse homem que desapareceu?

– Não.

– Nem se encontrou com ele?

– É difícil nos encontrarmos com nossos analistas de campo.

– Ele teve alucinações antes?

– Essa foi a primeira, de acordo com os registros dos escritórios centrais da AIE, se for alucinação.

– Se for? – O embaixador não entendeu o comentário. Ele indagou: – E por que você veio me procurar?

– Para pedir ajuda.

– Claro. Mas de que maneira? O que eu posso fazer?

– Deixe-me explicar. A Agência Sarkita de Transporte Extraplanetário verificou o espaço próximo em busca do padrão de energia dos motores da nave do nosso homem, e não há nenhum sinal dele. Eles não mentiriam sobre isso. Não estou dizendo que os sarkitas não mentem, mas com certeza não contam mentiras inúteis e devem saber que eu posso fazer com que a questão seja verificada no espaço de duas ou três horas.

— Verdade. Mas e aí?

— Existem duas ocasiões em que o traço de um padrão de energia falha. Uma é quando a nave não está no espaço próximo porque fez um Salto pelo hiperespaço e está em outra região da Galáxia, e a outra é quando não está no espaço porque aterrissou em um planeta. Não acredito que o nosso homem tenha feito um Salto. Se suas declarações sobre perigo para Florina e importância galáctica são alucinações megalomaníacas, nada o impediria de vir até Sark informar sobre o assunto. Ele *não* teria mudado de ideia e ido embora. Tenho quinze anos de experiência com essas coisas. Se, por acaso, suas declarações fossem sensatas e verdadeiras, então sem dúvida a questão seria grave demais para permitir que ele mudasse de ideia e deixasse o espaço próximo.

O velho trantoriano levantou um dedo e agitou-o com delicadeza.

— Você conclui então que ele está em Sark.

— Exatamente. Mais uma vez, existem duas alternativas. Primeiro, se ele estiver sob o efeito de uma psicose, pode ter aterrissado em qualquer lugar do planeta que não seja um espaçoporto reconhecido. Pode estar vagando, doente e semiamnésico. Essas coisas são muito estranhas, mesmo para homens de campo, mas já aconteceram. Em geral, nesses casos, os acessos são temporários. Quando passam, a vítima descobre que os detalhes do trabalho voltam primeiro, antes de qualquer lembrança pessoal. Afinal, o trabalho de um

O CIENTISTA

espaçoanalista é sua vida. Muitas vezes, o amnésico é encontrado porque entra em uma biblioteca pública para procurar referências sobre espaçoanálise.

– Entendo. Então você quer que eu o ajude a acertar com o Conselho de Bibliotecários que o avisem sobre esse tipo de situação.

– Não, porque não quero contar com nenhum problema lá. Vou pedir que certos trabalhos-padrão sobre espaçoanálise sejam reservados e que qualquer homem que pergunte por eles, a não ser aqueles que possam provar que são sarkitas nativos, sejam detidos para interrogatório. Eles vão concordar porque saberão, ou certos superiores seus saberão, que esse plano não vai dar em nada.

– Por quê?

– Porque – Junz falava rapidamente agora, envolto por uma trêmula nuvem de fúria – tenho certeza de que o nosso homem aterrissou no espaçoporto da Cidade de Sark exatamente como tinha planejado e, sadio ou psicótico, foi então possivelmente preso, mas provavelmente morto pelas autoridades sarkitas. Mas vou investigar isso também.

Abel pousou na mesa o copo quase vazio.

– Você está brincando? Morto?

– Eu pareço estar brincando? O que o senhor me disse apenas meia hora atrás sobre Sark? Suas vidas, sua prosperidade e seu poder dependem de controlar Florina. O que foi que a minha própria leitura nessas últimas vinte e quatro horas me mostrou? Que os campos de kyrt em Florina são a riqueza de Sark. E aí vem um homem, sadio ou psicótico, não interessa, que alega que algo de importância galáctica colocou a vida de cada homem e mulher em Florina em perigo. Veja esta transcrição da última conversa conhecida do nosso homem.

Abel pegou a lasca de filme que fora atirada sobre o seu colo por Junz e aceitou o leitor que lhe foi oferecido. Examinou-o devagar, com os olhos esmaecidos piscando e espiando pelo visor.

– Não é muito informativo.

– Claro que não. Diz que existe perigo. Diz que existe extrema urgência. Só isso. Mas nunca deveria ter sido enviado para os sarkitas. Mesmo que o sujeito estivesse errado, será que o governo sarkita poderia permitir que ele divulgasse qualquer loucura, considerando que fosse loucura, que tivesse em mente e enchesse a Galáxia com essa história? Sem levar em conta o pânico que poderia gerar em Florina, a interferência na produção de fios de kyrt, continua sendo fato que toda a bagunça desonesta das relações políticas entre Sark e Florina seria exposta para a Galáxia inteira. Pense que eles só precisam acabar com um homem para impedir tudo isso, uma vez que eu não posso tomar providências com base apenas nessa transcrição, e eles sabem. Será que Sark hesitaria em cometer um assassinato num caso desses? O planeta dos experimentadores genéticos que você descreveu não hesitaria.

– E o que você gostaria que eu fizesse? Devo dizer que ainda não sei ao certo. – Abel parecia indiferente.

– Descubra se eles o mataram – respondeu Junz, em um tom sombrio. – Vocês devem ter uma organização para espionagem aqui. Ah, vamos ser francos. Eu venho andando pela Galáxia por tempo suficiente para superar a adolescência política. Descubra a verdade enquanto eu os distraio com as minhas negociações com as bibliotecas. E, quando você descobrir que eles são mesmo assassinos, quero que Trantor garanta que nenhum governo, em parte alguma da Galáxia, jamais volte a pensar que pode matar um homem da AIE e ficar impune.

O CIENTISTA

E ali terminou sua primeira conversa com Abel.

Junz estava certo em uma coisa: os oficiais sarkitas foram cooperativos e até solidários no que se referia ao acordo com as bibliotecas.

Mas ele parecia não haver acertado mais nada. Meses se passaram e os agentes de Abel não conseguiram encontrar nenhum sinal do homem de campo desaparecido, vivo ou morto, em nenhuma parte de Sark.

Essa pareceu a realidade por mais de onze meses. Junz começou a se sentir pronto para desistir. Esteve a ponto de optar por esperar pelo décimo segundo mês para dar tudo por terminado, e nada mais. Então a oportunidade viera, e não fora por parte de Abel, mas do quase esquecido espantalho que ele mesmo preparara. Chegou um relato da biblioteca pública de Sark e, quando deu por si, Junz estava sentado diante de um funcionário público floriniano no Departamento de Assuntos Florinianos.

O assistente terminou o arranjo mental do caso. Ele virara a última folha.

Ergueu os olhos.

— Agora, o que podemos fazer pelo senhor?

Junz respondeu com precisão.

— Ontem, às 4h22 da tarde, fui informado de que a filial floriniana da biblioteca pública de Sark deteve um homem para mim que tentou consultar dois textos-padrão sobre espaçoanálise e que não era sarkita nativo. Não ouvi mais notícias da biblioteca desde então.

Ele continuou, levantando a voz para sobrepor-se a algum comentário que o assistente começara a fazer.

— Um comunicado de telenotícia que recebi, às 5h05 da tarde de ontem, por meio de um instrumento público de propriedade do hotel onde resido, afirmou que um membro da Patrulha Floriniana foi nocauteado na filial floriniana da biblioteca pública de Sark e que três florinianos nativos que se acredita serem os responsáveis pelo ultraje estavam sendo perseguidos. Esse comunicado não se repetiu nos resumos do noticiário mais tarde.

"Agora não tenho dúvidas de que existe uma relação entre as duas informações. Não tenho dúvidas de que o homem que eu quero está sob a custódia da Patrulha. Pedi permissão para viajar a Florina e foi recusada. Mandei uma mensagem subetérica para Florina pedindo para mandarem o homem em questão para Sark e não recebi resposta. Venho ao Departamento de Assuntos Florinianos para exigir uma ação a esse respeito. Ou eu vou para lá ou ele vem para cá."

– O governo de Sark não pode aceitar ultimatos de oficiais da AIE – declarou o assistente, com sua voz sem vida. – Fui alertado pelos meus superiores de que o senhor provavelmente me interrogaria sobre essas questões e instruído sobre os fatos que devo revelar. O homem que relataram estar consultando os textos reservados, junto com dois companheiros, um citadino e uma mulher floriniana, de fato cometeram a agressão que o senhor mencionou e foram perseguidos pela Patrulha. Porém, eles não foram capturados.

Uma amarga decepção tomou conta de Junz. Ele não se deu ao trabalho de tentar esconder.

– Eles escaparam?

– Não exatamente. Foram rastreados até a padaria de um tal de Matt Khorov.

Junz fez cara feia.

– E permitiram que eles ficassem lá?

– O senhor vem conversando com Sua Excelência Ludigan Abel ultimamente?

O CIENTISTA

– O que isso tem a ver com...

– Fomos informados de que o senhor tem sido visto com frequência na embaixada trantoriana.

– Não vejo o embaixador faz uma semana.

– Então sugiro que vá procurá-lo. Nós permitimos que os criminosos permanecessem ilesos no estabelecimento de Khorov por respeito às nossas delicadas relações interestelares com Trantor. Fui instruído a lhe dizer, se parecesse necessário, que Khorov, como o senhor provavelmente não ficará surpreso em saber – e aqui o rosto branco deixou transparecer algo notavelmente semelhante a um sorriso sarcástico –, é bem conhecido pelo nosso Departamento de Segurança como agente de Trantor.

6. O EMBAIXADOR

Terens saiu da padaria de Khorov dez horas antes da conversa que Junz teve com o assistente.

Terens mantinha uma das mãos na superfície áspera das cabanas dos trabalhadores pelas quais passava enquanto atravessava cautelosamente as vielas da Cidade. A não ser pela pálida luz que recaía em um brilho intermitente da Cidade Alta, ele estava na total escuridão. O que poderia existir de luz na Cidade Baixa eram os clarões perolados dos patrulheiros, andando em dois ou em três.

A Cidade Baixa era como um monstro nocivo cochilando, suas bobinas ensebadas escondidas pela cobertura cintilante da Cidade Alta. Partes dela provavelmente mantinham uma vida nas sombras, uma vez que produtos eram trazidos e armazenados para o dia seguinte, mas não ali, não nos bairros pobres.

Terens esgueirava-se por uma viela empoeirada – mesmo as chuvas de Florina mal conseguiam penetrar nas regiões sombrias embaixo do ligacimento – quando o tinido de passos chegou até ele. Luzes apareceram, passaram e desapareceram a noventa metros de distância.

A noite inteira, patrulheiros andavam de um lado para o outro. Eles só precisavam andar. O medo que inspiravam era forte o bastante para manter a ordem com quase nenhuma demonstração de força. Sem as luzes da Cidade, a escuridão podia muito bem ser abrigo de incontáveis humanos rastejantes; mas, mesmo sem os patrulheiros como uma ameaça distante, esse perigo poderia ser desconsiderado. As lojas de mantimentos e as oficinas eram bem protegidas, o luxo da Cidade Alta era incansável e roubar uns dos outros, parasitar na miséria uns dos outros, era obviamente inútil.

O que seria considerado crime em outros mundos quase não existia ali, no escuro. Os pobres estavam por perto, mas haviam sido espoliados, e os ricos estavam totalmente fora de alcance.

Terens apertou o passo, com a luz revelando-lhe o rosto incrivelmente branco ao passar por debaixo de uma das aberturas do ligacimento lá no alto, e não pôde deixar de olhar para cima.

Fora de alcance!

Será que eles estavam mesmo fora de alcance? Quantas mudanças de atitude em relação aos nobres de Sark ele enfrentara na vida? Durante a infância, era apenas uma criança. Os patrulheiros eram monstros vestidos de preto e prateado, de quem era natural fugir, tendo ou não feito algo errado. Os nobres eram super-homens indistintos e místicos, imensamente bons, que viviam em um paraíso conhecido como Sark e meditavam cautelosa e pacientemente sobre o bem-estar dos homens e mulheres tolos de Florina.

Ele repetia todos os dias na escola: Que o Espírito da Galáxia proteja os nobres como eles nos protegem.

Sim, ele pensava agora, *exatamente*. Exatamente! Que o Espírito da Galáxia seja para eles o que eles são para nós. Nada mais e nada menos. Seus punhos se cerraram e arderam nas sombras.

Quando tinha dez anos, escreveu uma redação para a escola sobre como imaginava ser a vida em Sark. Fora um trabalho de pura imaginação criativa, planejado para exibir a caligrafia. Lembrava-se muito pouco; só de uma passagem, na verdade. Nela descrevia os nobres reunindo-se a cada manhã em um grande saguão com cores como aquelas das flores de kyrt, solenemente sérios, um esplendor de seis metros de altura, discutindo sobre os pecados dos florinianos e pesarosamente melancólicos quanto à necessidade de trazê-los de volta à virtude.

O professor ficara muito satisfeito e, ao final daquele ano, quando os outros meninos e meninas continuaram com suas pequenas sessões de leitura, escrita e moral, ele fora promovido para uma aula especial em que aprendia aritmética, galactografia e história sarkita. Aos dezesseis anos, fora levado para Sark.

Ainda podia se lembrar da grandiosidade daquele dia, mas afastou a lembrança com um arrepio. Pensar nisso o envergonhava.

Terens se aproximava dos limites da cidade agora. Uma brisa ocasional lhe trazia o forte aroma noturno das flores de kyrt. Em alguns minutos ele estaria na relativa segurança dos campos abertos, onde não havia rondas regulares de patrulheiros e onde, por entre nuvens esparsas, veria as estrelas de novo. Até mesmo a estrela de um amarelo vivo e intenso que era o sol de Sark.

Ele fora *seu* durante metade de sua vida. Quando o viu pela primeira vez pela escotilha da nave como algo mais que uma estrela, como uma bolinha de gude insuportavelmente brilhante, quis ajoelhar-se. A ideia de que estava se aproximando do paraíso afastara até o medo paralisante do primeiro voo espacial.

Ele aterrissara em seu paraíso e fora entregue a um velho floriniano que garantiu que tomasse banho e se vestisse adequadamente. Foi levado para um edifício grande e, no caminho, seu guia idoso curvara-se para uma pessoa que passava.

– Curve-se! – o velho murmurou irritado ao jovem Terens.

Terens se curvou e ficou confuso.

– Quem era?

– Um nobre, seu camponês ignorante.

– Ele? Um nobre?

Ele ficou imóvel e teve de ser instado a continuar andando. Era a primeira vez que via um nobre. De modo algum teria seis metros de altura; era um homem como os outros. Outros jovens florinianos poderiam ter se recuperado do choque dessa desilusão, mas não Terens. Algo mudou dentro dele – e mudou para sempre.

Durante todo o treinamento que recebeu, ao longo de todos os estudos nos quais se saiu tão bem, nunca se esqueceu de que os nobres eram homens.

Estudou por dez anos e, quando não estava estudando nem comendo nem dormindo, ensinaram-lhe a ser útil de várias pequenas formas. Ensinaram-lhe a entregar mensagens e esvaziar cestos de lixo, a curvar-se quando um nobre passava e a virar a cabeça respeitosamente para a parede quando a esposa de um nobre passava.

Por mais cinco anos trabalhou no Serviço Público, mudando de cargo em cargo para que suas habilidades pudessem ser mais bem testadas sob uma variedade de condições.

Certa vez, um floriniano gorducho e cortês o visitou, oferecendo sua amizade com um sorriso, apertando de leve seu ombro, e perguntou o que ele achava dos nobres.

O EMBAIXADOR

Terens reprimiu um desejo de virar as costas e correr. Perguntava-se se seus pensamentos poderiam ter ficado marcados em algum código obscuro sobre as linhas do seu rosto. Chacoalhou a cabeça e murmurou uma série de banalidades sobre a bondade dos nobres.

Mas o gorducho espraiou os lábios e disse:

– Você não está falando sério. Venha a este lugar hoje à noite. – Ele lhe entregou um cartãozinho que carbonizou e se desintegrou em poucos minutos.

Terens foi. Estava com medo, mas muito curioso. Lá encontrou amigos seus, que olharam para ele com segredo nos olhos e que o encontraram no trabalho mais tarde com insossos olhares de indiferença. Ouviu o que eles diziam e descobriu que muitos pareciam acreditar no que ele vinha guardando na própria mente, mas que achava ser criação sua e de mais ninguém.

Descobriu que pelo menos alguns florinianos pensavam que os nobres eram brutamontes repugnantes que exploravam as riquezas de Florina para o seu próprio e inútil bem, enquanto deixavam os nativos esforçados chafurdando na ignorância e na pobreza. Soube que estava chegando o momento em que haveria uma gigantesca insurreição contra Sark, e todo o luxo e a riqueza de Florina seriam apropriados pelos seus legítimos donos.

Como?, perguntou Terens. Perguntou repetidas vezes. Afinal, os nobres e os patrulheiros tinham as armas.

E lhe falaram de Trantor, do gigantesco império que crescera nos últimos séculos até que metade dos planetas habitados da Galáxia fizessem parte dele. Trantor, diziam, destruiria Sark com a ajuda dos florinianos.

Mas, disse Terens, primeiro para si mesmo, depois para os outros, *se Trantor era tão grande e Florina tão pequena, será que*

Trantor simplesmente não substituiria Sark como um senhor ainda maior e mais tirânico? Se essa fosse a única saída, seria preferível tolerar Sark. Melhor o senhor que eles já conheciam do que o senhor que não conheciam.

Ele foi ridicularizado e expulso sob ameaças contra a sua vida caso algum dia contasse o que ouvira.

Contudo, algum tempo depois, notou que, um a um, aqueles membros da conspiração desapareceram, até restar apenas o gorducho original.

De vez em quando o via sussurrando para algum recém-chegado aqui e ali, mas não seria seguro alertar a jovem vítima de que lhe estavam apresentando uma tentação e um teste. Ela teria de encontrar seu próprio caminho, assim como Terens.

Terens até passou algum tempo no Departamento de Segurança, o que apenas alguns florinianos poderiam algum dia ter a esperança de conseguir. Foi uma permanência curta, pois o poder ligado a um oficial da Segurança era tal que o tempo que qualquer indivíduo passava lá era ainda menor do que em outros lugares.

Mas aqui Terens descobriu, um pouco para sua surpresa, que havia conspirações verdadeiras a serem combatidas. De algum modo, homens e mulheres se encontravam em Florina e conspiravam uma rebelião. Em geral, eles eram sustentados clandestinamente com dinheiro trantoriano. Às vezes, os supostos rebeldes de fato pensavam que Florina triunfaria sem ajuda.

Terens refletiu sobre o assunto. Suas palavras eram poucas, seu comportamento estava correto, mas seus pensamentos variavam, desenfreados. Detestava os nobres, em parte porque não tinham seis metros de altura, em parte porque não podia olhar para suas mulheres e em parte porque servira alguns, de cabeça curvada, ainda que, apesar de toda a arrogância, fossem criaturas tolas, tão instruídas quanto ele mesmo e, normalmente, muito menos inteligentes.

No entanto, que alternativa existia a essa escravidão pessoal? Trocar o nobre sarkita estúpido pelo imperial trantoriano estúpido era inútil. Esperar que os camponeses florinianos fizessem algo por conta própria era uma grande tolice. Não havia escapatória.

Esse era o problema que ocupava sua mente havia anos, como estudante, como reles funcionário e como citadino.

Então surgira a peculiar série de circunstâncias que colocou em suas mãos uma resposta inimaginável, personificada na figura daquele homem de aparência insignificante que um dia fora espaçoanalista e que, agora, balbuciava algo capaz de pôr em perigo a vida de cada homem e mulher de Florina.

Terens chegara ao campo, onde a chuva da noite começava a cessar e as estrelas irradiavam um brilho úmido entre as nuvens. Ele aspirou profundamente o cheiro de kyrt, que era o tesouro e a maldição de Florina.

Não tinha nenhuma ilusão. Não era mais citadino. Não era nem sequer um camponês floriniano livre. Era um criminoso em fuga, um fugitivo que tinha de se esconder.

No entanto, algo consumia sua mente. Pelas últimas vinte e quatro horas, tivera em suas mãos a maior arma contra Sark que alguém poderia haver sonhado. Não havia dúvida. *Sabia* que a lembrança de Rik estava correta, que ele *fora* espaçoanalista um dia, que ele *fora* alvo de uma sonda psíquica até quase ficar burro e que aquilo de que ele se lembrava era verdadeiro e terrível e... poderoso.

Tinha certeza disso.

E agora esse Rik estava nas mãos enormes de um homem que fingia ser um patriota floriniano, mas na verdade era um agente trantoriano.

Terens sentia o amargor de sua raiva no fundo da garganta. Claro que aquele padeiro era um agente trantoriano. Não tivera nenhuma dúvida desde o primeiro momento. Quem mais, entre os moradores da Cidade Baixa, teria recursos para construir um forno de radar falso?

Não podia permitir que Rik caísse nas mãos de Trantor. *Não permitiria* que Rik caísse nas mãos de Trantor. Não havia limites para os riscos que estava preparado para correr. Que importavam os riscos? Ele já incorrera em pena de morte.

Havia um fraco brilho no canto do céu. Ele esperaria pelo amanhecer. As várias estações de patrulheiros já tinham, evidentemente, sua descrição, mas talvez seu aparecimento levasse vários minutos até ser registrado.

E, durante esses vários minutos, ele seria citadino. Isso lhe daria tempo para fazer algo em que, mesmo agora, ele não ousava deixar que sua mente ficasse pensando.

Já fazia dez horas que Junz tivera uma conversa com o assistente quando se encontrou com Ludigan Abel outra vez.

O embaixador cumprimentou Junz com sua cordialidade superficial de costume, mas também com uma definitiva e perturbadora sensação de culpa. Em seu primeiro encontro (muito tempo atrás, quase um ano-padrão), ele não prestara atenção à história do homem *em si*. Seu único pensamento fora: *Será que isso vai ajudar, ou pode ajudar, Trantor?*

Trantor! Era sempre esse o seu primeiro pensamento, embora ele não fosse o tipo de tolo que veneraria um punhado de estrelas ou o emblema amarelo da Nave-e-Sol que as forças armadas trantorianas usavam. Em resumo, não era um patriota no sentido comum da palavra, e Trantor, enquanto Trantor, não significava nada para ele.

Mas venerava a paz, tanto mais porque estava ficando velho e gostava de sua taça de vinho, sua atmosfera saturada de música suave e perfume, sua soneca da tarde e sua quieta espera pela morte. Assim imaginava que todos os homens deviam se sentir; no entanto, todos os homens vivenciavam guerra e destruição. Eles morriam congelados no vácuo do espaço, vaporizados na rajada da explosão de átomos, famintos em um planeta sitiado e bombardeado.

Como então impor a paz? Não pela razão, com certeza, nem pela educação. Se um homem não conseguia olhar para a paz e para a guerra e escolher o primeiro em detrimento do segundo, que outro argumento poderia persuadi-lo? O que poderia ser mais eloquente como condenação da guerra do que a própria guerra? Que façanha extraordinária da dialética poderia conter em si um décimo da potência de uma única nave estripada com seu pavoroso carregamento?

Então, para acabar com o mau uso da força, só restava uma única solução: a própria força.

Abel tinha um mapa de Trantor em seu estúdio, desenhado de forma a mostrar a aplicação dessa força. Tratava-se de um ovoide claro e cristalino no qual as lentes galácticas estavam dispostas tridimensionalmente. Suas estrelas eram partículas de poeira de diamante branco; suas nebulosas, faixas de luz ou de névoa escura; e, próximo às suas profundezas centrais, havia as poucas partículas vermelhas que haviam sido a república trantoriana.

Não "eram", mas "haviam sido". A república trantoriana consistira em meros cinco planetas quinhentos anos antes.

Todavia era um mapa histórico, que mostrava a República naquele estágio apenas quando o mostrador marcava zero. Avançando-se um grau no mostrador, a Galáxia seria retratada como haveria de ser cinquenta anos depois, e um feixe de estrelas se tornaria vermelho na borda de Trantor.

Em dez estágios, meio milênio se passaria, e o tom carmim se espalharia como uma mancha de sangue, avolumando-se até que metade da Galáxia houvesse caído na poça vermelha.

Aquele vermelho era o vermelho de sangue não apenas em um sentido extravagante. Quando a república trantoriana se tornou a confederação trantoriana e depois o império trantoriano, seu avanço passara por uma floresta emaranhada de homens estripados, naves estripadas e planetas estripados. Entretanto, através de tudo isso Trantor se tornara forte e, em meio à vermelhidão, havia paz.

Agora Trantor estava na iminência de uma nova conversão: de império trantoriano para império galáctico, e então o vermelho tragaria todas as estrelas e haveria paz universal... *pax trantorica.*

Abel queria isso. Quinhentos anos atrás, quatrocentos anos atrás, até mesmo duzentos anos atrás, ele teria se oposto a Trantor por ser um ninho desagradável de pessoas maldosas, materialistas e agressivas, indiferentes aos direitos dos outros, de democracia imperfeita em casa, mas ágil em notar as pequenas escravidões dos outros e de uma ambição sem fim. No entanto, o tempo passara para todas essas coisas.

Ele não estava a favor de Trantor, e sim da finalidade abrangente que Trantor representava. Portanto, eis que a questão "de que maneira isso ajudará a paz galáctica?" naturalmente se transformou em "de que maneira isso ajudará Trantor?".

O problema era que, nesse caso particular, ele não tinha como saber ao certo. Para Junz, a solução era obviamente simples. Trantor deveria apoiar a AIE e punir Sark.

Possivelmente seria uma coisa boa, se fosse definitivamente possível comprovar algo contra Sark. Possivelmente

O EMBAIXADOR

não, mesmo assim. Com certeza não, se não fosse possível provar nada. Mas, em todo caso, Trantor não podia se precipitar. A Galáxia inteira podia ver que Trantor estava às portas do domínio galáctico e ainda havia uma chance de os planetas não trantorianos restantes se unirem contra isso. Trantor venceria até uma guerra dessas, mas talvez não sem pagar um preço que transformaria a vitória em apenas um nome mais agradável para a derrota.

Trantor jamais deveria fazer uma jogada imprudente nesta etapa final do jogo. Abel, portanto, procedera devagar, tecendo sua delicada rede sobre o labirinto do Serviço Público e o resplendor da posição dos nobres sarkitas, sondando com um sorriso e interrogando sem parecer fazê-lo. Tampouco se esqueceu de manter os dedos do serviço secreto trantoriano sobre o próprio Junz, para que o libairiano zangado não causasse, em algum momento, um dano que Abel não pudesse reparar em um ano.

Abel ficou espantado com a raiva persistente do libairiano. Ele lhe perguntara certa vez:

– Por que se preocupa tanto com um agente?

Ele esperara um discurso sobre a integridade da AIE e o dever de defender a Agência como um instrumento não deste ou daquele planeta, mas de toda a humanidade. Não ouviu discurso algum.

Em vez disso, Junz franziu o cenho e respondeu:

– Porque por trás de tudo isso está a relação entre Sark e Florina. Eu quero expor essa relação e destruí-la.

Abel sentiu nada menos que náusea. Sempre, em toda parte, havia essa preocupação com planetas isolados que impedia, repetidas vezes, qualquer atenção inteligente ao problema da unidade galáctica. Era certo que existiam injustiças sociais aqui e ali. Era certo que elas pareciam, por vezes, impossíveis de digerir. Mas quem poderia imaginar que tais injustiças pudessem ser resolvidas em qualquer escala menor do que a galáctica? Primeiro, era preciso pôr fim à guerra e à rivalidade nacional, e só então seria possível voltar-se para as misérias internas que, afinal, tinham o conflito externo como causa principal.

E Junz nem sequer era de Florina. Nem ao menos tinha essa causa para justificar a miopia emocional.

— O que Florina significa para você? — perguntou Abel. Junz hesitou.

— Sinto afinidade — respondeu.

— Mas você é libairiano. Ou pelo menos foi essa a minha impressão.

— Eu sou, mas é aí que está a familiaridade. Nós dois somos extremos em uma Galáxia marcada pelo mediano.

— Extremos? Não entendi.

— Quanto à pigmentação da pele — explicou Junz. — Eles são estranhamente pálidos. Nós somos estranhamente escuros. Isso significa alguma coisa. Isso nos conecta. Nos dá algo em comum. Me parece que os nossos ancestrais devem ter tido um longo histórico de diferenças e mesmo de exclusão pela maioria social. Somos brancos e negros desafortunados, irmãos na diferença.

A essa altura, sob o olhar espantado de Abel, Junz parou. O assunto jamais voltara a ser comentado.

Agora, depois de um ano, sem aviso, sem nenhuma insinuação prévia, justo no momento em que talvez se pudesse esperar um final tranquilo para todo aquele problema infeliz e bem quando Junz mostrava sinais de entusiasmo enfraquecido, tudo foi pelos ares.

Ele encarava um Junz diferente agora, cuja raiva não estava reservada para Sark, mas transbordara e derramara em Abel também.

O EMBAIXADOR

– Não que eu esteja ressentido – disse o libairiano – pelo fato de os seus agentes estarem no meu encalço. Presumivelmente, o senhor é cauteloso e não deve confiar em nada nem ninguém. Ótimo, no que se refere a esse ponto. Mas por que não fui informado assim que o nosso homem foi localizado?

A mão de Abel alisou o tecido do braço da poltrona.

– Essas questões são complicadas. Sempre complicadas. Tomei providências para que qualquer relato de pessoa não autorizada procurando informações sobre espaçoanálise fosse comunicado a alguns dos meus agentes e também a você. Pensei até que você poderia precisar de proteção. Mas em Florina...

– É – concordou Junz com amargura. – Fomos tolos de não pensar nisso. Passamos quase um ano provando que ele não podia ser encontrado em lugar nenhum em Sark. Ele *tinha* que estar em Florina, e não conseguimos enxergar essa possibilidade. Em todo caso, nós estamos com ele agora. Ou o senhor está e presumivelmente será organizado um encontro para que eu fale com ele?

Abel não respondeu diretamente.

– Você falou que lhe disseram que esse tal de Khorov era um agente trantoriano?

– E ele não é? Por que eles mentiriam? Ou estão mal-informados?

– Eles não mentiram nem estão mal-informados. Ele é nosso agente faz dez anos e me parece perturbador que eles soubessem. Isso me faz pensar em que outras coisas eles sabem e em como nossa estrutura pode estar insegura. Mas você não fica se perguntando por que contaram a você sem rodeios que ele era um dos nossos homens?

– Porque era verdade, imagino, e para evitar de uma vez por todas que eu os constrangesse com mais exigências que só poderiam causar problemas entre eles e Trantor.

– A verdade é algo já desacreditado entre os diplomatas. E como poderiam criar para si mesmos um problema maior do que nos deixar descobrir quanto sabem sobre nós, dando--nos a oportunidade de recolher a nossa rede danificada, remendá-la e estendê-la novamente, antes que seja tarde demais?

– Então responda a sua própria pergunta.

– Digo que eles contaram a você que sabem sobre a verdadeira identidade de Khorov como um gesto de triunfo. Eles sabiam que o fato de terem essa informação não podia mais ajudá-los nem os prejudicar, já que faz doze horas que fui informado de que eles tinham conhecimento de que Khorov era um dos nossos homens.

– Mas como?

– Pelo indício mais evidente possível. Escute! Doze horas atrás, Matt Khorov, agente de Trantor, foi morto por um membro da Patrulha Floriniana. Os dois florinianos que ele estava ajudando, uma mulher e o homem que muito provavelmente é o homem de campo que você está procurando, se foram, desapareceram. É de se presumir que estejam nas mãos dos nobres.

Junz soltou um grito e soergueu-se da poltrona.

Abel levou a taça de vinho aos lábios em um movimento calmo e disse:

– Não há nada que eu possa fazer oficialmente. O homem morto era floriniano e os que desapareceram, a não ser que possamos provar o contrário, são florinianos também. Então, veja bem, eles jogaram melhor e agora, além do mais, estão zombando de nós.

7. O PATRULHEIRO

Rik viu o padeiro morto. Viu-o cair em silêncio, com o peito afundado e carbonizado em farrapos fumegantes sob o disparo mudo do desintegrador. Tal visão ofuscou em sua mente a maior parte do que lhe acontecera antes e quase tudo o que viera depois.

Havia a vaga lembrança da aproximação inicial do patrulheiro, do modo discreto e extremamente atento como sacara a arma. O padeiro levantara os olhos e movera os lábios para uma última palavra que não teve tempo de pronunciar. Então o estrago estava feito; Rik sentiu o sangue correr para as orelhas e foi tomado pela confusão da gritaria desvairada da multidão rodopiando por todos os lados, como um rio transbordando.

Por um momento, esses efeitos anularam a melhora que a mente de Rik obtivera naquelas últimas horas de sono. O patrulheiro se precipitara na direção deles, avançando em meio a homens e mulheres que gritavam, como se fossem um mar viscoso de lama que ele teria de atravessar. Rik e Lona giraram com a corrente e foram arrastados. Eles eram redemoinhos e subcorrentes, girando e agitando-se enquanto os carros voadores dos patrulheiros começavam a pairar lá no alto. Valona impeliu Rik a avançar sempre para fora, para a periferia da Cidade. Durante algum tempo, ele foi a criança assustada do dia anterior, não o quase adulto daquela manhã.

Acordara aquele dia na penumbra de um amanhecer que não podia ver do cômodo sem janelas onde dormira. Ficou ali por longos minutos, examinando a própria mente. Algo se curara durante a noite; algo se alinhavara e se tornara completo. Aquilo vinha se preparando para acontecer desde o momento em que começara a "se lembrar", dois dias antes. O processo vinha se desenvolvendo durante todo o dia anterior. A ida à Cidade Alta e à biblioteca, o ataque ao patrulheiro e a fuga que se seguira, o encontro com o padeiro... Tudo isso agira sobre ele como um fermento. As fibras murchas de sua mente, dormentes havia tanto tempo, tinham sido agarradas e esticadas, dolorosamente forçadas a trabalhar, e agora, depois de um sono, havia uma débil pulsação em torno delas.

Ele pensou sobre o espaço e as estrelas, sobre longas, longas e desertas dimensões e grandes silêncios.

Por fim, virou a cabeça para um lado e disse:

– Lona?

Ela acordou de imediato, soerguendo-se apoiada no cotovelo, olhando em sua direção:

– Rik?

– Estou aqui, Lona.

– Você está bem?

– Claro. – Ele não conseguiu conter sua empolgação. – Eu me sinto bem, Lona. Escute! Me lembrei de mais coisas. Eu estava em uma nave e sei exatamente...

Mas ela não o ouvia. Pôs o vestido e, de costas para ele, alisou a costura, fechou a frente e manuseou nervosamente o cinto.

Andou em direção a ele na ponta dos pés.

– Eu não queria dormir, Rik. Tentei ficar acordada.

Rik sentiu o contágio do nervosismo dela.

– Algo errado? – perguntou ele.

– Shh, não fale tão alto. Está tudo bem.

– Onde está o citadino?

– Ele não está aqui. Ele... ele teve que sair. Por que você não dorme de novo, Rik?

Ele afastou o braço reconfortante da moça.

– Eu estou bem. Não quero dormir. Eu queria contar para o citadino sobre a minha nave.

Mas o citadino não estava lá e Valona não queria ouvir. Rik se calou e, pela primeira vez, sentiu-se realmente aborrecido com Valona. Ela o tratava como se ele fosse criança, e ele estava começando a se sentir como um homem.

Uma luz adentrou o cômodo, e a figura musculosa do padeiro adentrou com ela. Rik piscou e, por um instante, ficou apavorado. Ele não se opôs de todo quando o braço reconfortante de Valona envolveu seu ombro.

Os lábios grossos do padeiro se estenderam em um sorriso.

– Vocês acordaram cedo.

Nenhum dos dois respondeu.

– Melhor assim – comentou o padeiro. – Vocês vão sair daqui hoje.

A boca de Valona estava seca.

– Você não vai entregar a gente para os patrulheiros, vai? – perguntou ela.

– Não, para os patrulheiros, não – respondeu ele. – As pessoas certas foram informadas e vocês vão ficar a salvo.

Ele saiu e, pouco tempo depois, voltou, trazendo comida, roupas e duas bacias de água. As roupas eram novas e pareciam completamente estranhas.

Ele os observou enquanto comiam, dizendo:

– Vou dar novos nomes e novas histórias para vocês. Vocês devem ouvir e não quero que esqueçam. Vocês não são florinianos, entendem? Vocês são um casal de irmãos que veio do planeta Wotex. Vocês estavam visitando Florina...

Ele continuou, fornecendo detalhes, fazendo perguntas, ouvindo as respostas.

Rik ficou feliz por conseguir demonstrar que sua memória estava funcionando, que tinha capacidade de aprender facilmente, mas os olhos de Valona estavam sombrios de preocupação.

Isso não passou despercebido pelo padeiro.

– Se você me causar o mínimo problema, mando o rapaz sozinho e deixo você para trás – ele falou para a moça.

As mãos fortes de Valona se cerraram como em um espasmo.

– Não vou causar problemas.

A manhã já estava avançada quando o padeiro se pôs de pé e falou:

– Vamos!

A última coisa que fez foi colocar quadrinhos pretos de couro sintético nos bolsos de cima da roupa deles.

Uma vez lá fora, Rik parecia surpreso com o que podia ver de si mesmo. Ele não sabia que as roupas podiam ser tão complicadas. O padeiro o havia ajudado a colocá-la, mas quem o ajudaria a tirá-la? Valona não parecia uma camponesa de jeito nenhum. Até suas pernas estavam recobertas por um material fino, e seus sapatos se erguiam nos calcanhares, de modo que ela tinha de se equilibrar com cuidado enquanto andava.

Transeuntes se aglomeraram, encarando boquiabertos, chamando uns aos outros. A maioria era composta de crianças, mulheres da feira e preguiçosos maltrapilhos e furtivos.

O PATRULHEIRO

Pareciam não notar o padeiro. Ele carregava um bastão grosso que às vezes ia parar, como que por acidente, entre as pernas de qualquer um que chegasse perto demais.

Então, quando estavam a apenas noventa metros da padaria, depois de virarem apenas uma esquina, o fundo da multidão ao redor tumultuou-se agitadamente, e Rik distinguiu o preto e o prateado de um patrulheiro.

Foi quando aconteceu aquilo. A arma, o disparo, e outra vez uma fuga alucinada. Teria havido algum dia em que o medo não o acompanhasse, sem a sombra de um patrulheiro atrás dele?

Eles se viram em meio à imundície de um dos distritos afastados da Cidade. Valona ofegava muito; seu novo vestido tinha marcas úmidas de transpiração.

– Não consigo mais correr – disse Rik.

– Nós temos que correr.

– Não desse jeito. Escute. – Ele resistiu firmemente à pressão do aperto da moça. – Me escute.

Ele sentia que o susto e o pânico estavam passando.

– Por que não seguimos em frente e fazemos o que o padeiro queria que fizéssemos? – perguntou ele.

– Como você sabe o que ele queria que fizéssemos? – ela retrucou. Estava ansiosa. Queria continuar em movimento.

– Era para nós fingirmos que somos de outro planeta e ele nos deu isso – explicou ele. Rik estava empolgado. Pegou o pequeno retângulo de dentro do bolso, olhando dos dois lados e tentando abrir como se fosse um livreto.

Não conseguiu. Era uma folha única. Apalpou as bordas e, quando os dedos se encontraram em um canto, ouviu – ou melhor, sentiu – algo ceder, e o lado voltado para ele assumiu um surpreendente tom de branco leitoso. O termo usado na nova superfície era difícil de entender, mas ele começou a decifrar cautelosamente as sílabas.

– É um passaporte – disse ele enfim.

– O que é isso?

– Uma coisa que vai nos tirar daqui – Ele estava seguro disso. Aquela ideia lhe viera à mente. Uma única palavra, "passaporte", desse jeito. – Você não entende? Ele ia nos ajudar a sair de Florina. Em uma nave. Vamos seguir em frente.

– Não – discordou ela. – Ele foi contido. Ele foi morto. Nós não podemos, Rik, nós não podemos.

Ele insistiu no assunto. Estava quase tagarelando.

– Mas seria a melhor coisa a fazer. Eles não iriam esperar que a gente fizesse isso. E a gente não iria na nave onde ele queria que fôssemos. Eles estariam de olho. A gente iria em outra nave. Qualquer outra nave.

Uma nave. Qualquer nave. As palavras ecoavam em seus ouvidos. Se a ideia era boa ou não, ele não se importava. Queria estar em uma nave. Queria estar no espaço.

– *Por favor*, Lona!

– Tudo bem – disse ela. – Se você realmente pensa assim. Eu sei onde fica o espaçoporto. Quando eu era criança, a gente costumava ir lá de vez em quando nos dias de folga e ficava observando de longe para ver as naves decolarem.

Eles voltaram a andar, e apenas uma leve inquietação comichava o limiar da consciência de Rik. Alguma lembrança não do passado distante, mas de um passado muito recente, algo de que ele deveria se lembrar e não conseguia; por muito pouco, não conseguia.

Ele a abafou pensando na nave que esperava por eles.

O floriniano no portão de entrada estava tendo sua quota de agitação aquele dia, mas era uma agitação a longa distância. Espalharam-se histórias insanas sobre a noite anterior, sobre ataques a patrulheiros e fugas ousadas. Naquela manhã, as histórias haviam aumentado e havia rumores sobre a morte de patrulheiros.

Ele não se atreveu a deixar o seu posto, mas esticou o pescoço e observou os carros aéreos passarem e os patrulheiros carrancudos saírem à medida que o contingente do espaçoporto foi se reduzindo cada vez mais até não restar quase nada.

Estavam enchendo a Cidade de patrulheiros, pensou ele, e ficou ao mesmo tempo assustado e ebriamente empolgado. Por que a ideia da morte de patrulheiros deveria deixá-lo feliz? Eles nunca o haviam incomodado. Pelo menos não muito. Ele tinha um bom emprego. Não era nenhum camponês estúpido.

Mas estava contente.

Mal teve tempo para o casal à sua frente, desconfortáveis e transpirando em vestimentas estranhas que os distinguia de imediato como estrangeiros. A mulher estendia um passaporte pela brecha.

Uma olhada nela, uma olhada no passaporte, uma olhada na lista de reservas. Ele apertou o botão apropriado e duas faixas translúcidas de filme saltaram sobre eles.

– Vão em frente – disse ele, com impaciência. – Coloquem a faixa no pulso e prossigam.

– Que nave é a nossa? – perguntou a mulher em um sussurro educado.

Isso o agradou. Era raro ter estrangeiros no espaçoporto floriniano. Nos últimos anos, haviam se tornado cada vez mais raros. Mas, quando vinham, não eram nem patrulheiros nem nobres. Não pareciam se dar conta de que você era só um floriniano e falavam com você educadamente.

Isso o fez sentir-se cinco centímetros mais alto.

– Vocês a encontrarão no Ancoradouro 17 – explicou ele. – Desejo a vocês uma boa viagem a Wotex – concluiu, em grande estilo.

Depois voltou à sua tarefa de fazer ligações furtivas para amigos na Cidade em busca de mais informações e de tentar, de forma mais discreta ainda, grampear conversas em feixes de energia da Cidade Alta.

Levou horas para ele descobrir que cometera um erro terrível.

– Lona! – exclamou Rik.

Ele deu um puxão na manga da roupa dela, apontou rapidamente e sussurrou:

– Aquela ali!

Valona olhou para a nave indicada com ar duvidoso. Era muito menor do que a nave no Ancoradouro 17, para a qual suas passagens eram válidas. Parecia mais polida. Quatro câmaras de descompressão estavam abertas e a escotilha principal estava escancarada, com uma rampa que saía dela como uma língua estendida até o nível do chão.

– Estão arejando a nave – comentou Rik. – Costumam arejar as naves de passageiros antes do voo para se livrar do cheiro acumulado de oxigênio enlatado, usado e reusado.

Valona o encarou.

– Como você sabe?

Rik sentiu uma semente de vaidade crescer dentro de si.

– Eu apenas sei. Sabe, não deve ter ninguém aí dentro agora. Não é confortável com a corrente de ar ativada.

Ele olhou ao redor, incomodado.

– Mas não sei por que não tem mais gente por perto. Era assim quando você costumava observar?

Valona achava que não, mas mal conseguia se lembrar. As recordações da infância estavam muito distantes.

Não havia nenhum patrulheiro à vista quando eles subiram a rampa com as pernas trêmulas. Os vultos que conseguiam ver eram de funcionários civis atentos ao seu trabalho e pequenos àquela distância.

O ar em movimento os açoitou quando entraram no porão, e o vestido de Valona inflou, de modo que ela teve de abaixar as mãos para manter a bainha dentro dos limites.

– É sempre assim? – ela perguntou. Nunca estivera em uma nave antes, nunca sonhara em entrar em uma. Seus lábios cerraram e seu coração disparou.

– Não – respondeu Rik. – Só durante o arejamento.

Ele andou alegremente pelos corredores de metalite duro, inspecionando os cômodos vazios com ansiedade.

– Aqui – falou ele. Era a galera.

Ele falava rápido.

– Não é tanto pela comida. Podemos nos virar sem comida durante algum tempo. É a água.

Ele vasculhou os compactos e ordenados compartimentos de utensílios e surgiu com um recipiente grande e tampado. Procurou à sua volta pela torneira de água, murmurou uma esperança ofegante ao dizer que não haviam deixado de encher os reservatórios de água e sorriu de alívio quando veio o som suave de água bombeada e o jorro contínuo do líquido.

– Agora pegue algumas latas. Não muitas. Não queremos que eles percebam.

Rik tentou desesperadamente pensar em maneiras de refutar as descobertas. Mais uma vez, procurou por algo de que não conseguia se lembrar. Às vezes, ainda se deparava com essas lacunas em seu pensamento e, como um covarde, ele as evitava, negava sua existência.

Encontrou um pequeno cômodo utilizado para equipamentos de combate a incêndio, materiais médicos e cirúrgicos de emergência e equipamentos de soldagem.

– Eles não vão vir aqui a não ser em emergências – disse ele, sem muita confiança. – Você tem medo, Lona?

– Não vou ter medo com você, Rik – respondeu ela com humildade. Dois dias antes, não, doze horas antes, era o contrário. Mas a bordo daquela nave, por alguma transmutação de personalidade que ela não questionava, Rik era o adulto e ela era a criança.

– Não vamos poder usar as luzes porque perceberiam o consumo de energia e, para usar o banheiro, vamos ter que esperar os períodos de descanso e tentar passar pelos funcionários do turno da noite – falou ele.

A corrente de ar parou de repente. Seu toque gelado no rosto deles desapareceu, e o zunido suave e constante, que a acompanhara a distância, cessou, deixando um grande silêncio para preencher seu espaço.

– Eles vão embarcar logo, e então vamos para o espaço – comentou Rik.

Valona jamais vira tanta alegria no rosto de Rik. Ele era como um amante que ia encontrar sua amada.

Se Rik se sentira homem quando acordara ao amanhecer; agora era um gigante, com os braços se estendendo por toda a extensão da Galáxia. As estrelas eram suas bolinhas de gude, e as nebulosas eram teias de aranha para tirar do caminho.

Ele estava em uma nave! Lembranças voltavam continuamente em um longo fluxo e outras saíam para abrir espaço. Estava se esquecendo dos campos de kyrt e da fábrica e de Valona cantando baixinho para ele no escuro. Essas eram apenas pausas momentâneas em um padrão que começava a voltar agora, com suas pontas emaranhadas aos poucos se unindo.

Era uma nave!

Se o houvessem colocado em uma nave muito tempo antes, ele não teria tido de esperar tanto para que as células fundidas de seu cérebro se curassem.

– Agora não se preocupe. Você vai sentir uma vibração e ouvir um barulho, mas vão ser só os motores. Você vai sentir um grande peso sobre o seu corpo. É a aceleração – disse ele em voz baixa para Valona no escuro.

Não havia uma palavra floriniana comum para o conceito e ele usou outra palavra, uma que lhe veio à mente com facilidade. Valona não entendeu.

– Vai doer? – perguntou ela.

– Vai ser bem desconfortável, porque não temos equipamentos antiaceleração para absorver a pressão, mas não vai durar – respondeu ele. – Apenas encoste na parede e, quando sentir que está sendo empurrada contra ela, relaxe. Viu? Está começando.

Ele escolhera a parede certa e, quando o assobio do empuxo dos motores hiperatômicos aumentou, a gravidade aparente mudou e o que havia sido uma parede vertical pareceu tornar-se cada vez mais diagonal.

Valona gemeu uma vez, depois caiu em um silêncio ofegante. Ambos sentiam a garganta raspar, enquanto o tórax, sem a proteção de correias e absorvedores hidráulicos, esforçava-se para liberar os pulmões apenas o suficiente para a entrada de um pouco de ar.

Rik conseguiu pronunciar, resfolegando, algumas palavras – quaisquer palavras que pudessem fazer com que Valona soubesse que ele estava ali e acalmar o terrível medo do desconhecido que sabia que devia haver tomado conta dela. Era só uma nave, uma nave maravilhosa, mas ela nunca estivera em uma nave antes.

— Tem o Salto, claro, quando passamos pelo hiperespaço e atravessamos a maior parte da distância entre as estrelas tudo de uma vez — explicou ele. — Isso não vai causar nenhum incômodo. Você nem vai saber que aconteceu. Não é nada comparado a agora. Só uma pequena contração nas suas entranhas. — Ele articulou bem as palavras, sílaba grunhida após sílaba grunhida. Levou um bom tempo.

Aos poucos, o peso sobre o tórax aliviou, e a corrente invisível que os prendia à parede estirou-se e caiu. Eles tombaram no chão, arquejando.

— Você está machucado, Rik? — perguntou Valona enfim.

— Eu, machucado? — Ele conseguiu dar risada. Ainda não havia recuperado o fôlego, mas riu da ideia de que pudesse se machucar em uma nave.

— Certa vez, eu vivi em uma nave durante anos. Passava meses sem aterrissar em um planeta — contou.

— Por quê? — ela indagou. Arrastou-se para mais perto e colocou uma das mãos na bochecha dele, certificando-se de que ele estava lá.

Ele passou o braço ao redor do ombro dela e ela repousou naquele abraço silenciosamente, aceitando a inversão de papéis.

— Por quê? — perguntou ela.

Rik não conseguia lembrar por quê. Fizera aquilo; detestara aterrissar em um planeta. Por algum motivo, fora necessário permanecer no espaço, mas não podia lembrar por quê. Outra vez esquivou-se da lacuna.

— Eu tinha um emprego — respondeu.

– É – concordou ela. – Você analisava o Nada.

– Pois é. – Ele ficou satisfeito. – Era exatamente isso o que eu fazia. Você sabe o que significa?

– Não.

Ele não esperava que ela entendesse, mas tinha de conversar. Tinha de regozijar-se com a memória, deleitar-se embriagadamente com o fato de que podia evocar fatos passados com o estalar de um dedo mental.

– Sabe, toda a matéria no universo é composta de uma centena de substâncias diferentes – explicou ele. – Chamamos essas substâncias de elementos. Ferro e cobre são elementos.

– Achei que fossem metais.

– São metais e são elementos também. Assim como o oxigênio e o nitrogênio, o carbono e o paládio. Os mais importantes de todos são o hidrogênio e o hélio. São os mais simples e mais comuns.

– Nunca ouvi falar desses – comentou Valona, melancólica.

– Noventa e cinco por cento do universo é hidrogênio e a maior parte do resto é hélio. Até o espaço.

– Uma vez me falaram – disse Valona – que o espaço era um vácuo. Falaram que isso significava que não tinha nada lá. Está errado?

– Não exatamente. Não existe *quase* nada lá. Mas, veja bem, eu era espaçoanalista, o que quer dizer que eu viajava pelo espaço coletando e analisando quantias extremamente pequenas de elementos lá. Ou seja, eu concluía quanto era hidrogênio, quanto era hélio e quanto eram outros elementos.

– Por quê?

– Bem, é complicado. Sabe, a organização dos elementos não é a mesma em todos os lugares do espaço. Em algumas regiões existe um pouco mais de hélio do que o normal; em outras, mais sódio do que o normal, e assim por diante. Essas regiões de composição analítica especial serpenteiam pelo espaço como correntes. É assim que são chamadas. As correntes do espaço. É importante saber como essas correntes estão organizadas, porque poderiam explicar como o universo foi criado e como se desenvolveu.

– Por que elas explicariam isso?

Rik hesitou.

– Ninguém sabe com certeza.

Ele se apressou em continuar, constrangido com a ideia de que essa imensa bagagem de conhecimento em que sua mente por sorte estava mergulhando pudesse facilmente chegar ao ponto marcado como "desconhecido" com as interrogações de... de... De súbito ocorreu-lhe que Valona não passava de uma camponesa floriniana, afinal.

– Depois descobrimos a densidade, sabe, a espessura desse gás em todas as regiões da Galáxia – falou ele. – É diferente em diferentes lugares, e temos que saber exatamente qual é para que as naves calculem com precisão como fazer Saltos pelo hiperespaço. É como... – Sua voz sumiu.

Valona ficou tensa e esperou desconfortavelmente que ele continuasse, mas houve apenas silêncio. Sua voz ressoou roucamente na completa escuridão.

– Rik? Qual o problema, Rik?

Silêncio ainda. As mãos dela apalparam os ombros dele, chacoalhando-o.

– Rik! Rik!

E foi, de algum modo, a voz do velho Rik que respondeu. Era uma voz fraca, assustada; sua alegria e confiança haviam sido perdidas.

– Lona. Nós fizemos uma coisa errada.

– Qual é o problema? O que fizemos de errado?

A lembrança da cena na qual o patrulheiro atirara no padeiro estava em sua mente, estampada com intensidade e clareza, como que evocada por sua exata lembrança de tantas outras coisas.

– Não devíamos ter fugido – respondeu dele. – Não devíamos estar aqui nesta nave.

Rik tremia incontrolavelmente, e Valona enxugava inutilmente a umidade da testa dele com a mão.

– Por quê? – perguntou ela. – Por quê?

– Porque nós devíamos saber que, se o padeiro estava disposto a nos levar para fora durante o dia, ele não esperava ter nenhum problema com os patrulheiros. Você se lembra do patrulheiro? Daquele que atirou no padeiro?

– Lembro.

– Lembra o rosto dele?

– Não me atrevi a olhar.

– Eu olhei, e tinha algo estranho, mas não pensei. Não pensei. Lona, *não era* um patrulheiro. Era o citadino, Lona. Era o citadino vestido de patrulheiro.

8. A LADY

Samia de Fife tinha exatamente um metro e cinquenta e dois centímetros de altura, e todos os seus cento e cinquenta e dois centímetros estavam em estado de trêmula exasperação. Ela pesava mais ou menos duzentos e sessenta e três gramas por centímetro no momento, e cada um de seus quarenta quilos representava quarenta mil gramas de pura raiva.

Ela atravessou rapidamente o cômodo de ponta a ponta, o cabelo escuro amontoado em grandes volumes, seus saltos-agulha emprestando-lhe uma falsa altura e seu queixo fino, com a covinha pronunciada, trêmulo.

– Ah, não – disse ela. – Ele não faria isso comigo. Ele *não poderia* fazer isso comigo. Capitão!

Sua voz era aguda e carregava o peso da autoridade. O capitão Racety fez uma mesura em vista daquela tormenta.

– Milady?

Para qualquer floriniano, claro, o capitão Racety seria um "nobre". Simplesmente isso. Para qualquer floriniano, todos os sarkitas eram nobres. Mas, para os sarkitas, havia nobres e nobres *de verdade*. O capitão era apenas um nobre. Samia de Fife era uma nobre *de verdade*, ou o equivalente feminino, o que dava na mesma.

– Milady? – falou ele.

– Não aceito que me deem ordens – começou ela. – Sou maior de idade. Sou senhora de mim mesma. Eu escolho ficar aqui.

– Por favor, entenda, milady, que nenhuma ordem partiu de mim – explicou o capitão, cautelosamente. – Não me pediram conselho. Me disseram de forma clara e categórica o que eu devia fazer.

Ele procurou sem entusiasmo a cópia de suas ordens. Já tentara lhe apresentar a evidência duas vezes, mas ela se recusara a levá-la em consideração – como se, não olhando, pudesse continuar, com a consciência limpa, a negar qual era o dever dele.

– Não estou interessada nas suas ordens – repetiu ela mais uma vez, exatamente como antes.

Ela virou as costas com um tinido dos saltos e afastou-se dele, apressada.

Ele a seguiu e falou, em um tom suave:

– As ordens incluem instruções no sentido de que, se a senhorita não quiser vir, devo, se me permite dizer, carregá-la para dentro da nave.

Ela se virou.

– Você não se atreveria a fazer uma coisa dessas.

– Quando penso – retorquiu o capitão – em quem foi que deu essas ordens, eu me atreveria a qualquer coisa.

Ela tentou persuadi-lo falando manso.

– Não deve existir nenhum perigo real, capitão. Isso é ridículo, uma completa loucura. A Cidade é pacífica. A única coisa que aconteceu foi que nocautearam um patrulheiro ontem à tarde na biblioteca. Verdade!

– Outro patrulheiro foi morto hoje ao amanhecer, outra vez em um ataque floriniano.

Isso a abalou, mas sua pele morena tornou-se sombria e seus olhos pretos faiscaram.

– O que isso tem a ver comigo? Não sou patrulheira.

– Milady, a nave está sendo preparada neste exato momento. Ela partirá em breve. A senhorita terá que estar nela.

– E o meu trabalho? A minha pesquisa? Você percebe... não, você não percebe.

O capitão não disse nada. Ela virara as costas para ele. Seu vestido brilhante de kyrt em tom cobre com fios de prata pálida realçavam a extraordinária maciez cálida de seus ombros e da parte superior dos braços. O capitão Racety olhou para ela com algo mais que a simples cortesia e humilde objetividade que um mero sarkita devia a uma grande lady. Ele se perguntava por que uma mulher tão delicada e desejável escolheria passar o tempo imitando as atividades acadêmicas de um professor universitário.

Samia sabia muito bem que sua erudição fervorosa a tornava objeto de uma discreta chacota para pessoas acostumadas a pensar nas senhoras aristocráticas de Sark como totalmente dedicadas ao brilho da alta sociedade e, por fim, atuando como incubadoras de pelo menos, mas não mais que dois futuros nobres de Sark. Ela não se importava.

Vinham falar com ela e perguntavam: "Você vai mesmo escrever um livro, Samia?", e pediam para ver, e riam.

Quem fazia isso eram as mulheres. Os homens eram ainda piores, com sua educada condescendência e óbvia convicção de que bastaria um olhar deles ou o braço de um homem ao redor de sua cintura para curá-la dessa bobagem e voltar sua mente para coisas verdadeiramente importantes.

Começara quase desde quando ela podia se lembrar, porque sempre adorara o kyrt, enquanto a maior parte das pessoas o menosprezava. Kyrt! O rei, o imperador, o *deus* dos tecidos. Não havia metáfora forte o suficiente.

Quimicamente, não passava de uma variedade de celulose. Assim juravam os químicos. No entanto, com todos os seus instrumentos e teorias, ainda não haviam explicado por que em Florina, e de toda a Galáxia apenas em Florina, a celulose se transformava em kyrt. Era uma questão do estado físico, diziam. Contudo, se lhes perguntassem exatamente de que maneira o estado físico variava em relação ao da celulose comum, ficavam mudos.

Ela descobrira a ignorância pela primeira vez com sua babá.

– Por que ele brilha, Babá?

– Porque é kyrt, Miakins.

– Por que as outras coisas não brilham igual, Babá?

– As outras coisas não são kyrt, Miakins.

Ali estava. Uma monografia em dois volumes sobre o assunto fora escrita apenas três anos antes. Ela a lera com atenção e tudo poderia ser reduzido à explicação de sua babá. O kyrt era kyrt porque era kyrt. As coisas que não eram kyrt não eram kyrt porque não eram kyrt.

Era evidente que o kyrt não brilhava por conta própria, mas, quando adequadamente urdido, apresentava uma cintilação metálica à luz do sol em uma variedade de cores ou de todas as cores de uma vez. Outra forma de tratamento podia dar um brilho de diamante ao fio. Com pouco esforço, podia se tornar completamente resistente ao calor de até seiscentos graus Celsius e neutro a quase todos os elementos químicos. Suas fibras podiam ser urdidas com espessura mais fina do que os tecidos sintéticos mais delicados, e essas mesmas fibras tinham uma força tênsil que nenhuma liga de aço conhecida conseguia reproduzir.

A LADY

Ele tinha mais usos, mais versatilidade do que qualquer substância conhecida pelo homem. Se não fosse tão caro, poderia ser usado para substituir o vidro, o metal ou o plástico em qualquer uma entre infinitas aplicações industriais. Do modo como eram as coisas, ele era o único material usado para fabricar miras em equipamentos óticos, como molde na fundição dos hidrocronos utilizados em motores hiperatômicos e como tela leve e de longa duração quando o metal era muito quebradiço, ou muito pesado, ou ambos.

Mas esse era, como já foi dito, um uso em pequena escala, uma vez que o uso em quantidade era proibitivo. Na verdade, a colheita do kyrt de Florina ia para a manufatura de tecido, que era usado para a produção das roupas mais fabulosas da história da Galáxia. Florina vestia a aristocracia de um milhão de planetas, e a colheita de kyrt de um único planeta, Florina, tinha de ser distribuída por rateio em razão disso. Vinte mulheres em um planeta podiam ter uma vestimenta de kyrt, e outras duas mil podiam ter um casaco casual, ou talvez luvas, desse material. Enquanto isso, vinte milhões observavam a distância, desejando a mesma coisa.

O milhão de mundos da Galáxia tinha uma gíria em comum para os esnobes. Tratava-se da única expressão da língua que era entendida com facilidade e exatidão em toda parte. Dizia o seguinte: "Parece que ela assoou o nariz em kyrt!".

Quando Samia era maior, foi até o pai.

– O que é kyrt, papai?

– É o seu pão com manteiga, Mia.

– Meu?

– Não só seu, Mia. É o pão com manteiga de Sark.

Claro! Ela descobriu o motivo disso com bastante facilidade. Não havia nenhum planeta na Galáxia que não tivesse tentado cultivar kyrt em seu solo. De início, Sark aplicara pena de morte para qualquer um, nativo ou estrangeiro, que fosse pego contrabandeando semente de kyrt para fora do planeta. Isso não evitou que o contrabando fosse realizado e, à medida que se passaram os séculos e a verdade veio à tona para Sark, a lei foi abolida. Homens de qualquer parte eram bem-vindos para comprar sementes de kyrt – evidentemente, peso a peso – no mesmo preço do tecido de kyrt finalizado.

Eram livres para levá-las porque se descobriu que o kyrt cultivado em qualquer outro lugar da Galáxia que não fosse Florina era apenas celulose. Branca, lisa, fraca e inútil. Não servia nem mesmo como um algodão decente.

Seria algo no solo? Algo nas características da radiação do sol floriniano? Algo na composição bacteriana da vida de Florina? Haviam tentado tudo. Haviam levado amostras do solo floriniano. Haviam construído arcos de luz artificial que reproduziam o espectro conhecido do sol de Florina. Haviam infectado solo estrangeiro com as bactérias florinianas. E o kyrt sempre crescia branco, liso, fraco e inútil.

Havia tanto a dizer sobre o kyrt que nunca fora dito; materiais diferentes daqueles dos relatórios técnicos, de artigos de pesquisa ou mesmo de livros de viagem. Fazia cinco anos que Samia vinha sonhando em escrever um livro de verdade sobre a história do kyrt, a terra onde ele crescia e as pessoas que o cultivavam.

Era um sonho cercado de risadas zombeteiras, mas ela se agarrou a ele. Hesitara em viajar para Florina. Ia passar uma estação nos campos e alguns meses nas fábricas. Ia...

Mas que importava o que ela ia fazer? Recebera ordens para voltar.

Com a súbita impulsividade que marcava cada um de seus atos, tomou sua decisão. Seria capaz de enfrentar isso

A LADY

em Sark. Sombriamente, prometeu a si mesma que estaria de volta a Florina em uma semana.

Voltou-se para o capitão e disse com frieza:

— Quando partimos, senhor?

Samia permaneceu na escotilha de observação enquanto Florina era um globo visível. Era um mundo verde, primaveril, com um clima muito mais agradável do que Sark. Ela esperava estudar os nativos. Não gostava dos florinianos que estavam em Sark, homens insípidos que não ousavam olhar para ela, e sim viravam as costas quando passava, de acordo com a lei. Em seu próprio planeta, contudo, os nativos, segundo relatos unânimes, eram felizes e despreocupados. Irresponsáveis, claro, e parecidos com crianças, mas tinham charme.

O capitão Racety interrompeu seus pensamentos.

— Milady, poderia se recolher ao seu aposento? — pediu ele.

Ela levantou a cabeça, e uma minúscula ruga se formou entre os olhos.

— Que ordens novas o senhor recebeu, capitão? Eu sou prisioneira?

— Claro que não. Apenas uma precaução. O campo espacial estava estranhamente vazio antes da decolagem. Parece que aconteceu outro assassinato, de novo cometido por um floriniano, e o contingente de patrulheiros do campo se juntou ao resto em uma perseguição pela Cidade.

— E qual a ligação desse fato comigo?

— É só que, nessas circunstâncias, às quais eu deveria ter reagido estabelecendo minha própria guarda (não minimizo a minha própria falha), pessoas não autorizadas podem ter embarcado nesta nave.

– Por que motivo?

– Eu não saberia dizer, mas dificilmente para a nossa satisfação.

– O senhor está exagerando, capitão.

– Receio que não, milady. Nossos ergonomedidores eram inúteis dentro da distância planetária do sol de Florina, claro, mas não é esse o caso agora, e receio que haja excesso de radiação térmica nos Estoques de Emergência.

– Está falando sério?

O rosto magro e inexpressivo do capitão a fitaram desinteressadamente por um momento.

– A radiação é equivalente àquela que seria emanada por duas pessoas comuns – falou ele.

– Ou uma unidade de aquecimento que alguém se esqueceu de desligar.

– Nosso suprimento de energia não está sendo drenado, milady. Estamos prontos para investigar, milady, e pedimos apenas que se recolha aos seus aposentos.

Ela aquiesceu silenciosamente e saiu da sala. Dois minutos depois, a calma voz dele falou sem pressa pelo comunitubo.

– Entrem nos Estoques de Emergência.

Myrlyn Terens, se houvesse relaxado os nervos tensos o mínimo que fosse, poderia facilmente, até felizmente, ter ficado histérico. Demorara um pouco demais para voltar à padaria. Eles já haviam saído dali e só por sorte os encontrara na rua. Sua ação seguinte fora determinada; não fora, de modo algum, uma questão de livre escolha, e o padeiro jazia horrivelmente morto à sua frente.

Depois, com a multidão agitada, Rik e Valona fundindo-se nela, e os carros aéreos dos patrulheiros, os patrulheiros *de verdade*, começando a aparecer como abutres, o que ele podia fazer?

A LADY

Lutou contra seu primeiro impulso de correr atrás de Rik. Jamais os encontraria, e havia uma probabilidade muito alta de que ele próprio não passasse despercebido pelos patrulheiros. Correu para outro lado, em direção à padaria.

Sua única chance estava na própria organização dos patrulheiros. Tinha havido gerações de uma vida tranquila. Fazia pelo menos dois séculos que não se falava em revoltas florinianas. A instituição do citadino (ele deu um sorriso feroz ao pensar nisso) fizera maravilhas, e os patrulheiros tinham apenas deveres superficiais de polícia desde então. Faltava-lhes o trabalho em equipe afiado que teria se desenvolvido em condições mais árduas.

Fora fácil para ele entrar em um posto de patrulheiros, para onde sua descrição já devia ter sido enviada, embora provavelmente não houvesse sido olhada com muita atenção. O patrulheiro solitário em serviço era uma mescla de indiferença e mau humor. Pedira a Terens que dissesse o que queria – mas o que queria incluía o uso de uma grossa barra de madeira plástica que arrancara da lateral de uma cabana desgrenhada nas cercanias da cidade.

Terens golpeou com a barra o crânio do patrulheiro, depois trocou de roupa e de armas. Sua lista de crimes já estava tão formidável que não o incomodou nem um pouco saber que não atordoara o patrulheiro, e sim o matara.

No entanto, continuava foragido, e a máquina enferrujada da justiça dos patrulheiros até agora rangera atrás dele em vão.

Ele estava na padaria. O ajudante idoso do padeiro, de pé à porta em um esforço inútil de descobrir alguma coisa sobre o tumulto, soltou um gritinho fraco ao ver o pavoroso tom preto e prateado que identificava os patrulheiros e esgueirou-se para dentro do estabelecimento.

O citadino lançou-se sobre ele, amarrotando e virando o colarinho solto e enfarinhado do homem com seu punho roliço.

– Para onde o padeiro ia?

O homem abriu a boca, mas não pronunciou nenhum som.

– Matei um homem dois minutos atrás – disse o citadino. – Não me importo de matar mais um.

– Por favor. Por favor. Não sei, senhor.

– Você vai morrer por não saber.

– Mas ele não me contou. Ele fez algum tipo de reserva.

– Ah, você acabou escutando isso, não foi? O que mais ouviu?

– Ele mencionou Wotex uma vez. Acho que as reservas eram para uma espaçonave.

Terens largou o homem.

Ele teria de esperar. Teria de deixar o pior da agitação lá fora se acalmar. Teria de correr o risco de os patrulheiros de verdade chegarem à padaria.

Mas não por muito tempo. Podia imaginar o que seus antigos companheiros fariam. Rik era imprevisível, claro, mas Valona era uma moça inteligente. Considerando o modo como correram, deviam ter pensado que ele era um patrulheiro de fato, e Valona com certeza concluiria que a única chance de ficarem em segurança seria continuar o voo a que o padeiro dera início para eles.

O padeiro fizera reservas para eles. Uma espaçonave estaria esperando. Eles estariam lá.

E ele teria de chegar antes.

Havia esse detalhe sobre o desespero da situação. Nada mais importava. Se perdesse Rik, se perdesse aquela arma potencial contra os tiranos de Sark, sua vida seria somente uma pequena perda a mais.

A LADY

Por isso, partiu sem receio – embora fosse dia, embora os patrulheiros devessem saber, a essa altura, que era um homem com uniforme de patrulheiro que procuravam e embora houvesse dois carros aéreos bem à vista.

Terens conhecia o espaçoporto em questão. Havia somente um desse tipo no planeta. Na Cidade Alta, havia uma dúzia de pequeninos espaçoportos para uso particular de iates espaciais, além de centenas por todo o planeta para uso exclusivo dos deselegantes cargueiros que transportavam gigantescos rolos de tecido de kyrt para Sark e traziam maquinário e bens de consumo simples de volta. Mas, entre todos esses, havia apenas um espaçoporto para uso de viajantes comuns, para os sarkitas mais pobres, para os funcionários públicos florinianos e para os poucos estrangeiros que conseguiam obter permissão para visitar Florina.

O floriniano no portão de entrada do porto observou a aproximação de Terens com todos os sintomas de vivo interesse. O vazio que o cercava se tornara insuportável.

– Saudações, senhor – falou ele. Havia um tom dissimuladamente ávido em sua voz. Afinal, patrulheiros estavam sendo assassinados. – Uma agitação considerável na Cidade, não é?

Terens não mordeu a isca. Ele baixara o visor arqueado do capacete e fechara até o último botão da túnica.

– Entraram recentemente no porto duas pessoas, um homem e uma mulher, a caminho de Wotex? – perguntou asperamente.

O porteiro pareceu perplexo. Por um instante, engoliu em seco; então, em um tom consideravelmente desanimado, respondeu:

– Sim, oficial. Mais ou menos meia hora atrás. Talvez menos. – Ele enrubesceu de repente. – Existe alguma ligação entre eles e... Oficial, estava tudo em ordem com as reservas deles. Eu não deixaria estrangeiros passarem sem a devida autorização.

Terens ignorou essa parte. Devida autorização! O padeiro conseguira arranjar isso no decorrer de uma noite. Pela Galáxia, pensava ele, até que ponto a organização de espionagem trantoriana se infiltrou na administração sarkita?

— Que nomes eles deram?

— Gareth e Hansa Barne.

— A nave deles já saiu? Rápido!

— N-não, senhor.

— Em que ancoradouro?

— Dezessete.

Terens obrigou-se a não correr, mas seus passos ficaram pouco aquém disso. Se houvesse um patrulheiro de verdade à vista, aquela apressada meia corrida teria sido sua última caminhada em liberdade.

Um espaçonauta com uniforme de oficial estava à entrada da principal câmara de descompressão da nave.

Terens estava um pouco ofegante.

— Gareth e Hansa Barne já embarcaram na nave? — perguntou.

— Não, não embarcaram, não — respondeu o espaçonauta, fleumaticamente. Era sarkita e, para ele, um patrulheiro era apenas outro homem de uniforme. — Você trouxe uma mensagem deles?

— Eles *não* embarcaram! — exclamou Terens, com uma paciência impressionante.

— Foi o que eu disse. E não vamos esperar por eles. Partimos no horário, com ou sem eles.

Terens afastou-se.

Estava na cabine do porteiro de novo.

– Eles saíram?

– Saíram? Quem, senhor?

– Os Barnes. Aqueles que iam para Wotex. Não estão a bordo da nave. Eles foram embora?

– Não, senhor. Não que eu saiba.

– E os outros portões?

– Não são saídas, senhor. Esta é a única saída.

– Verifique as outras, seu idiota miserável.

O porteiro pegou o comunitubo em estado de pânico. Nenhum patrulheiro jamais lhe falara com tanta raiva, e ele temia os resultados. Dois minutos depois, desligou o aparelho.

– Ninguém saiu, senhor – disse ele.

Terens fitou-o. Sob o quepe preto, o cabelo claro do porteiro colara no couro cabeludo por causa da umidade, e em cada bochecha havia uma marca brilhante de transpiração.

– Alguma nave saiu do porto desde que eles entraram? – perguntou ele.

O porteiro consultou o horário.

– Uma – respondeu –, o cruzeiro espacial *Endeavour*.

Ele continuou de forma eloquente, ávido por cair nas graças do patrulheiro irritado oferecendo informações.

– O *Endeavour* está fazendo uma viagem especial a Sark para levar lady Samia de Fife de Florina para lá.

Ele não se deu ao trabalho de descrever com exatidão com que refinado modo de escuta conseguira tomar conhecimento do "relatório confidencial".

Mas, para Terens, agora nada importava.

Ele se afastou devagar. Seria preciso eliminar o impossível e o que quer que restasse, por mais improvável que fosse, era a verdade. Rik e Valona haviam entrado no espaçoporto. Não haviam sido capturados, ou o porteiro com certeza saberia. Não estavam simplesmente perambulando pelo porto, do contrário a essa altura teriam sido capturados. Não estavam na nave para a qual tinham passagens. Não haviam saído do local. O único objeto que partira do local fora o *Endeavour*. Portanto, era nele, possivelmente como cativos, possivelmente como passageiros clandestinos, que estavam Rik e Valona.

E as duas coisas eram equivalentes. Se fossem passageiros clandestinos, logo se tornariam cativos. Só uma camponesa floriniana e uma criatura meio devastada não perceberiam que é impossível viajar clandestinamente em uma nave moderna.

E, de todas as espaçonaves que havia para escolher, eles escolheram aquela que levava a filha do nobre de Fife.

O nobre de Fife!

9. O NOBRE

O nobre de Fife era o indivíduo mais importante de Sark e, por esse motivo, não gostava de ser visto de pé. Como a filha, ele era baixo, mas, diferentemente dela, não tinha proporções perfeitas, já que boa parte de sua baixa estatura se concentrava nas pernas. Seu torso era até musculoso e a cabeça sem dúvida era majestosa, mas o corpo estava fixado sobre pernas atarracadas, que eram obrigadas a bambolear pesadamente para carregar o peso.

Então ele se sentou atrás de uma mesa e, a não ser pela filha, pelos empregados pessoais e, quando viva, pela esposa, ninguém o via em outra posição.

Lá parecia o homem que era. A cabeça grande, com boca ampla, quase sem lábios, nariz largo de narinas grandes e queixo pontudo com covinha, podia parecer benévola e inflexível ao mesmo tempo com igual facilidade. O cabelo, rigidamente penteado para trás e em negligente descaso com a moda, chegando quase à altura dos ombros, era preto-azulado, sem nenhum fio grisalho. Um vago tom azul marcava a região das bochechas, dos lábios e do queixo, onde seu barbeiro floriniano combatia o obstinado crescimento de pelo facial duas vezes ao dia.

O nobre estava representando e sabia disso. Ele se disciplinara a manter o rosto inexpressivo e permitia que as mãos, grandes, fortes e de dedos pequenos, permanecessem frouxamente entrelaçadas sobre uma mesa cuja superfície lisa e polida estava completamente vazia. Não havia um papel sequer sobre ela, nenhum comunitubo, nenhum adorno. Sua própria simplicidade enfatizava a presença do nobre.

– Presumo que todos tenham aceitado – disse ele a seu secretário pálido, branco como um peixe, no tom sem vida especial que reservava para os aparelhos mecânicos e para os funcionários florinianos.

Ele não tinha nenhuma dúvida real quanto à resposta.

– O nobre de Bort afirmou que a urgência de acordos comerciais anteriores o impediu de chegar antes de três horas – respondeu o secretário, em um tom igualmente sem vida.

– E você disse a ele?

– Eu mencionei que a natureza da negociação atual tornava qualquer atraso desaconselhável.

– E o resultado?

– Ele virá, senhor. Os demais concordaram sem hesitar.

Fife sorriu. Meia hora a menos ou a mais não faria diferença. Havia um novo princípio envolvido, isso era tudo. Os grandes nobres eram melindrosos demais no que se referia à própria independência, e esse melindre teria de ser deixado de lado.

Ele estava esperando agora. A sala era ampla, os lugares para os outros estavam preparados. O grande cronômetro, cuja minúscula faísca de energia radioativa não cessara nem falhara em mil anos, marcava 2h21.

Que turbulência nos últimos dois dias! O velho cronômetro ainda poderia testemunhar eventos iguais a quaisquer outros do passado.

Contudo, aquele cronômetro vira muitos no decorrer dos seus mil anos. Quando marcou seus primeiros minutos, Sark era um mundo novo de cidades escavadas com contatos duvidosos entre os outros mundos mais antigos. O instrumento estava na parede de um velho prédio de tijolos naquela época, tijolos que já haviam virado pó. Marcara seu ritmo tranquilo ao longo de três "impérios" sarkitas de curta duração quando os indisciplinados soldados de Sark conseguiram governar, durante um intervalo mais longo ou mais curto, uma meia dúzia de planetas circunvizinhos. Seus átomos radioativos haviam explodido em uma rigorosa sequência estatística no decorrer de dois períodos em que frotas de planetas vizinhos ditavam a política em Sark.

Quinhentos anos antes, marcara o tempo indiferente em que Sark descobriu que o planeta mais próximo, Florina, tinha no solo um tesouro inimaginável. Passara calmamente por duas guerras vitoriosas e marcara solenemente o estabelecimento da paz de um conquistador. Sark abandonara seu império, tomara conta de Florina por completo e tornara-se poderoso de um modo que nem Trantor podia fazer igual.

Trantor queria Florina, assim como outras potências a tinham cobiçado. Os séculos marcavam Florina como um planeta disputado por mãos que se estendiam pelo espaço, apalpando e tentando alcançá-la com avidez. Mas foi a mão de Sark que agarrou aquele mundo, e era mais fácil Sark entrar em uma guerra galáctica do que abrir essa mão.

Trantor sabia disso! Trantor sabia disso!

Era como se o ritmo silencioso do cronômetro desencadeasse a pequena cantilena no cérebro do nobre.

Eram 2h23.

* * *

Quase um ano antes, os cinco grandes nobres de Sark haviam se reunido. Naquele momento, como agora, a reunião fora ali, em seu próprio salão. Naquele momento, como agora, os nobres, espalhados pela superfície do planeta, cada um em seu próprio continente, haviam se reunido por meio de personificação tridimensional.

Em um sentido simples, equivalia a uma televisão tridimensional em tamanho real com som e cor. A mesma estrutura podia ser encontrada em qualquer residência particular moderadamente abastada em Sark. O que tinha além do comum era a falta de qualquer receptor visível. A não ser por Fife, os nobres presentes estavam presentes de todas as formas possíveis, menos na realidade. Não dava para ver a parede atrás deles; não bruxuleavam, mas uma mão poderia passar por seus corpos.

O verdadeiro corpo do nobre de Rune estava nos antípodas; seu continente era o único onde no momento predominava a noite. A área cúbica imediatamente ao redor de sua imagem no escritório de Fife tinha o brilho frio e branco da luz artificial, que era ofuscado pelo brilho ainda maior da luz do dia.

Reunidos em uma sala, em corpo e em imagem, estava o próprio planeta Sark. Era uma personificação estranha e não de todo heroica daquele mundo. Rune era calvo, rosado e gordo, enquanto Balle era cinzento, ressequido e enrugado. Steen, empoado e vermelho, exibia o sorriso desesperado de um homem extenuado fingindo ter uma força vital que já não tinha, e Bort levava a indiferença pelos bons hábitos de higiene ao desagradável ponto de apresentar unhas sujas e barba há dois dias por fazer.

Entretanto, eles eram os cinco grandes nobres.

Eram o mais alto de três degraus de governo em Sark. O degrau mais baixo era, claro, o Serviço Público Floriniano, que permaneceu estável ao longo de todas as vicissitudes que marcaram a ascensão e a queda de casas nobres individuais de Sark. Eram eles que realmente engraxavam os eixos e giravam as rodas do governo. Acima deles estavam os ministros e os chefes de departamento designados pelo chefe de Estado hereditário (e inofensivo). Os nomes deles e o do próprio chefe eram necessários em documentos de Estado para torná-los juridicamente vinculativos, mas sua única tarefa consistia em fazer assinaturas.

O degrau mais alto era ocupado por esses cinco, a cada um dos quais fora tacitamente concedido um continente pelos outros quatro. Eles eram os chefes das famílias que controlavam grande parte do comércio de kyrt e os faturamentos que dele provinham. Era o dinheiro que dava poder e, por fim, ditava a política em Sark, e eles tinham dinheiro. E, dos cinco, era Fife quem tinha mais.

O nobre de Fife ficara frente a frente com eles aquele dia, quase um ano antes, e dissera aos outros senhores do segundo planeta individualmente mais rico da Galáxia (depois de Trantor, que, afinal de contas, tinha meio milhão de planetas dos quais tirar proveito em vez de dois):

– Recebi uma mensagem curiosa.

Eles não falaram nada. Esperaram.

Fife entregou uma tira de filme metálico ao seu secretário, que passou de uma figura sentada para a outra, segurando-a bem alto para que cada um visse, demorando-se apenas por tempo suficiente para cada um ler.

Para cada um dos quatro que participava da reunião no escritório de Fife, ele próprio era real e os outros, inclusive Fife, eram somente sombras. O filme metálico também era uma sombra. Eles só podiam recostar-se e observar os raios claros que se concentravam através de vastos setores do planeta, partindo do continente de Fife até os de Balle, Bort, Steen e a ilha continente de Rune. As palavras que liam eram sombra sobre sombra.

Apenas Bort, direto e não dado a sutilezas, esqueceu-se do fato e estendeu o braço para pegar a mensagem.

Sua mão estendeu-se até a beirada do receptor de imagem retangular e foi cortada. O braço terminava em um cotoco amorfo. Em seu próprio escritório, Fife sabia, o máximo que o braço de Bort conseguira foi aproximar-se do nada e atravessar o filme com a mensagem. Ele sorriu, assim como os outros. Steen deu uma risadinha.

Bort enrubesceu. Recolheu o braço e sua mão reapareceu.

– Bem, cada um de vocês viu a mensagem – disse ele. – Se não se importarem, vou ler agora em voz alta para que possam considerar sua significância.

Ele estendeu o braço para cima e o secretário, apressando os passos, conseguiu segurar o filme na posição certa para que a mão de Fife se fechasse sobre ele sem ficar procurando nem por um instante.

Fife leu de modo melodioso, imprimindo drama às palavras como se a mensagem fosse sua e gostasse de transmiti-la.

– A mensagem é esta: "O senhor é um grande nobre de Sark e não existe ninguém que possa competir com o senhor em poder e riqueza. Porém, esse poder e essa riqueza se apoiam em um alicerce frágil. O senhor pode pensar que um suprimento planetário de kyrt, tal como existe em Florina, não é de forma alguma um alicerce frágil, mas pergunte a si mesmo por quanto tempo Florina vai existir. Para sempre?

"Não! Florina pode ser destruída amanhã. Pode existir por mil anos. Dos dois, é mais provável que seja destruída amanhã. Não por mim, claro, mas de uma maneira que o senhor não pode prever ou pressentir. Pense nessa destruição.

Pense também que o seu poder e a sua riqueza já se foram, pois eu exijo a maior parte deles. O senhor terá tempo para pensar, mas não muito.

"Se demorar muito, vou anunciar para a Galáxia inteira, e em particular para Florina, a verdade sobre a destruição que a espera. Depois disso não haverá mais kyrt, não haverá mais riqueza, não haverá mais poder. Nada para mim, mas estou acostumado. Nada para o senhor, e isso seria extremamente grave, já que o senhor nasceu com uma grande riqueza.

"Entregue a maioria das suas propriedades para mim na quantia e do modo que vou estipular em um futuro próximo e o senhor permanecerá de posse do que restar. Não vai sobrar muito pelos seus padrões atuais, com certeza, mas será mais do que o nada que lhe restará se não entregar. Tampouco zombe do bocado que conservará. Florina *pode* perdurar o tempo da sua vida e o senhor viverá, se não com luxo, pelo menos com conforto."

Fife terminara. Virou o filme na mão repetidas vezes, depois dobrou-o delicadamente e colocou-o em um cilindro translúcido prateado através do qual as letras estampadas se fundiam em um borrão avermelhado.

– É uma carta engraçada – comentou ele em sua voz natural. – Não tem assinatura e o tom da carta, como vocês ouviram, é afetado e pomposo. O que acham dela, nobres?

O rosto corado de Rune assumira um ar de desaprovação.

– É obviamente o trabalho de um homem à beira da psicopatia – falou ele. – Escreve como um autor de romance histórico. Francamente, Fife, não acredito que um lixo desses seja uma desculpa decente para interromper as nossas tradições de autonomia continental nos convocando para uma reunião. E não gosto que tudo isso esteja acontecendo na presença do seu secretário.

– Do meu secretário? Porque ele é floriniano? Você receia que a mente dele vá ficar perturbada por causa de uma carta? Bobagem. – Ele mudou do tom de leve divertimento para as sílabas invariáveis de comando. – Vire-se para o nobre de Rune.

O secretário virou-se. Seus olhos estavam discretamente abaixados e seu rosto branco não estava marcado por nenhuma linha nem maculado por nenhuma expressão. Parecia quase sem vida.

– Este floriniano – disse Fife, sem se importar com a presença do homem – é meu empregado pessoal. Ele nunca fica longe de mim, nunca fica com outros da sua espécie. Mas não é por esse motivo que ele é absolutamente confiável. Olhem para ele. Vejam os olhos dele. Não parece óbvio para vocês que está sob o efeito de uma sonda psíquica? Ele é incapaz de ter um pensamento minimamente desleal a mim. Sem querer ofender, posso dizer que confio mais nele do que em qualquer um de vocês.

Bort soltou uma risadinha.

– Não culpo você. Nenhum de nós lhe deve a lealdade de um empregado floriniano sob o efeito de uma sonda psíquica.

Steen voltou a rir e se contorceu, como se o assento tivesse se aquecido ligeiramente.

Nenhum deles fez um único comentário sobre o fato de Fife usar sonda psíquica em seus empregados pessoais. Fife teria ficado extremamente atônito se algum deles houvesse comentado. O uso de sonda psíquica por qualquer motivo que não a correção de transtornos mentais ou eliminação de impulsos criminosos era proibido. A rigor, era proibido até mesmo para os grandes nobres.

No entanto, Fife a usava sempre que achava necessário, particularmente quando o alvo era um floriniano. A sondagem psíquica em um sarkita era uma questão muito mais delicada. O nobre de Steen, cujos estremecimentos ao ouvir falar da sonda Fife não deixou de ver, tinha reputação de fazer uso de florinianos que haviam passado por sondagem psíquica de ambos os sexos para propósitos muito diferentes do secretariado.

– Pois bem. – Fife juntou os dedos roliços. – Não reuni todos vocês para a leitura de uma carta excêntrica. Isso espero que esteja entendido. Na verdade, receio que tenhamos um problema importante em mãos. Em primeiro lugar, eu me pergunto, por que se incomodar apenas comigo? De fato, sou o mais rico dos nobres, mas, sozinho, controlo apenas um terço da comercialização de kyrt. Juntos, nós cinco controlamos tudo. É fácil fazer cinco celocópias de uma carta; tão fácil quanto fazer uma.

– Você fala demais – resmungou Bort. – O que você quer?

Os lábios murchos e descorados de Balle se mexeram em meio a um rosto cinzento e sem graça.

– Ele quer saber, milorde de Bort, se recebemos cópias dessa carta.

– Então deixe que ele diga isso.

– Achei que estivesse dizendo – retorquiu Fife em tom calmo. – E então?

Eles se entreolharam, com ar de dúvida ou de desafio, segundo ditava a personalidade de cada um.

Rune falou primeiro. Sua testa rosada estava marcada por discretas gotas de transpiração, e ele ergueu um quadrado macio de tecido de kyrt para absorver a umidade dos sulcos entre as dobras de gordura que formavam semicírculos de orelha a orelha.

– Não sei dizer, Fife – disse ele. – Posso perguntar aos meus secretários, que são todos sarkitas, a propósito. Afinal, mesmo que uma carta dessas houvesse chegado ao meu escritório, teria sido considerada uma... como é que se diz?... uma carta hostil. Nunca teria chegado até mim. Isso é certo. Só o seu sistema de secretariado peculiar que não poupou você desse lixo.

Ele olhou ao redor, com as gengivas brilhando de umidade entre lábios que cobriam dentes artificiais de aço cromado. Cada dente individual estava cravado bem fundo, amarrado à mandíbula, e era mais forte do que qualquer dente de simples esmalte poderia ser.

Balle deu de ombros.

— Imagino que o que Rune acabou de falar é válido para todos nós.

Steen riu entredentes.

— Eu nunca leio as correspondências. Não leio mesmo. São tão chatas e chegam tantas que eu não teria nem um pouco de *tempo.* — Ele olhou em volta, ansioso, como se fosse realmente preciso convencer os companheiros desse fato importante.

— Malucos — falou Bort. — O que há de errado com todos vocês? Estão com medo de Fife? Escute aqui, Fife, eu não tenho nenhum secretário porque não preciso de ninguém entre mim e os meus negócios. Recebi uma cópia dessa carta e tenho certeza de que esses três também receberam. Quer saber o que fiz com a minha? Joguei no conduto de descarte. Eu aconselharia vocês a fazerem o mesmo. Vamos parar com isso. Estou cansado.

Ele estendeu a mão em direção ao interruptor que encerraria o contato e apagaria a imagem da presença de Fife.

— Espere, Bort — a voz de Fife ressoou asperamente. — Não faça isso. Ainda não terminei. Você não iria querer que nós tomássemos providências e decisões na sua ausência. Você com certeza não iria querer isso.

— Vamos nos delongar, nobre Bort — instou Rune em seu tom mais suave, embora seus olhinhos enterrados em meio à gordura não estivessem particularmente afáveis. — Eu me pergunto por que o nobre Fife parece se preocupar tanto por uma insignificância.

— Bem — disse Balle, com a voz seca raspando nos ouvidos dos demais —, talvez Fife ache que o nosso amigo escritor de cartas tenha informações sobre um ataque trantoriano contra Florina.

— Bah — retrucou Fife com desdém. — Como saberia, seja ele quem for? O nosso serviço secreto é adequado. Eu garanto. E como ele impediria o ataque se recebesse as nossas propriedades como propina? Não, não. Ele fala da destruição de Florina como se quisesse dizer destruição física, não política.

— É *absurdo* demais — objetou Steen.

— É? — retorquiu Fife. — Então você não entende a importância dos acontecimentos das duas últimas semanas?

— Quais acontecimentos em particular? — perguntou Bort.

— Parece que um espaçoanalista sumiu. Você deve ter ouvido falar.

Bort parecia irritado e nem um pouco tranquilizado.

— Abel de Trantor me contou sobre isso. E daí? Não sei nada sobre espaçoanalistas.

— Pelo menos você leu uma cópia da última mensagem que ele mandou para a base dele em Sark antes de desaparecer.

— Abel me mostrou. Não prestei atenção.

— E os demais? — Os olhos de Fife desafiaram-nos um a um. — A sua memória consegue voltar uma semana atrás?

— Eu li — falou Rune. — E também lembro. Claro! Ela também falava de destruição. É aí que você está tentando chegar?

— Escute aqui — disse Steen em um tom estridente —, a carta estava cheia de insinuações maldosas que não faziam sentido. Espero realmente que não nos metamos a discutir isso agora. Quase não consegui me livrar do Abel e foi logo antes do jantar. Muito estressante. De verdade.

— Não tem jeito, Steen — retorquiu Fife, com uma impaciência perceptível. (O que se podia fazer com uma coisa como Steen?) — Precisamos falar sobre esse assunto de novo. O espaçoanalista mencionou a destruição de Florina. Coincidindo com o desaparecimento dele, nós recebemos mensagens também com a ameaça de destruição de Florina. *Será* coincidência?

— Está dizendo que o espaçoanalista mandou a mensagem chantagista? — sussurrou o velho Balle.

— Pouco provável. Por que dizer isso abertamente e, depois, de forma anônima?

— Quando falou sobre isso a primeira vez — comentou Balle —, ele estava se comunicando com o escritório distrital, não conosco.

— Mesmo assim. Um chantagista não conversa com ninguém a não ser sua vítima, se for possível.

— E então?

— Ele desapareceu. Digamos que o espaçoanalista seja honesto, mas divulgou uma informação perigosa. Ele está agora nas mãos de outros que *não* são honestos e que são, de fato, os chantagistas.

— Que outros?

Fife sentou-se sombriamente de volta na poltrona; os lábios mal se mexiam.

— Você está falando sério? Trantor.

Steen estremeceu.

— Trantor! — ressoou sua voz aguda.

– Por que não? Haveria maneira melhor de conseguir o controle de Florina? É um dos objetivos principais da política externa deles. E, se puderem fazer isso sem guerra, melhor ainda. Olhem aqui, se nós concordarmos com esse ultimato impossível, Florina é deles. O que eles nos oferecem é pouco – Fife fez um gesto diante do rosto, aproximando dois dedos –, mas por quanto tempo vamos conseguir manter até mesmo esse pouco?

"Por outro lado, suponham que nós ignoremos o assunto (e, na verdade, não temos escolha). O que Trantor faria nesse caso? Bem, eles vão espalhar boatos de um fim do mundo iminente entre os camponeses florinianos. À medida que esses boatos se espalharem, os camponeses vão entrar em pânico, e qual pode ser a consequência, a não ser um desastre? Que força pode fazer um homem trabalhar se ele acha que o fim do mundo vai ser amanhã? A safra vai apodrecer. Os armazéns vão ficar vazios."

Steen ergueu um dedo para suavizar a vermelhidão de uma das bochechas enquanto olhava para um espelho em seus próprios aposentos, fora do alcance do cubo-receptor.

– Não acredito que isso possa nos prejudicar muito – disse ele. – Se o suprimento diminuir, o preço não subiria? Então, depois de algum tempo, todos veriam que Florina ainda está lá, e os camponeses voltariam ao trabalho. Além do mais, nós sempre poderíamos ameaçar suprimir as exportações. Não vejo como se poderia esperar que algum planeta culto vivesse sem kyrt. Ah, o kyrt é mesmo um rei. Acho que é muita confusão por nada.

Ele adotou uma atitude de tédio, com um dedo delicadamente pousado sobre a bochecha.

Balle mantivera os velhos olhos fechados ao longo de toda essa última parte.

– Não pode haver aumento de preço agora – objetou ele. – Os preços já estão nas alturas.

– Exatamente – concordou Fife. – De qualquer forma, as coisas não iam chegar a uma interrupção grave. Trantor espera qualquer sinal de desordem em Florina. Se pudessem apresentar à Galáxia a perspectiva de um Sark que não fosse capaz de garantir carregamentos de kyrt, seria a coisa mais natural do universo para eles se intrometerem para manter o que chamam de ordem e fazer o kyrt continuar sendo entregue. E o perigo seria que os mundos livres da Galáxia provavelmente cooperariam com eles por causa do kyrt, sobretudo se Trantor concordasse em romper o monopólio, aumentar a produção e baixar os preços. Depois seria outra história, mas, nesse meio-tempo, eles conseguiriam apoio.

"É a única maneira lógica de Trantor conseguir controlar Florina. Se fosse apenas força, os planetas livres da Galáxia fora da esfera de influência trantoriana se juntariam a nós por uma absoluta questão de autoproteção."

– Como o espaçoanalista se encaixa nessa história? – perguntou Rune. – Ele é necessário? Se a sua teoria estiver certa, ela explicaria a participação do espaçoanalista.

– Acho que sim. A maioria desses espaçoanalistas é desequilibrada, e esse aí desenvolveu – os dedos de Fife se moveram, como que construindo uma vaga estrutura – uma teoria maluca. Não importa qual. Trantor não pode deixar que venha à tona, ou a Agência de Espaçoanálise a anularia. Mas pegar esse homem e descobrir os detalhes daria a eles algo que provavelmente teria uma validade superficial aos olhos de quem não é especialista. Eles poderiam usar isso, fazer parecer real. A Agência é uma marionete trantoriana, e suas negações, depois que a história tiver se espalhado por meio de uma fofoca científica, nunca seriam convincentes o bastante para superar a mentira.

– Parece complicado demais – opinou Bort. – Loucura. Eles não podem deixar que venha à tona, mas vão deixar.

– Eles não podem deixar que venha à tona como um anúncio científico sério ou mesmo que chegue à Agência dessa forma – explicou Fife, pacientemente. – Eles podem deixar vazar como boato. Você não entende?

– O que o velho Abel está fazendo, então, desperdiçando o tempo dele à procura do espaçoanalista?

– Você espera que ele anuncie que está com o espaçoanalista? O que Abel faz e o que parece estar fazendo são duas coisas diferentes.

– Bem – disse Rune –, se você estiver certo, o que vamos fazer?

– Nós descobrimos o perigo, e isso é o que importa – respondeu Fife. – Vamos achar o espaçoanalista se pudermos. Precisamos manter todos os agentes conhecidos de Trantor sob vigilância rigorosa sem interferir em suas atividades. Com base em suas ações, podemos descobrir o rumo dos próximos acontecimentos. Precisamos reprimir totalmente qualquer tipo de publicidade em Florina sobre a destruição do planeta. O primeiro murmúrio leve tem que ser neutralizado da forma mais violenta.

"Acima de tudo, precisamos permanecer unidos. Esse é o objetivo desta reunião aos meus olhos: a formação de uma frente comum. Todos nós sabemos sobre a autonomia continental e tenho certeza de que ninguém insiste mais nesse ponto do que eu. Isto é, em circunstâncias comuns. Essas não são circunstâncias comuns. Vocês entendem isso?"

De modo mais ou menos relutante, pois a autonomia continental não era algo a ser deixado de lado facilmente, eles entenderam.

– Então – disse Fife – vamos esperar pela segunda jogada.

Já fazia um ano desde que a reunião ocorrera. Todos foram embora, e se seguiu o mais estranho e completo fiasco que jamais recaíra sobre todas as coisas do nobre de Fife em uma carreira moderadamente longa e mais do que moderadamente audaciosa.

Não houve nenhuma segunda jogada, não houve outras cartas para nenhum deles. O espaçoanalista continuou desaparecido, enquanto Trantor manteve uma busca esporádica. Não houve nenhum sinal de boatos apocalípticos em Florina, e a colheita e o processamento do kyrt seguiram seu ritmo tranquilo.

O nobre de Rune começou a ligar para Fife semanalmente.

– Fife? – indagava ele. – Alguma novidade? – Sua gordura tremia de satisfação e gargalhadas saíam rasgando de sua garganta.

Fife ouvia fria e impassivelmente. O que ele podia fazer? Examinava os fatos repetidas vezes. Era inútil. Estava faltando alguma coisa. Estava faltando algum fator vital.

Então, tudo começou a explodir de uma vez, e ele teve a resposta. *Sabia* que tinha a resposta, e era algo pelo qual *não* esperara.

Convocou uma reunião outra vez. O cronômetro marcava agora 2h29.

Os outros estavam começando a aparecer. Primeiro Bort, os lábios apertados e um dedo rugoso com espigas raspando a superfície da bochecha coberta por uma barba branca e espetada. Depois Steen, cuja pele do rosto fora recém-lavada para retirar a maquiagem, com uma aparência pálida e enferma. Balle, indiferente e cansado, com as bochechas murchas, acomodado na poltrona bem acolchoada e um copo de leite morno ao lado. Por último Rune, dois minutos atrasado, rabugento, os lábios úmidos, de novo envolto pela noite. Desta vez, as luzes estavam fracas a ponto de torná-lo um vulto obscuro sentado em um cubo de sombra que as luzes de Fife não poderiam ter iluminado, embora contassem com a potência do sol de Sark.

– Nobres! – começou Fife. – Ano passado, fiz especulações sobre um perigo distante e complicado. Com isso, caí em uma armadilha. O perigo existe, mas não está distante. Está próximo de nós, muito próximo. Um de vocês já sabe o que quero dizer. Os demais vão descobrir logo.

– O que *você* quer dizer? – retrucou Bort, em um tom ríspido.

– Alta traição! – disparou Fife.

10. O FUGITIVO

Myrlyn Terens não era um homem de ação. Disse isso a si mesmo como desculpa, já que agora, deixando o espaçoporto, viu sua mente paralisada.

Teve de escolher o ritmo com cautela. Não lento demais, ou pareceria estar enrolando. Não rápido demais, ou pareceria estar correndo. Apenas apressado, como andaria um patrulheiro que estivesse fazendo seu trabalho e pronto para entrar em seu carro terrestre.

Se ao menos pudesse entrar em um carro terrestre! Dirigir um desses infelizmente não fazia parte da educação de um floriniano, nem mesmo de um citadino floriniano, então tentou pensar enquanto caminhava, em vão. Precisava de silêncio e tranquilidade.

Sentia-se quase fraco demais para andar. Podia não ser um homem de ação, mas *agira* rápido agora durante um dia e uma noite e parte de outro dia. Isso gastara a reserva de energia de uma vida inteira.

Todavia, não ousava parar.

Se fosse noite, poderia ter tido algumas horas para pensar. Mas era começo de tarde.

Se pudesse dirigir um carro terrestre, poderia interpor

os quilômetros entre si e a Cidade. Apenas por tempo suficiente para pensar um pouco antes de decidir quanto ao próximo passo. Mas só tinha as pernas.

Se ao menos pudesse pensar. Era isso. Se pudesse pensar. Se pudesse suspender todo movimento, toda ação. Se pudesse pegar o universo entre instantes de tempo, ordenar que parasse enquanto avaliava as coisas. Devia haver alguma maneira.

Entrou na sombra acolhedora da Cidade Baixa. Andava ereto, como vira os patrulheiros andarem. Segurava a arma de choque com firmeza. As ruas estavam desertas. Os nativos estavam amontoados em suas cabanas. Melhor assim.

O citadino escolheu a casa com cuidado. Seria melhor escolher uma das melhores, uma com partes de briquetes de plástico colorido e vidro polarizado nas janelas. As classes mais baixas eram mais insociáveis. Tinham menos a perder. Um "homem de cima" se esforçaria ao máximo para ajudar.

Caminhou por uma pequena trilha para chegar até uma dessas casas. Era afastada da rua, outro sinal de opulência. Ele sabia que não precisaria bater à porta ou arrombá-la. Houvera uma movimentação perceptível em uma janela enquanto ele subia a rampa. (Como gerações de necessidade permitiam a um floriniano sentir o cheiro de um patrulheiro se aproximando!) A porta se abriria.

Ela se abriu.

Uma garota a abriu, com olhos arregalados que formavam dois círculos brancos. Estava desajeitada em um vestido cujos babados mostravam um esforço determinado da parte de seus pais em sustentar um status de algo mais do que o tipo comum do "lixo floriniano". Ela ficou de lado para deixá-lo passar, ofegando boquiaberta.

O citadino fez um gesto para que ela fechasse a porta.

– Onde está o seu pai, garota?

– Papai! – gritou ela, depois arquejou: – Sim, senhor!

O "papai" veio de outro cômodo, com uma postura humilde. Não era novidade para ele que um patrulheiro estivesse à porta. Era simplesmente mais seguro deixar que uma adolescente o recebesse. Se acaso o patrulheiro estivesse irritado, seria menos provável que ela apanhasse.

– O seu nome? – perguntou o citadino.

– Jacof, se for do seu agrado, senhor.

O uniforme do citadino tinha um caderninho de folhas finas em um dos bolsos. O citadino o abriu, examinou-o rapidamente, fez uma nítida marca de verificação e falou:

– Jacof! Isso! Quero ver todos os membros da família. Rápido!

Se houvesse encontrado espaço para qualquer emoção que não fosse a de opressão irremediável, Terens quase teria se divertido. Ele não era imune aos prazeres sedutores da autoridade.

Eles se enfileiraram: primeiro uma mulher magra, preocupada, com uma criança de mais ou menos dois anos contorcendo-se nos braços; depois a garota que o deixou entrar e um irmão mais novo.

– Estão todos aqui?

– Todos, senhor – respondeu Jacof humildemente.

– Posso ir cuidar da bebê? – pediu a mulher, ansiosa. – É hora da soneca. Eu estava colocando a neném na cama. – Ela estendeu a criança como se a imagem da inocência infantil pudesse derreter o coração de um patrulheiro.

O citadino não olhou para ela. Um patrulheiro, imaginou ele, não teria olhado, e aquele era um patrulheiro.

– Coloque-a no chão e dê um pirulito para ela ficar quieta – disse ele. – Agora você, Jacof!

— Sim, senhor!

— Você é um bom garoto, não é? — Um nativo de qualquer idade era, claro, um "garoto".

— Sim, senhor. — Os olhos de Jacof brilharam e seus ombros se ergueram um pouquinho. — Sou funcionário do centro de processamento de alimentos. Estudei matemática, divisão de números grandes. Sei calcular logaritmos.

Sabe, pensou o citadino; *eles mostraram a você como usar uma tabela de logaritmos e ensinaram como pronunciar a palavra.*

Conhecia o tipo. O homem tinha mais orgulho de seus logaritmos do que um jovem nobre do seu iate. A polaroide em suas janelas era consequência dos seus logaritmos, e os briquetes coloridos anunciavam suas divisões de números grandes. Seu desdém pelo nativo não instruído era igual ao do nobre comum por todos os nativos e seu ódio era mais intenso, uma vez que tinha de viver entre eles e era considerado um deles por seus superiores.

— Você acredita na lei, não acredita, garoto, e nos bons nobres? — O citadino manteve o impressionante fingimento de estar consultando o caderno.

— Meu marido é um bom homem — disparou a mulher loquazmente. — Nunca se meteu em confusão. Ele não se envolve com lixo. Nem eu. Nem as crianças. Nós sempre…

Terens fez um gesto para ela se calar.

— Sei. Sei. Agora escute, garoto, quero que você se sente bem aqui e faça o que eu disser. Quero uma lista de todo mundo que você conhece neste quarteirão. Nomes, endereços, o que eles fazem e que tipo de garotos são. Especialmente esse último. Se tiver algum encrenqueiro, eu quero saber. Vamos fazer uma limpeza. Entendeu?

— Sim, senhor. Sim, senhor. Para começar, tem o Husting. É no fim da rua. Ele…

O FUGITIVO

– Não desse jeito, garoto. Ei, você, dê um pedaço de papel para ele. Agora sente-se aí e escreva tudo. Cada parte. Escreva devagar, porque não consigo ler garranchos nativos.

– Minha mão é treinada para escrever, senhor.

– Vejamos então.

Jacof entregou-se à tarefa, movendo lentamente a mão. A mulher olhava por cima do ombro dele.

– Vá até a janela e me avise se qualquer outro patrulheiro estiver vindo nesta direção – Terens disse à garota que abrira a porta para ele. – Quero falar com eles. Não é para *você* chamá-los. É só para me avisar.

Então, enfim pôde relaxar. Criara um nicho momentaneamente seguro para si mesmo em meio ao perigo.

A não ser pelo barulho do bebê chupando o pirulito, havia um silêncio razoável. Seria avisado sobre a aproximação do inimigo a tempo de ter chance de escapar.

Agora podia pensar.

Em primeiro lugar, seu papel como patrulheiro já chegara ao fim. Sem dúvida havia bloqueios nas estradas em todas as saídas possíveis da cidade, e sabiam que ele não podia usar nenhum meio de transporte mais complicado do que uma lambreta diamagnética. Não demoraria muito para que os patrulheiros sem a prática de vasculhar percebessem que apenas com um esquadrinhamento sistemático da cidade, quarteirão a quarteirão e casa a casa, teriam a garantia de encontrar o homem que procuravam.

Quando enfim chegassem a essa conclusão, decerto poderiam começar na periferia da cidade e fechar o cerco em direção ao centro. Se fosse esse o caso, aquela casa estaria entre as primeiras onde entrariam – ou seja, seu tempo era particularmente limitado.

Até agora, apesar de sua conspicuidade preta e prateada, o uniforme de patrulheiro fora útil. Os próprios nativos não haviam questionado a vestimenta. Não haviam parado para ver seu pálido rosto floriniano, não haviam examinado sua aparência. O uniforme fora suficiente.

Não tardaria muito para que esse fato se tornasse evidente aos olhos dos cães de caça em ação. Concluiriam que seria preciso divulgar a todos os nativos instruções para deter qualquer patrulheiro incapaz de mostrar a identificação apropriada, em especial alguém com pele branca e cabelo claro. Identificações temporárias seriam entregues a todos os patrulheiros legítimos. Recompensas seriam oferecidas. Talvez apenas um nativo em cem fosse corajoso o suficiente para derrubar o uniforme, não importava quão claramente falso fosse o seu ocupante. Um em cem seria o bastante.

Então ele teria de deixar de ser um patrulheiro.

Essa era uma das coisas. E havia outra: ele não estaria seguro em nenhum lugar de Florina a partir daquele momento. Matar um patrulheiro era o maior dos crimes, e em cinquenta anos, se conseguisse escapar à captura por tanto tempo, a perseguição continuaria intensa. Então, teria de deixar Florina.

Como?

Bem, ele dava a si mesmo mais um dia de vida. Era uma estimativa generosa. Pressupunha máxima estupidez por parte dos patrulheiros e máxima sorte para si próprio.

De certo modo, era uma vantagem. Afinal, vinte e quatro horas de vida não eram lá grande coisa. Não tendo nada além disso a perder, podia correr riscos como nenhum homem são ousaria fazer.

Ele se levantou.

Jacof tirou os olhos do papel.

– Não terminei ainda, senhor. Estou escrevendo com muita atenção.

– Deixe-me ver o que você escreveu.

Ele olhou para o papel que lhe entregaram e disse:

– É suficiente. Se outros patrulheiros vierem, não desperdice o tempo deles falando que já fez uma lista. Estão com pressa e podem ter outras tarefas para você. Apenas faça o que pedirem. Algum deles está vindo para cá agora?

– Não, senhor – respondeu a garota na janela. – Devo ir até a rua para olhar?

– Não é necessário. Vejamos. Onde fica o elevador mais próximo?

– Está a quatrocentos metros à esquerda, senhor, daqui de casa. O senhor pode...

– Sei, sei. Abra a porta.

Um esquadrão de patrulheiros entrou na rua assim que a porta do elevador se fechou atrás do citadino. Podia sentir o coração disparado. A busca sistemática provavelmente estava começando, e eles estavam em seu encalço.

Um minuto mais tarde, com o coração ainda batendo forte, saiu do elevador e entrou na Cidade Alta. Não haveria nenhum abrigo aqui. Nenhuma coluna. Nenhum ligacimento escondendo-o do que estava acima.

Ele se sentia como um pontinho preto se movendo em meio ao brilho dos edifícios espalhafatosos. Sentia-se visível em um raio de mais de três quilômetros à sua volta e de oito quilômetros pelo céu. Parecia haver grandes flechas apontando para ele.

Não havia patrulheiros à vista. Os nobres que passavam o ignoravam. Se um patrulheiro era objeto de medo para um floriniano, era um objeto de absolutamente nada para um nobre. Se algo o salvaria, era isso.

Ele tinha uma vaga noção da geografia da Cidade Alta. Em algum lugar deste setor estava o parque da cidade. O passo mais lógico teria sido pedir informações; o próximo passo mais lógico teria sido entrar em qualquer prédio moderadamente alto e dar uma olhada a partir dos terraços dos pisos superiores. A primeira alternativa era impossível. Nenhum patrulheiro poderia precisar de informações. A segunda, arriscada demais. Dentro de um prédio, um patrulheiro chamaria mais atenção. Chamaria muita atenção.

Ele simplesmente seguiu na direção indicada pela lembrança dos mapas da Cidade Alta que vira algumas vezes. E serviu muito bem. Foi indubitavelmente o parque da cidade que ele encontrou cinco minutos depois.

O parque da cidade era um espaço artificial de vegetação com uma área de mais ou menos cem acres. No próprio planeta Sark, o parque da cidade tinha uma reputação exagerada de muitas coisas, desde paz bucólica até orgias noturnas. Em Florina, aqueles que haviam ouvido falar vagamente sobre ele o imaginavam de dez a cem vezes maior e de cem a mil vezes mais luxuoso do que era de fato.

A realidade era agradável o bastante. No clima ameno de Florina, ele ficava verde o ano todo. Tinha suas áreas de gramado, de bosque e de grutas pedregosas. Tinha um pequeno lago com peixes ornamentais e um lago maior para as crianças andarem de barquinho. De noite, ficava radiante com iluminação colorida até começar a garoa. Era entre o crepúsculo e a chuva que o parque ficava mais animado. Havia danças, shows tridimensionais e casais se perdendo pelas alamedas sinuosas.

Terens nunca chegara a entrar nele. Achou sua artificialidade repulsiva ao adentrá-lo. Sabia que o solo e as pedras onde pisava, a água e as árvores à sua volta, tudo repousava sobre um fundo de ligacimento plano. Pensou nos campos de kyrt, compridos e nivelados, e nas cadeias de montanhas do sul. Desprezava os forasteiros que tinham de construir brinquedos para si mesmos em meio àquele esplendor.

Durante meia hora, Terens vagou pelas alamedas sem rumo. O que tinha de fazer teria de ser feito no parque da cidade. Até mesmo ali talvez fosse impossível. Em todas as outras partes *era* impossível.

Ninguém o viu. Ninguém estava prestando atenção nele. Tinha certeza disso. Que perguntassem aos nobres e às nobres que passaram por ele: "Você viu um patrulheiro no parque ontem?".

Eles ficariam apenas olhando. Daria no mesmo se perguntassem se haviam visto um mosquitinho esvoaçando pela alameda.

O parque era monótono *demais*. Ele sentiu o pânico começar a aumentar. Subiu uma escada entre rochedos e começou a descender até um círculo em forma de xícara rodeado por pequenas cavernas projetadas para abrigar casais que fossem pegos de surpresa pela chuva noturna. (Mais casais eram pegos de surpresa do que o acaso por si só poderia explicar.)

Então ele viu o que estava procurando.

Um homem! Ou melhor, um nobre. Andava de um lado para o outro a passos rápidos. Fumava, a curtas tragadas, uma bituca de cigarro, que depois foi amassada em um cinzeiro, onde continuou a queimar por um momento e então desvaneceu com um último lampejo. Consultou o relógio de bolso.

Não havia mais ninguém na cavidade. Era um lugar feito para o fim de tarde e a noite.

O nobre estava esperando alguém. Isso estava claro. Terens olhou ao redor. Ninguém o seguia escada acima.

Poderia haver outras escadas. Com certeza havia. Não importa. Ele não podia deixar a chance passar.

Avançou em direção ao nobre. O nobre não o viu, claro, até Terens falar:

— Com licença...

Era suficientemente respeitoso, mas um nobre não está acostumado a que um patrulheiro toque seu cotovelo, por mais que seja de um modo respeitoso.

— Que diabos? — perguntou ele.

Terens não abandonou nem o respeito nem a urgência em seu tom de voz. (Faça-o falar. Faça-o olhar nos seus olhos só por meio minuto!).

— Por aqui, senhor — disse ele. — Tem a ver com a busca por toda a Cidade pelo assassino nativo.

— Do que você está falando?

— Vai demorar só um momento.

Discretamente, Terens pegou o chicote neurônico. O nobre nem chegou a vê-lo. O aparelho zuniu um pouco, e então o nobre enrijeceu e caiu.

O citadino nunca erguera a mão contra um nobre antes. Ficou surpreso ao notar como se sentiu mal e culpado.

Ainda não havia ninguém à vista. Ele arrastou o corpo inerte, com os olhos vidrados e fixos, para a caverna mais próxima.

Despiu o nobre, arrancando com dificuldade as roupas dos braços e pernas retesados. Tirou o próprio uniforme empoeirado e manchado de suor e vestiu a roupa interior do nobre. Pela primeira vez, sentiu o toque do tecido do kyrt com alguma parte do corpo que não os dedos.

Depois vestiu o resto da roupa e a boina do nobre. Essa última era necessária. As boinas não estavam muito em voga entre os mais jovens, mas alguns a usavam, entre eles aquele nobre, felizmente. Para Terens, era uma necessidade, já que, de outra forma, seu cabelo claro tornaria o disfarce impossível. Puxou a boina bem para baixo, cobrindo as orelhas.

Então fez o que tinha de ser feito. O assassinato de um patrulheiro não era, percebeu ele de repente, o maior dos crimes, afinal.

Ajustou o desintegrador para máxima dispersão e apontou-o para o nobre inconsciente. Em dez segundos, restara apenas uma massa carbonizada. Isso retardaria a identificação e confundiria os perseguidores.

Reduziu o uniforme de patrulheiro a uma fina cinza branca com o desintegrador e tirou do montículo botões e fivelas prateados, escurecidos pela ação da arma. Isso também tornaria a perseguição mais difícil. Talvez estivesse ganhando apenas mais uma hora, mas isso também valia a pena.

Agora tinha de partir sem demora. Parou um momento perto da boca da caverna para dar uma fungada. O desintegrador não deixava cheiro. Havia só um ligeiro odor de carne queimada, que a brisa dissiparia em alguns instantes.

Terens estava descendo os degraus quando uma jovem que subia a escada passou por ele. Por um momento, desviou os olhos por uma questão de hábito. Era uma lady. Ergueu-os a tempo de ver que ela era jovem, bastante bonita, e estava com pressa.

Ele cerrou os dentes. A garota não encontraria o nobre, claro, mas estava atrasada, ou ele não teria olhado tanto para o relógio. Ela poderia pensar que ele se cansara de esperar e fora embora. Terens apertou o passo. Não queria que ela voltasse e o perseguisse, ofegante, perguntando-lhe se vira um rapaz.

Saiu do parque, andando sem rumo. Mais meia hora se passou.

E agora? Ele não era mais um patrulheiro, era um nobre. Mas e agora?

Parou em uma pracinha onde havia uma fonte no centro de um gramado. Haviam adicionado uma pequena quantidade de detergente à água, de modo que produzisse espuma em uma iridescência cafona.

Recostou-se contra a grade, de costas para o sol a oeste, e pouco a pouco, lentamente, deixou cair na fonte a prata enegrecida.

Pensou na moça que passara por ele na escada enquanto fazia isso. Ela era bem jovem. Depois pensou na Cidade Baixa, e o espasmo momentâneo de remorso o abandonou.

Os restos prateados se foram e suas mãos estavam vazias. Devagar, começou a vasculhar os bolsos, dando o melhor de si para que parecesse casual.

O conteúdo dos bolsos não era particularmente fora do comum. Um bloco de cartões-chave, algumas moedas, um cartão de identificação. (Bendito Sark! Até os nobres os levavam, embora não tivessem de mostrá-los a todos os patrulheiros que aparecessem.)

Seu novo nome aparentemente era Alstare Deamone. Esperava não ter de usá-lo. Havia apenas dez mil homens, mulheres e crianças na Cidade Alta. A chance de encontrar entre eles alguém que conhecia Deamone pessoalmente não era grande, mas tampouco era insignificante.

Ele tinha vinte e nove anos. Mais uma vez sentiu-se tomado pela náusea ao pensar no que deixara na caverna e lutou contra aquela sensação. Um nobre era um nobre. Quantos florinianos de vinte e nove anos haviam sido mortos nas mãos deles ou seguindo suas instruções? Quantos florinianos de nove anos?

Tinha um endereço também, mas isso não significava nada para ele. Seu conhecimento da geografia da Cidade Alta era rudimentar.

O FUGITIVO

Opa!

Um retrato em cores de um menininho de talvez três anos no pseudotridimensional. As cores brilharam quando ele o tirou do invólucro e esmaeceram quando o colocou de volta. Um filhinho? Um sobrinho? Havia aquela jovem do parque, então não podia ser um filho, podia?

Será que ele era casado? Será que era um daqueles encontros chamados de "clandestinos"? Por que um encontro do tipo aconteceria em plena luz do dia? Por que não, em certas circunstâncias?

Terens esperava que sim. Se ia encontrar-se com um homem casado, a moça não comunicaria prontamente a ausência dele. Ela presumiria que ele não conseguira se esquivar da mulher. Isso lhe daria tempo.

Não, não daria. Uma depressão instantânea tomou conta dele. Crianças brincando de esconde-esconde se depararariam com os restos e correriam gritando. Estava fadado a acontecer dentro de vinte e quatro horas.

Ele voltou a atenção ao conteúdo do bolso mais uma vez. Encontrou uma cópia da habilitação de piloto de iate. Ele a ignorou. Todos os sarkitas mais ricos tinham iates e os pilotavam. Era a moda deste século. Por fim, viu alguns vouchers de crédito sarkita. Esses poderiam ser temporariamente úteis.

Ocorreu-lhe que não comia desde a noite anterior na casa do padeiro. Como uma pessoa podia se dar conta da fome rápido!

De repente, voltou a atenção para a habilitação de piloto de iate. *Espere*, pensou, *o iate não estava em uso agora, não com o dono morto*. E era o *seu* iate. O número do hangar era vinte e seis, no porto nove. Bem...

Onde ficava o porto nove? Não fazia ideia.

Encostou a cabeça contra a superfície fria e lisa da grade em volta da fonte. E agora? E agora?

A voz o assustou.

– Olá – disse a voz. – Não está passando mal, está?

Terens alçou o olhar. Era um nobre mais velho. Estava fumando um cigarro comprido que continha alguma folha aromática, enquanto uma espécie de pedra verde lhe pendia de uma pulseira de ouro. Sua expressão era de amável interesse, o que deixou Terens perplexo a ponto de emudecê-lo por um momento, até que ele se lembrou. Fazia parte do clã agora. Entre eles, os nobres podiam muito bem ser seres humanos decentes.

– Só descansando – respondeu o citadino. – Decidi fazer uma caminhada e perdi a noção da hora. Acho que estou atrasado para um compromisso agora.

Ele fez um gesto irônico. Por causa da longa convivência, conseguiu imitar o sotaque sarkita bastante bem, mas não cometeu o erro de tentar exagerá-lo. O exagero era mais fácil de detectar do que a insuficiência.

– Preso sem uma skeeter, hein? – retorquiu o outro. Ele era o homem mais velho achando graça da loucura da juventude.

– Sem skeeter – admitiu Terens.

– Use a minha – veio a oferta instantânea. – Está estacionada lá fora. Você pode ajustar os controles e mandá-la de volta para cá quando tiver terminado. Só vou precisar dela daqui a uma hora mais ou menos.

Para Terens, era quase ideal. As skeeters eram rápidas e deslizavam como um relâmpago, podendo ultrapassar e despistar qualquer carro terrestre de patrulheiro. Só não era ideal porque Terens não tinha condições de dirigir a skeeter, assim como não tinha condições de sair voando sem ela.

– Daqui até Sark – ele respondeu. Conhecia essa gíria nobre para "obrigado" e usou-a. – Acho que vou caminhar. Não é longe até o porto nove.

– Não, não é longe – concordou o outro.

Isso deixou Terens na mesma. Ele tentou de novo.

– Claro, eu gostaria de estar mais perto. A caminhada até a Estrada do Kyrt em si é bastante saudável.

– Estrada do Kyrt? O que tem a ver?

Será que ele estava olhando de um jeito estranho para Terens? De súbito, ocorreu ao citadino que sua vestimenta provavelmente não lhe caía de forma adequada.

– Espere! – exclamou ele rápido. – Estou enganado. Fiz confusão. Vejamos. – Ele olhou vagamente ao redor.

– Veja bem. Você está na rua Recket. A única coisa que tem que fazer é descer até a Triffis e virar à esquerda, depois vá reto até o porto. – Ele apontara o caminho automaticamente.

Terens sorriu.

– O senhor tem razão. Preciso parar de sonhar e começar a pensar. Daqui até Sark, senhor.

– Você ainda pode usar a minha skeeter.

– É muita gentileza, mas...

Terens estava indo embora, um pouco rápido demais, acenando. O nobre ficou olhando.

Talvez no dia seguinte, quando achassem o cadáver nas rochas e começassem a procurar, o nobre voltasse a pensar nessa conversa. Ele provavelmente diria: "Havia algo estranho nele, se é que me entende. Tinha um modo de se expressar esquisito e parecia não saber onde estava. Eu poderia jurar que ele nunca havia ouvido falar da avenida Triffis".

Mas isso seria no dia seguinte.

Andou na direção que o nobre lhe indicara. Chegou à placa em que a inscrição "Avenida Triffis" brilhava quase pálida contra a estrutura alaranjada iridescente que lhe servia de fundo. Virou à esquerda.

O porto nove estava cheio de jovens com trajes apropriados para viajar de iate, os quais pareciam incluir chapéus de copa alta e calças bojudas nos quadris. Terens se sentia chamativo, mas ninguém prestou atenção nele. O ar estava cheio de conversas temperadas com termos que ele não entendia.

Encontrou a cabine vinte e seis, mas esperou alguns minutos antes de se aproximar. Não queria nenhum nobre permanecendo persistentemente nas proximidades, nenhum nobre que possuísse um iate em uma cabine próxima e que conhecesse o verdadeiro Alstare Deamone de vista e se perguntasse o que um estranho estaria fazendo perto da nave dele.

Por fim, com as proximidades da cabine aparentemente seguras, foi até lá. A ponta do iate projetava-se para fora do hangar em direção ao espaço aberto em torno do qual estavam as cabines. Ele esticou o pescoço para olhar.

E agora?

Havia matado três homens nas últimas doze horas. Ascendera de citadino floriniano a patrulheiro, de patrulheiro a nobre. Viera da Cidade Baixa para a Cidade Alta e da Cidade Alta para um espaçoporto. Para todos os efeitos, possuía um iate, uma embarcação suficientemente adequada para viagens espaciais a ponto de levá-lo à segurança em qualquer planeta desabitado deste setor da Galáxia.

Só havia um problema.

Ele não sabia pilotar um iate.

Estava morto de cansaço e fome. Chegara até ali e agora não podia mais avançar. Estava à beira do espaço, mas não podia atravessá-la.

A essa altura, os patrulheiros deviam ter concluído que ele não estava em parte alguma da Cidade Baixa. A perseguição se voltaria para a Cidade Alta assim que entrasse em suas cabeças duras que um floriniano *ousaria*. Então encontrariam o corpo e seguiriam uma nova direção. Procurariam por um nobre impostor.

E ali estava ele. Subira ao nicho mais distante do beco sem saída e, de costas para a extremidade fechada, podia apenas esperar que os fracos ruídos da perseguição ficassem cada vez mais intensos até os cães de caça chegarem até ele.

Trinta e seis horas antes, a maior oportunidade de sua vida estivera em suas mãos. Agora, a oportunidade se fora, e sua vida se iria em breve.

11. O CAPITÃO

Era a primeira vez, na verdade, que o capitão Racety se vira incapaz de impor sua vontade a um passageiro. Se aquele passageiro fosse um dos grandes nobres, Racety ainda poderia esperar cooperação. Um grande nobre podia ser poderoso em seu próprio continente, mas em uma nave reconheceria que só é possível haver um mestre: o capitão.

Com uma mulher era diferente. Qualquer mulher. E com uma mulher que era filha de um grande nobre era completamente impossível.

— Milady, como posso permitir que a senhorita os interrogue em particular? — perguntou ele.

Samia de Fife, com os olhos escuros dardejando, retrucou:

— Por que não? Eles estão armados, capitão?

— Claro que não. Não é essa a questão.

— Qualquer um pode ver que eles são só duas criaturas muito assustadas. Estão meio apavorados.

— Pessoas assustadas podem ser muito perigosas, milady. Não se pode contar que ajam com sensatez.

— Então por que os mantém assustados? — Ela gaguejava de leve quando ficava nervosa. — O senhor colocou três navegantes enormes de olho neles com desintegradores, coitados. Capitão, não vou me esquecer disso.

Não, ela não vai, pensou o capitão. Ele podia sentir que estava começando a ceder.

– Se Vossa Senhoria não se importar, poderia me dizer exatamente o que quer?

– É simples. Eu lhe disse. Quero conversar com eles. Se são florinianos, como o senhor diz que são, posso conseguir informações extremamente valiosas para o meu livro. Mas não posso fazer isso se estiverem assustados demais para falar. Se eu pudesse ficar sozinha com eles, seria ótimo. Sozinha, capitão! Consegue entender uma palavra simples? *Sozinha!*

– E o que vou dizer para o seu pai, milady, se ele ficar sabendo que eu permiti que a senhorita ficasse desprotegida na presença de dois criminosos desesperados?

– Criminosos desesperados! Ah, Grande Espaço! Dois pobres tolos que tentaram escapar do planeta deles e tiveram a má ideia de embarcar em uma nave que ia para Sark! Além do mais, como o meu pai saberia?

– Se eles machucarem a senhorita, ele vai saber.

– Por que me machucariam? – Ela ergueu e agitou o pequeno punho enquanto colocava na voz cada átomo de força que pôde encontrar: – Eu *exijo*, capitão.

– Que tal a seguinte proposta, milady: eu vou estar presente – sugeriu o capitão Racety. – Não vai haver três navegantes com desintegradores. Serei apenas eu, um homem, sem nenhum desintegrador à vista. Caso contrário – e, por sua vez, colocou também toda a sua determinação na voz –, terei que rejeitar a sua exigência.

– Muito bem, então. – Ela estava sem fôlego. – Muito bem. Mas, se eu não conseguir conversar por sua causa, vou me certificar pessoalmente de que o senhor não seja capitão de mais nenhuma nave.

Valona cobriu rapidamente os olhos de Rik com a mão quando Samia entrou na cela.

– Qual é o problema, garota? – perguntou Samia de forma ríspida, antes de lembrar que ia conversar com eles confortavelmente.

Valona falou com dificuldade.

– Ele não é esperto, lady – explicou ela. – Não saberia que a senhorita é uma lady. Ele poderia ter olhado para a senhorita. Quero dizer, sem querer fazer nenhum mal, lady.

– Ah, puxa vida – falou Samia. – Deixe-o olhar. – Ela continuou. – Eles têm que continuar aqui, capitão?

– A senhorita prefere uma cabine, milady?

– O senhor com certeza consegue encontrar uma cela que não seja tão deprimente – respondeu Samia.

– É deprimente para a senhorita, milady. Para eles, tenho certeza de que é um luxo. Tem água corrente aqui. Pergunte a eles se tinham isso em sua cabana em Florina.

– Bem, peça àqueles homens para sair.

O capitão fez um gesto para eles. Eles se viraram, saindo agilmente.

O capitão colocou no chão a leve cadeira dobrável de alumínio que trouxera consigo. Samia pegou-a.

– Levantem-se! – disse ele bruscamente para Rik e Valona.

Samia interrompeu de maneira instantânea.

– Não! Deixe-os sentados. O senhor não deve interferir, capitão.

Ela se virou para eles.

– Então você é floriniana, garota.

Valona chacoalhou a cabeça.

– Somos de Wotex.

– Não precisa ficar com medo. Não importa que sejam de Florina. Ninguém vai machucar vocês.

– Nós somos de Wotex.

– Mas você não entende que praticamente admitiu que é de Florina, garota? Por que cobriu os olhos do rapaz?

– Ele não tem permissão para olhar para uma lady.

– Mesmo se ele for de Wotex?

Valona calou-se.

Samia deixou-a pensar no assunto. Tentou sorrir de um modo amistoso. Depois disse:

– Só os florinianos não têm permissão para olhar para uma lady. Então você entende que admitiu que é floriniana.

– *Ele* não é – disparou ela.

– *Você* é?

– Sou, sim. Mas ele não é. Não façam nada com ele. Ele *realmente* não é floriniano. Só foi encontrado lá certo dia. Não sei de onde ele é, mas não é de Florina. – De repente, ela estava quase loquaz.

Samia olhou para ela um tanto surpresa.

– Bem, vou conversar com ele. Qual é o seu nome, garoto?

Rik ficou olhando. Então eram assim as nobres, tão pequenas e de aparência tão amigável? E ela tinha um cheiro tão bom. Ele estava muito feliz por ela lhe permitir que a olhasse.

– Qual é o seu nome, garoto? – repetiu Samia.

Rik despertou, mas tropeçou feio na tentativa de formar um monossílabo.

– Rik – respondeu. Depois pensou: *ora, esse não é o meu nome*. Ele emendou: – Acho que é Rik.

— Você não sabe?

Valona, parecendo desolada, tentou falar, mas Samia ergueu uma mão em um gesto brusco para contê-la.

Rik chacoalhou a cabeça.

— Não sei.

— Você é floriniano?

Rik estava seguro quanto a esse ponto.

— Não. Eu estava em uma nave. Vim de algum outro lugar para cá. — Ele não conseguia desviar os olhos de Samia, mas parecia ver a nave coexistindo com ela; uma nave pequena e muito amigável, semelhante a um lar.

— Foi em uma nave que veio para Florina, e antes disso eu vivia em um planeta — explicou ele.

— Que planeta?

Era como se o pensamento estivesse abrindo caminho à força e dolorosamente através de canais mentais demasiado pequenos para ele. Então Rik se lembrou e ficou encantado com o som que sua voz produziu — um som esquecido havia tanto tempo.

— Terra! Eu sou da Terra!

— Terra?

Rik aquiesceu.

Samia virou-se para o capitão.

— Onde fica esse planeta Terra?

O capitão Racety deu um sorriso breve.

— Nunca ouvi falar. Não leve o garoto a sério, milady. Os nativos mentem da mesma forma como respiram. É natural para ele. Diz a primeira coisa que lhe passa pela cabeça.

— Ele não *fala* como um nativo. — Ela se voltou para Rik de novo. — Onde fica a Terra, Rik?

— Eu… — Ele colocou uma mão trêmula na testa. Depois acrescentou: — Fica no Setor de Sirius. — A entonação da afirmação tornou-a meio que uma pergunta.

– Existe um Setor de Sirius, não existe? – Samia perguntou ao capitão.

– Sim, existe. Estou impressionado que ele tenha acertado essa. Porém, isso não torna a Terra mais real.

– Mas ela é – contestou Rik, veementemente. – Eu me lembro, estou dizendo. Faz tanto tempo desde a época em que me lembrava. Não posso estar errado agora, não posso.

Ele se virou, pegando os cotovelos de Valona e agarrando a manga da roupa dela.

– Lona, fale para eles que eu sou da Terra. Eu sou. Eu sou.

Os olhos de Valona estavam arregalados de ansiedade.

– Nós o encontramos um dia, lady, e ele não tinha nenhuma memória. Não conseguia se vestir ou falar ou andar. Não era nada. Desde então, vem se lembrando pouco a pouco. Até agora, tudo o que lembrou estava certo. – Ela lançou um olhar rápido e temeroso para o rosto entediado do capitão. – Ele pode ser mesmo da Terra, nobre. Sem nenhuma intenção de contradizer.

A última frase era uma expressão convencional de longa data que se usava junto de qualquer afirmação que parecesse contradizer a declaração prévia de um superior.

– Essa história não prova nada. Ele poderia muito bem ter vindo do centro de Sark, milady – resmungou o capitão Racety.

– Talvez, mas tem uma coisa estranha em tudo isso – insistiu Samia, decidindo-se categoricamente pelo romance, como era típico das mulheres. – Eu tenho certeza... O que o deixou tão incapacitado quando você o encontrou, garota? Ele estava ferido?

Valona não respondeu nada a princípio. Seus olhos dardejavam de um lado para o outro, desamparadamente. Primeiro para Rik, cujos dedos estavam agarrados aos cabelos,

O CAPITÃO

depois para o capitão, que sorria sem achar graça, e por fim para Samia, que esperava.

– Responda, garota.

Foi uma decisão difícil para Valona, mas nenhuma mentira concebível podia substituir a verdade naquele lugar e naquele momento.

– Ele foi examinado por um médico uma vez – contou ela. – Ele disse que aplicaram uma sonda psíquica no m-meu Rik.

– Uma sonda psíquica! – Samia sentiu uma leve onda de repugnância recair sobre si. Empurrou a cadeira. O objeto rangeu contra o chão de metal. – Quer dizer que ele estava psicótico?

– Não sei o que isso quer dizer, lady – respondeu Valona com humildade.

– Não do modo como a senhorita está pensando, milady – interveio o capitão, quase ao mesmo tempo. – Os nativos não são psicóticos. Suas necessidades e desejos são simples demais. Nunca na minha vida ouvi falar em um nativo psicótico.

– Mas então...

– É simples, milady. Se admitirmos essa história fantástica que a garota está contando, só podemos concluir que o rapaz foi um criminoso, que é uma maneira de ser psicótico, suponho. Se for esse o caso, deve ter sido tratado por um daqueles charlatães que atendem os nativos, que provavelmente quase o matou e depois o abandonou em um setor deserto para evitar ser descoberto e processado.

– Mas tudo isso teria que ser feito por alguém com acesso a uma sonda psíquica – contestou Samia. – Com certeza você não esperaria que os nativos conseguissem usar uma.

– Talvez não. Mas não seria de se esperar que um médico autorizado usasse uma de forma tão amadora. O fato de chegarmos a uma contradição prova que a história é menti-ra. Se me permite uma sugestão, milady, deixe que nós cui-demos dessas criaturas. A senhorita viu que é inútil esperar qualquer coisa deles.

Samia hesitou.

— Talvez esteja certo.

Ela se levantou e olhou para Rik, insegura. O capitão postou-se atrás dela, ergueu a cadeirinha e fechou-a com um estalido.

Rik ergueu-se de um salto.

— Espere!

— Por favor, milady — disse o capitão, segurando a porta aberta para ela. — Meus homens vão calar a boca dele.

Samia parou no limiar da porta.

— Eles não vão machucá-lo, vão?

— Duvido que ele nos faça chegar a extremos. Vai ser fácil lidar com ele.

— Lady! Lady! — gritou Rik. — Eu posso provar. Sou da Terra.

Samia parou, momentaneamente irresoluta.

— Vamos ouvir o que ele tem a dizer.

— Como quiser, milady — disse o capitão com frieza.

Ela voltou, mas não adentrou muito a cela. Ficou a um passo da porta.

Rik enrubesceu. Com o esforço para se lembrar, seus lábios se mexeram, formando a caricatura de um sorriso.

— Eu me lembro da Terra — falou ele. — Era radioativa. Me lembro das Áreas Proibidas e do horizonte azul à noite. O solo brilhava e nada crescia nele. Existiam somente alguns pontos onde era possível viver. Foi por isso que me tornei espaçoanalista. Era por isso que eu não me importava de fi-car no espaço. Meu mundo era um planeta morto.

Samia deu de ombros.

– Venha, capitão. Ele está apenas delirando.

Mas, desta vez, foi o capitão Racety que ficou ali, boquiaberto.

– Um planeta radioativo! – murmurou ele.

– Quer dizer que *existe* alguma coisa desse tipo? – indagou ela.

– Existe. – Voltou-se para ela, seus olhos maravilhados. – Onde mais ele poderia ter ouvido *isso*?

– Como poderia um planeta ser radioativo e habitado?

– Mas existe um. E ele *fica* no Setor de Sirius. Não lembro o nome. Talvez até seja Terra.

– É Terra – afirmou Rik, com orgulho e confiança. – É o planeta mais antigo da Galáxia. É o planeta onde se originou toda a raça humana.

– Isso mesmo! – exclamou o capitão em um tom suave.

– Quer dizer que a raça humana se originou nesse planeta Terra? – perguntou Samia, sentindo a cabeça rodar.

– Não, não – respondeu o capitão, distraído. – Isso é superstição. É só que foi dessa maneira que ouvi falar sobre o planeta radioativo. Ele alega ser o planeta natal da humanidade.

– Eu não sabia que devíamos ter um planeta natal.

– Imagino que tenhamos surgido em algum lugar, milady, mas duvido que alguém possa saber em que planeta foi.

Com uma súbita determinação, ele se aproximou de Rik.

– Do que mais se lembra?

Ele quase acrescentou "garoto", mas se conteve.

– Na maioria das vezes, da nave – respondeu Rik – e da espaçoanálise.

Samia juntou-se ao capitão. Eles ficaram ali, diretamente de frente para Rik, e Samia sentiu a empolgação voltar.

ISAAC ASIMOV

– Então é tudo verdade? Mas então como foi que aplicaram a sonda psíquica nele?

– A sonda psíquica! – exclamou o capitão Racety, pensativo. – Acho que devemos perguntar para ele. Ei, você, nativo ou forasteiro ou o que quer que seja. Como foi que acabaram aplicando a sonda psíquica em você?

Rik pareceu em dúvida.

– Vocês todos dizem isso. Até a Lona. Mas eu não sei o que significa essa palavra.

– Quando você parou de se lembrar então?

– Não tenho certeza. – Ele começou de novo, desesperado. – Eu estava em uma nave.

– Nós sabemos. Continue.

– É inútil gritar, capitão. Vai espantar o que lhe sobrou de inteligência.

Rik estava totalmente envolvido em uma batalha na escuridão que havia dentro de sua mente. O esforço não deixava espaço para nenhuma emoção. Foi para a própria surpresa que ele disse:

– Não tenho medo dele, lady. Estou tentando lembrar. Havia perigo. Tenho certeza. Um grande perigo para Florina, mas não consigo lembrar os detalhes.

– Perigo para o planeta todo? – Samia lançou um rápido olhar para o capitão.

– É. Está nas correntes.

– Que correntes? – perguntou o capitão.

– As correntes do espaço.

O capitão fez um gesto largo com as mãos e deixou-as cair.

– Isto é loucura.

– Não, não. Deixe-o continuar. – A maré de crença estava com Samia outra vez. Sua boca estava semiaberta, os olhos escuros brilhavam e surgiram covinhas nas bochechas e no queixo quando ela sorriu. – O que são as correntes do espaço?

– Os diferentes elementos – respondeu Rik vagamente. – Já expliquei isso antes. Não queria tratar desse assunto de novo.

– Mandei uma mensagem para o escritório local em Sark – continuou ele rapidamente, quase sem coerência, falando à medida que os pensamentos lhe ocorriam, levado por eles. – Me lembro disso claramente. Eu tinha que ter cuidado. Era um perigo que ia além de Florina. Isso. Além de Florina. Era tão amplo como a Via Láctea. Tinha que ser tratado com cuidado.

Ele parecia haver perdido todo contato real com aqueles que o ouviam, parecia estar vivendo em um mundo do passado diante do qual uma cortina se rasgava em alguns lugares. Valona pôs uma mão tranquilizadora sobre o ombro dele e disse "não!", mas ele não reagiu nem a isso.

– De alguma forma – continuou ele, ofegante –, minha mensagem foi interceptada por algum oficial de Sark. Foi um erro. Não sei como aconteceu.

Ele franziu o cenho.

– Tenho certeza de que mandei para o escritório local no próprio comprimento de onda da Agência. Vocês acham que o subéter pode ter sido grampeado? – Ele nem se admirou de que a palavra "subéter" lhe houvesse ocorrido com tanta facilidade.

Poderia até estar esperando uma resposta, mas seus olhos ainda não viam.

– De qualquer modo, quando aterrissei em Sark, estavam me esperando.

Outra vez houve uma pausa, desta vez longa e meditativa. O capitão não fez nada para interrompê-la; ele próprio parecia estar meditando.

Samia, porém, perguntou:

– Quem estava esperando você? Quem?

– N-não sei. Não consigo lembrar. Não era o escritório. Era alguém de Sark. Me lembro de conversar com ele. Ele sabia sobre o perigo. Falou sobre o assunto. Nós nos sentamos a uma mesa juntos. Me lembro da mesa. Ele se sentou de frente para mim. Está tão claro como o espaço. Conversamos algum tempo. Me parece que eu não queria dar detalhes. Estou seguro disso. Eu teria que falar com o escritório antes. E então ele...

– Sim? – incentivou Samia.

– Ele fez alguma coisa. Ele... Não, não vem mais nada. *Não vem mais nada!*

Rik gritou as palavras, e depois fez-se silêncio, um silêncio quebrado desapontadoramente pelo zunido prosaico do comuno de pulso do capitão.

– O que é? – indagou ele.

A voz que respondeu era aguda e respeitosa na medida exata.

– Uma mensagem de Sark para o capitão. Foi solicitado que a atenda pessoalmente.

– Muito bem. Vou já para o subetérico.

Ele se virou para Samia.

– Milady, devo lembrar que, de qualquer forma, é hora do jantar.

Ele viu que a moça se preparava para declarar que estava sem fome, para insistir que ele saísse e não se preocupasse com ela.

– Também é hora de alimentar essas criaturas – continuou ele, de modo mais diplomático. – Provavelmente estão cansados e famintos.

Samia não pôde contra-argumentar.

– Preciso vê-los de novo, capitão.

O capitão fez uma mesura silenciosa. Talvez fosse anuência. Talvez não.

Samia de Fife ficou entusiasmada. Seus estudos sobre Florina satisfaziam certa aspiração ao intelecto em seu interior. Mas o Misterioso Caso do Terráqueo que Sofreu Sondagem Psíquica (ela pensava na questão com maiúsculas) apelava para algo muito mais primitivo e muito mais complicado. Despertava a pura curiosidade animal dentro dela.

Era um mistério!

Havia três pontos que a fascinavam. Entre eles não estava a questão sensata (nessas circunstâncias) sobre se a história do homem era um delírio ou uma mentira deliberada, e não a verdade. Acreditar que fosse qualquer outra coisa que não a verdade estragaria o mistério, o que Samia não podia permitir.

Estes eram, portanto, os três pontos: 1) que perigo ameaçava Florina, ou melhor, a Galáxia inteira?; 2) quem era a pessoa que aplicara a sonda psíquica no terráqueo?; 3) por que essa pessoa usara a sonda psíquica?

Ela estava determinada a examinar a questão para a sua completa satisfação. Ninguém era tão modesto a ponto de não se acreditar um detetive amador competente, e Samia estava longe de ser modesta.

Após o jantar, tão rapidamente quanto as regras da boa educação lhe permitiam, ela correu até a cela.

– Abra a porta! – ordenou ao guarda.

O navegante permaneceu perfeitamente reto, olhando inexpressiva e respeitosamente adiante.

– Se Vossa Senhoria não se importar, a porta deve ficar fechada.

Samia arquejou.

— Como ousa? Se não abrir a porta instantaneamente, o capitão será informado.

— Se Vossa Senhoria não se importar, a porta deve ficar fechada por ordem estrita do capitão.

Ela subiu furiosa os andares outra vez, entrando na cabine do capitão como um tornado comprimido em um metro e cinquenta e dois centímetros de altura.

— Capitão!

— Milady!

— O senhor ordenou que mantivessem o terráqueo e a mulher nativa longe de mim?

— Acredito, milady, que ficou acordado que a senhorita só conversaria com eles na minha presença.

— Antes do jantar, sim. Mas o senhor não viu que eles são inofensivos?

— Vi que eles *pareciam* inofensivos.

Samia encolerizou-se.

— Nesse caso, eu ordeno que venha comigo agora.

— Não posso, milady. A situação mudou.

— De que maneira?

— Eles precisam ser interrogados pelas autoridades apropriadas em Sark e, até lá, acho que devem ficar sozinhos.

Samia ficou boquiaberta, mas resgatou sua boca dessa posição indigna quase de imediato.

— Com certeza o senhor não vai entregá-los ao Departamento de Assuntos Florinianos, não é?

— Bem — contemporizou o capitão —, essa era sem dúvida a intenção original. Eles deixaram o vilarejo deles sem permissão. Na verdade, saíram do planeta deles sem permissão. Além do mais, entraram secretamente em uma embarcação sarkita.

— Esse último foi um equívoco.

— Foi mesmo?

O CAPITÃO

– Em todo caso, o senhor sabia de todos os crimes deles antes da nossa última conversa.

– Mas foi apenas na conversa que ouvi o que o suposto terráqueo tinha a dizer.

– Suposto. O senhor mesmo disse que o planeta Terra existia.

– Eu falei que poderia existir. Mas, milady, posso me atrever a perguntar o que a senhorita gostaria que fosse feito com essas pessoas?

– Acho que a história do terráqueo deveria ser investigada. Ele fala de um perigo para Florina e de alguém em Sark que tentou deliberadamente esconder esse perigo das autoridades apropriadas. Acho até que é um caso para o meu pai. Na verdade, eu o levaria para o meu pai quando chegasse o momento certo.

– Quanta astúcia! – exclamou o capitão.

– O senhor está sendo sarcástico, capitão?

O capitão enrubesceu.

– Perdão, milady. Eu estava me referindo aos nossos prisioneiros. A senhorita permite que eu me prolongue um pouco mais?

– Não sei o que quer dizer com "um pouco mais" – retorquiu ela, irritada –, mas acho que pode começar.

– Obrigado. Em primeiro lugar, milady, espero que a senhorita não minimize a importância dos tumultos em Florina.

– Que tumultos?

– A senhorita não pode ter esquecido do incidente na biblioteca?

– Um patrulheiro morto! Francamente, capitão!

– E um segundo patrulheiro morto esta manhã, milady, e um nativo também. Não é muito comum nativos matarem patrulheiros, e aqui temos um que matou duas vezes e, no entanto, continua foragido. Será que ele trabalha sozinho? Será um acidente? Ou será que tudo isso faz parte de um esquema cuidadosamente planejado?

— Ao que parece, o senhor acredita nessa última hipótese.

— Acredito, sim. O nativo assassino tinha dois cúmplices. A descrição deles é bem parecida com a dos nossos dois passageiros clandestinos.

— O senhor nunca falou isso!

— Não quis alarmá-la. Vossa Senhoria deve se lembrar, porém, que eu lhe disse várias vezes que eles podiam ser perigosos.

— Muito bem. Aonde o senhor está tentando chegar?

— E se os assassinatos em Florina fossem apenas uma atração secundária com o intuito de distrair a atenção dos esquadrões de patrulheiros enquanto esses dois entravam furtivamente em nossa nave?

— Isso soa tão ridículo.

— Soa mesmo? Por que estão fugindo de Florina? Nós não perguntamos a eles. Suponhamos que estejam fugindo dos patrulheiros, já que essa é com certeza a suposição mais sensata. De todos os lugares, estariam indo justamente para Sark? E em uma nave que transporta Vossa Senhoria? E então ele alega ser um espaçoanalista.

Samia franziu a testa.

— O que tem isso?

— Um ano atrás, um espaçoanalista foi dado como desaparecido. A história nunca teve ampla divulgação. Eu sabia, claro, porque a minha nave foi uma das que buscaram por sinais da nave dele no espaço próximo. Quem quer que esteja por trás desses tumultos florinianos sem dúvida aproveitou esse acontecimento, e o fato de conhecerem a questão do espaçoanalista desaparecido mostra que organização unida e inesperadamente eficiente eles têm.

– Pode ser que o terráqueo e o espaçoanalista desaparecido não tenham nenhuma ligação.

– Nenhuma ligação real, milady, sem dúvida. Mas não esperar ligação nenhuma é esperar coincidência demais. Estamos lidando com um impostor. É por isso que ele alega ter sofrido uma sondagem psíquica.

– Ahn?

– Como podemos provar que ele *não é* espaçoanalista? Ele não sabe nenhum detalhe sobre o planeta Terra além do simples fato de que é radioativo. Não sabe pilotar uma nave. Não sabe nada sobre espaçoanálise. E disfarça insistindo que lhe aplicaram uma sonda psíquica. Entende, milady?

Samia não pôde dar uma resposta direta.

– Mas com que objetivo? – indagou ela.

– Para que a senhorita fizesse exatamente o que disse que pretendia fazer, milady.

– Investigar o mistério?

– Não, milady. Levar o homem até seu pai.

– Ainda não vejo sentido.

– Existem várias possibilidades. Na melhor delas, ele poderia espionar o seu pai ou para Florina ou possivelmente para Trantor. Imagino que o velho Abel de Trantor com certeza se colocaria à disposição para identificá-lo como terráqueo, mesmo que fosse só para constranger Sark exigindo a verdade sobre essa sondagem psíquica fictícia. Na pior, ele seria o assassino do seu pai.

– Capitão!

– Milady?

– Isso é ridículo.

– Talvez, milady. Mas, se for, o Departamento de Segurança também é ridículo. A senhorita deve lembrar que pouco antes do jantar fui chamado para receber uma mensagem de Sark.

– Lembro.

– Esta é a mensagem.

Samia recebeu a película translúcida com letras vermelhas. Dizia: "Há uma denúncia de que dois florinianos embarcaram secreta e ilegalmente em sua nave. Prenda-os de imediato. Um deles pode alegar que é espaçoanalista, e não um floriniano nativo. Não tomem nenhuma medida nesse sentido. Vocês serão rigorosamente responsáveis pela segurança dessas pessoas. Eles devem ser mandados de volta para o Depseg. Sigilo absoluto. Urgência extrema".

Samia sentiu-se atônita.

– Depseg – disse ela. – O Departamento de Segurança.

– Sigilo absoluto – falou o capitão. – Estou abrindo uma exceção para lhe contar isso, mas a senhorita não me deixou escolha, milady.

– O que vão fazer com ele? – perguntou ela.

– Não sei dizer ao certo – respondeu o capitão. – Com certeza um suposto espião e assassino não pode esperar um tratamento gentil. Provavelmente sua farsa se tornará em parte realidade e ele descobrirá como é, de verdade, uma sonda psíquica.

12. O DETETIVE

Os quatro grandes nobres olhavam para o nobre de Fife cada um à sua maneira. Bort estava irritado, Rune estava achando graça, Balle estava aborrecido e Steen estava assustado.

Rune falou primeiro.

— Alta traição? — indagou ele. — Está tentando nos assustar com palavras? O que significa? Traição contra você? Contra Bort? Contra mim? Por parte de quem e como? E pelo amor de Sark, Fife, essas reuniões interferem nas minhas horas de sono normais.

— Os resultados — respondeu Fife — podem interferir nas horas de sono de muitos dias. Não estou falando de traição contra qualquer um de nós, Rune. Estou falando de traição contra Sark.

— Sark? — retorquiu Bort. — O que é Sark, afinal, senão nós?

— Chame de mito. Chame de algo em que os sarkitas comuns acreditam.

— Eu não entendo — resmungou Steen. — Vocês sempre parecem tão interessados em conversar uns com os outros de forma condescendente. Francamente! Eu queria que vocês acabassem logo com isso.

— Concordo com Steen — falou Balle. Steen pareceu satisfeito.

– Estou perfeitamente disposto a explicar agora mesmo – disse Fife. – Vocês ouviram falar, imagino, sobre os recentes tumultos em Florina.

– Relatórios do Depseg mencionam vários patrulheiros mortos – comentou Rune. – É disso que você está falando?

– Por Sark, se temos que fazer uma reunião, vamos discutir isso – interrompeu Bort, zangado. – Patrulheiros mortos! Eles merecem ser mortos! Você está querendo dizer que um nativo pode simplesmente se aproximar de um patrulheiro e golpeá-lo na cabeça com uma ripa de madeira plástica? Por que algum patrulheiro deveria deixar um nativo com uma barra de madeira nas mãos chegar perto o suficiente para usá-la? Por que o nativo não foi carbonizado a vinte passos?

"Por Sark, eu sacudiria a Corporação dos Patrulheiros, do capitão ao recruta, e mandaria todos esses desmiolados prestarem serviço em naves. A Corporação inteira não passa de um acúmulo de gordura. A vida deles aqui embaixo é muito fácil. Eu digo que deveríamos colocar Florina sob lei marcial a cada cinco anos e eliminar os encrenqueiros. Isso manteria os nativos quietos e os nossos próprios homens em alerta."

– Já terminou? – perguntou Fife.

– Por enquanto, sim. Mas vou retomar o assunto. É o meu investimento lá embaixo também, sabe? Pode não ser tão grande quanto o seu, Fife, mas é grande o suficiente para eu me preocupar com ele.

Fife deu de ombros. Virou-se de repente para Steen.

– E *você*, ouviu falar dos tumultos?

Steen sobressaltou-se.

– Ouvi, quero dizer, ouvi você acabar de dizer...

– Você não leu os comunicados do Depseg?

– É sério? – Steen demonstrava intenso interesse em suas compridas unhas pontudas, cobertas por um esmalte vermelho-cobre aplicado com primor. – Eu nem sempre tenho tempo para ler *todos* os comunicados. Não sabia que eu tinha que fazer isso. Na verdade – ele reuniu toda a coragem nas duas mãos e olhou em cheio para Fife –, não sabia que você estava ditando regras para mim. Francamente!

– Não ditei – contestou Fife. – Mesmo assim, já que pelo menos você não sabe nada dos detalhes, deixe-me fazer um resumo. Os demais podem achar interessante também.

Era surpreendente como os acontecimentos de quarenta e oito horas podiam caber em tão poucas palavras e como podiam soar monótonos. Primeiro, houvera uma menção inesperada aos textos do espaçoanalista. Então, um golpe na cabeça de um patrulheiro aposentado que morreu de fratura no crânio duas horas mais tarde. Depois, uma perseguição que terminou com o esconderijo do agente trantoriano intocado. Em seguida, um segundo patrulheiro morto ao amanhecer com o assassino munido do uniforme de patrulheiro e o agente trantoriano morto, por sua vez, algumas horas mais tarde.

– Se quiser saber das últimas notícias – concluiu Fife –, pode acrescentar esta a esse catálogo de aparentes banalidades: algumas horas atrás, acharam um corpo, ou melhor, os restos ossudos de um corpo, no parque da cidade em Florina.

– O corpo de quem? – perguntou Rune.

– Um momentinho, por favor. Ao lado do cadáver havia uma pilha de cinzas do que pareciam ser restos de roupa carbonizados. Qualquer parte de metal tinha sido cuidadosamente tirada da roupa, mas a análise da cinza mostrou que era o que sobrara de um uniforme de patrulheiro.

– Nosso amigo impostor? – indagou Balle.

– Pouco provável – respondeu Fife. – Quem o mataria em segredo?

— Suicídio — comentou Bort em um tom maldoso. — Quanto tempo esse maldito esperava continuar livre? Imagino que ele tenha tido uma morte melhor dessa forma. Pessoalmente, eu descobriria quem na corporação foi responsável por deixar a situação chegar a ponto de suicídio e colocaria um desintegrador com carga única na mão *dele*.

— Pouco provável — retorquiu Fife mais uma vez. — Se o sujeito cometeu suicídio, ou ele se matou primeiro e então tirou o uniforme, desintegrou-o até virar cinzas, tirou as fivelas e galões e depois se livrou deles, ou tirou o uniforme, desintegrou-o, tirou as fivelas e galões, saiu da caverna nu, ou talvez de roupa íntima, jogou-os fora e se matou.

— O corpo estava em uma caverna? — perguntou Bort.

— Em uma das cavernas ornamentais do parque. Estava.

— Então ele teve bastante tempo e bastante privacidade — falou Bort em tom agressivo. Ele odiava desistir de uma teoria. — Pode ter tirado as fivelas e os galões primeiro, depois...

— Você já tentou tirar um galão do uniforme de um patrulheiro sem desintegrá-lo primeiro? — perguntou Fife sarcasticamente. — E você pode sugerir um motivo, se o corpo fosse o do impostor após o suicídio? Além do mais, recebi um relatório dos médicos-legistas que examinaram a estrutura óssea. O esqueleto não é nem de um patrulheiro nem de um floriniano. É de um sarkita.

— Verdade? — gritou Steen.

Os velhos olhos de Balle ficaram arregalados; os dentes de metal de Rune, que, ao refletirem um raio de luz vez por outra, davam um pouco de vida ao cubo de penumbra onde ele estava, desapareceram quando ele fechou a boca. Até mesmo Bort ficou estupefato.

— Vocês compreendem? — perguntou Fife. — Agora estão entendendo por que o metal foi tirado do uniforme.

Quem quer que tenha matado o sarkita queria que pensassem que a cinza era da roupa do próprio sarkita, retirada e desintegrada antes da morte, que nós poderíamos tomar como suicídio ou como o resultado de uma briga particular que não tivesse ligação nenhuma com o nosso amigo patrulheiro impostor. O que ele não sabia era que uma análise da cinza poderia distinguir entre o kyrt das vestimentas sarkitas e o celulano de um uniforme de patrulheiro mesmo sem as fivelas e os galões.

"Agora, considerando que temos um sarkita morto e a cinza de um uniforme de patrulheiro, só podemos supor que em algum lugar da Cidade Alta existe um citadino com vestimentas sarkitas. O nosso floriniano, tendo se passado por patrulheiro por muito tempo e achando o perigo grande demais, cada vez maior, decidiu se tornar um nobre. E fez isso da única maneira que conseguiu."

– Ele foi pego? – indagou Bort em um tom intenso.

– Não, não foi.

– Por que não? Por Sark, por que não?

– Ele vai ser pego – comentou Fife, indiferente. – De momento, temos coisas mais importantes com que nos preocupar. Essa última atrocidade é bobagem em comparação.

– Vá direto ao ponto! – exigiu Rune instantaneamente.

– Paciência! Primeiro, deixe-me perguntar se vocês se lembram do espaçoanalista que desapareceu ano passado.

Steen riu.

– De novo essa história? – retorquiu Bort, com infinito desdém.

– Existe alguma ligação? – perguntou Steen. – Ou só estamos conversando sobre aquela situação horrível do ano passado outra vez? Estou cansado.

Fife permaneceu impassível.

– A explosão de ontem e a de anteontem começaram com um pedido na biblioteca floriniana por livros de referência sobre espaçoanálise – revelou. – Isso é ligação suficiente para mim. Vejamos se consigo deixar clara a ligação para o resto de vocês também. Vou começar descrevendo as três pessoas envolvidas no incidente da biblioteca e, por favor, parem de me interromper por alguns minutos.

"Primeiro, há um citadino. Dos três, ele é quem oferece perigo. Em Sark, tinha um excelente registro como uma peça inteligente e fiel. Infelizmente, agora voltou suas habilidades contra nós. Ele é, sem dúvida, responsável por quatro mortes a essa altura. É um recorde para qualquer um. Considerando que essas quatro incluem dois patrulheiros e um sarkita, é incrivelmente extraordinário para um nativo. E ele continua livre.

"A segunda pessoa envolvida é uma mulher nativa. Ela não tem instrução e é totalmente insignificante. No entanto, os dois últimos dias viram uma extensa investigação sobre cada faceta dessa questão e sabemos qual é a história dela. Seus pais eram membros da 'Alma de Kyrt', se é que algum de vocês se lembra daquela conspiração camponesa ridícula que foi eliminada sem nenhuma dificuldade vinte anos atrás.

"Isso nos leva à terceira pessoa, o mais fora do comum entre os três. Essa terceira pessoa era um funcionário de fábrica comum e um idiota."

Bort fungou com força e Steen soltou outra risada aguda. Balle permaneceu de olhos fechados e Rune ficou imóvel no escuro.

– A palavra "idiota" não foi usada em sentido figurado – informou Fife. – O Depseg foi implacável, mas não conseguiu rastrear a história dele mais do que dez meses e meio atrás. Naquela época, ele foi encontrado em um vilarejo fora da principal metrópole de Florina, em estado de total idiotia. Não conseguia andar nem falar. Não conseguia nem se alimentar.

"Agora, notem que ele surgiu pela primeira vez algumas semanas após o desaparecimento do espaçoanalista. Notem também que, em questão de meses, ele aprendeu a falar e até mesmo a preencher uma vaga de trabalho em uma fábrica de kyrt. Que tipo de idiota poderia aprender tão rápido?"

Steen começou a falar quase com avidez:

— Ah, na realidade, se aplicaram a sonda psíquica nele de forma apropriada, isso poderia ser feito... — A voz dele emudeceu.

— Não consigo pensar em uma autoridade maior nesse assunto — comentou Fife sardonicamente. — Mas, mesmo sem a opinião especializada de Steen, passou a mesma coisa pela minha cabeça. Era a única explicação possível.

"Bem, a sondagem psíquica só poderia ter acontecido em Sark ou na Cidade Alta, em Florina. Por uma questão de simples minuciosidade, as clínicas médicas da Cidade Alta foram checadas. Não havia nenhum sinal de sondagem psíquica não autorizada. Foi então que um dos nossos agentes teve a ideia de verificar os registros de médicos que tinham morrido desde que o idiota apareceu. Vou me certificar de que ele seja promovido por essa ideia.

"Nós encontramos um registro do nosso idiota em apenas uma dessas clínicas. Ele tinha sido levado para um check-up completo uns seis meses atrás pela camponesa que é a segunda pessoa do nosso trio. Ao que parece, isso foi feito em segredo, já que ela faltou ao trabalho nesse dia com um pretexto diferente. O médico examinou o idiota e registrou evidências definitivas de manipulação por sondagem psíquica.

"Agora vem o ponto interessante. Esse médico era um dos que tinham clínicas em dois níveis, na Cidade Alta e na Cidade

Baixa. Era um daqueles idealistas que achavam que os nativos mereciam assistência médica de primeira. Era um homem metódico e mantinha fichas integralmente duplicadas nas duas clínicas para evitar deslocamentos desnecessários pelo elevador. Também satisfazia o seu idealismo, imagino eu, o fato de não segregar sarkitas e florinianos nesses registros. Mas a ficha do idiota em questão não tinha cópia e era o *único* registro não duplicado.

"Por quê? Se, por algum motivo, ele tivesse decidido por vontade própria não copiar essa ficha em especial, por que ela teria aparecido apenas nos arquivos da Cidade Alta, que foi onde apareceu? Por que não apenas nos registros da Cidade Baixa, que é onde não estava? Afinal de contas, o homem era floriniano. Foi levado por uma floriniana. Foi examinado na clínica da Cidade Baixa. Tudo isso estava nitidamente registrado na cópia que encontramos.

"Existe só uma resposta para esse enigma. A ficha *foi* devidamente incluída nos dois arquivos, mas destruída no da Cidade Baixa por alguém que não se deu conta de que restaria outra cópia na clínica da Cidade Alta. Agora, vamos seguir adiante.

"Na ficha de exame do idiota constava uma anotação concreta para anexar essas descobertas no próximo relatório de rotina do médico para o Depseg. Isso era totalmente apropriado. Qualquer caso de sondagem psíquica poderia envolver um criminoso ou mesmo um subversivo. Mas esse relatório nunca foi feito. Naquela mesma semana ele morreu em um acidente de trânsito.

"As coincidências se acumulam além da conta, não?"

Balle abriu os olhos.

– É um suspense policial que você está nos contando.

– É – gritou Fife com satisfação –, um suspense policial. E, de momento, eu sou o detetive.

O DETETIVE

– E quem são os acusados? – perguntou Balle, em um sussurro cansado.

– Ainda não. Deixe-me bancar o detetive por mais um minuto.

Em meio ao que considerava ser a crise mais perigosa que Sark já enfrentara, Fife de repente descobriu que estava se divertindo muitíssimo.

– Vamos abordar a história de um outro lado – sugeriu ele. – Vamos esquecer por enquanto o idiota e lembrar o espaçoanalista. A primeira coisa que ouvimos falar dele foi uma notificação para a Agência de Transporte de que ele iria aterrissar em breve. Uma mensagem anterior enviada por ele acompanha a notificação.

"O espaçoanalista nunca chega. Ele não está em nenhum lugar no espaço próximo. Além disso, a mensagem enviada pelo espaçoanalista, que tinha sido encaminhada para a AgeTrans, desapareceu. A AIE afirmou que nós estávamos escondendo a mensagem de propósito. O Depseg acreditou que eles estivessem inventando uma mensagem fictícia para fins de propaganda. Agora está me passando pela cabeça que os dois estavam errados. A mensagem *foi* entregue, mas *não* foi escondida pelo governo de Sark.

"Vamos inventar alguém e, de momento, chamá-lo de X. X tem acesso aos registros da AgeTrans. Ele fica sabendo sobre esse espaçoanalista e sobre a mensagem e tem inteligência e habilidade para agir rápido. Ele dá um jeito para que um subetergrama secreto seja enviado para a nave do espaçoanalista, direcionando a aterrissagem do sujeito para um campo pequeno e isolado. O espaçoanalista aterrissa lá e X se encontra com ele.

"X levou a mensagem sobre a destruição do espaçoanalista com ele. Pode haver duas razões para isso. Em primeiro lugar, confundiria possíveis tentativas de detecção, eliminando uma evidência. Em segundo, serviria talvez para ganhar a confiança do espaçoanalista louco. Se o espaçoanalista sentisse que só podia conversar com seus próprios superiores, e é possível que se sentisse assim, X poderia convencê-lo a fazer confidências, provando que já estava de posse das partes essenciais da história.

"Com certeza, o espaçoanalista falou. Por mais incoerente, louca e impossível, em termos gerais, que essa conversa possa ter sido, X a reconheceu como um excelente recurso para propaganda. Ele mandou suas cartas chantageadoras para os grandes nobres, para nós. Seu procedimento, como foi planejado naquele momento, talvez tenha sido exatamente aquele que eu atribuí a Trantor naquela época. Se não chegássemos a um acordo com ele, provavelmente interromperia a produção floriniana com rumores de destruição até forçar a rendição.

"Mas então ele cometeu o primeiro erro de cálculo. Alguma coisa o assustou. Vamos refletir sobre o que exatamente mais adiante. Em todo caso, ele decidiu que teria que esperar antes de continuar. Esperar, porém, envolvia uma complicação. X não acreditava na história do espaçoanalista, mas não havia dúvida de que o próprio espaçoanalista estava sendo completamente sincero. X teria que dar um jeito nas coisas para que o espaçoanalista se dispusesse a deixar essa 'destruição' esperar.

"O espaçoanalista não podia fazer isso a não ser que inutilizassem sua mente deturpada. X poderia tê-lo matado, mas, na minha opinião, ele precisava daquele espaçoanalista como fonte de maiores informações (afinal, ele próprio não sabia nada de espaçoanálise e não podia fazer uma chantagem bem-sucedida com base em um blefe total) e, talvez,

O DETETIVE

como refém em caso de completo fracasso. De qualquer forma, ele usou a sonda psíquica. Depois do tratamento, tinha em mãos não um espaçoanalista, mas um idiota sem mente que lhe causaria problemas durante um período. E, depois de um tempo, recobraria os sentidos.

"O próximo passo? Certificar-se de que, durante esse ano de espera, o espaçoanalista não fosse localizado e de que ninguém importante o visse, mesmo em seu papel como idiota. Então ele procedeu com uma simplicidade magistral: levou esse homem para Florina e, por quase um ano, o espaçoanalista foi apenas um nativo retardado trabalhando nas fábricas de kyrt.

"Imagino que, durante esse ano, ele, ou algum subordinado de confiança, visitava o vilarejo onde 'plantou' a criatura para ver se estava a salvo e em estado razoável de saúde. Em uma dessas visitas ele descobriu, de alguma maneira, que tinham levado a criatura para ver um médico que sabia reconhecer uma sondagem psíquica quando via uma. O médico morreu e o registro desapareceu, pelo menos da clínica dele na Cidade Baixa. Esse foi o primeiro erro de cálculo de X. Ele nunca pensou que pudesse haver uma cópia na clínica de cima.

"E então veio seu segundo erro de cálculo. O idiota começou a recuperar seus sentidos um pouco rápido demais, e o citadino do vilarejo teve inteligência suficiente para entender que aquilo era mais do que um simples desvario. Talvez a garota que cuidava do idiota tenha contado sobre a sondagem psíquica para o citadino. É uma suposição.

"Eis aí a história."

Fife entrelaçou as mãos fortes e esperou pela reação.

Rune respondeu primeiro. A luz se acendera no cubículo dele alguns instantes mais cedo e ele ficou ali, piscando e sorrindo.

– E foi uma história um tanto monótona, Fife – disse ele. – Mais um momento no escuro e eu teria caído no sono.

– Até onde posso ver – falou Balle lentamente –, você criou uma estrutura tão sem substância quanto a do ano passado. Noventa por cento é suposição.

– Besteira! – exclamou Bort.

– Quem é X, afinal? – perguntou Steen. – Se você não sabe quem é X, simplesmente não faz sentido nenhum. – Ele bocejou com delicadeza, cobrindo os pequenos dentes brancos com o dedo indicador curvado.

– Pelo menos um de vocês enxerga o ponto essencial – replicou Fife. – A identidade de X é o ponto fulcral dessa questão. Pensem nas características que X precisa ter, se a minha análise estiver correta.

"Em primeiro lugar, X é um homem com contatos no Serviço Público. É um homem que pode solicitar uma sondagem psíquica. É um homem que acha que pode organizar uma forte ofensiva de chantagem. É um homem que pode levar o espaçoanalista de Sark para Florina sem dificuldades. É um homem que pode providenciar a morte de um médico em Florina. Ele com certeza não é um zé-ninguém.

"Na verdade, é um alguém muito definido. Deve ser um grande nobre. Vocês não acham?"

Bort levantou-se da cadeira. Sua cabeça desapareceu e ele voltou a se sentar. Steen deu uma gargalhada alta e histérica. Os olhos de Rune, meio enterrados na gordura polpuda que os rodeava, brilharam febrilmente. Balle chacoalhou a cabeça devagar.

– Pelo Espaço, quem é o acusado, Fife? – gritou Bort.

– Ninguém ainda. – Fife manteve o equilíbrio. – Ninguém especificamente. Veja da seguinte maneira. Existem cinco de nós. Nenhum outro homem em Sark poderia ter

O DETETIVE

feito o que X fez. Só nós cinco. Isso pode ser dado como certo. Agora, qual dos cinco? Para começar, não fui eu.

– E nós podemos confiar na sua palavra, por acaso? – retrucou Rune com sarcasmo.

– Vocês não têm que confiar na minha palavra – retorquiu Fife. – Sou o único que não tem motivo. O motivo de X é conseguir o controle da indústria do kyrt. Eu *tenho* esse controle. Sou dono de um terço das propriedades de Florina. As minhas fábricas, o meu maquinário e a minha frota mercantil são suficientemente predominantes para forçar qualquer um de vocês, ou todos, a sair do mercado se eu quiser. Eu não precisaria recorrer a uma chantagem complicada.

Ele gritava, sobrepondo-se às vozes dos demais em conjunto.

– Me escutem! Vocês têm todos os motivos. Rune tem o menor continente e as menores propriedades. Sei que ele não gosta disso. Não consegue fingir que gosta. Balle tem a linhagem mais antiga. Houve um tempo em que a sua família governava Sark inteira. Ele provavelmente não se esqueceu disso. Bort se ressente do fato de sempre ser voto vencido no conselho e, portanto, não conseguir fazer negócios em seu território à moda chicote-e-desintegrador que gostaria. Steen tem gostos caros e suas finanças vão mal. A necessidade de recuperação é avassaladora. Nós temos essa necessidade aí. Todos os motivos possíveis. Inveja. Cobiça pelo poder. Cobiça pelo dinheiro. Questões de prestígio. Agora, qual de vocês?

Surgiu um brilho de súbita malícia nos velhos olhos de Balle.

– Você não sabe?

– Não importa. Agora escutem. Eu disse que alguma coisa assustou X (vamos continuar chamando-o de X) depois da primeira carta que nos enviou. Vocês sabem o que foi?

Foi a nossa primeira reunião, quando falei da necessidade de uma ação conjunta. X estava aqui. X era e é um de nós. Ele sabia que uma ação conjunta significava fracasso. Contava que ganharia de nós, porque sabia que o nosso velho e rígido ideal de autonomia continental nos manteria em desacordo até o último instante e mesmo depois. Ele viu que estava errado e decidiu esperar até o senso de urgência desaparecer e ele poder prosseguir.

"Mas ele continua equivocado. Nós ainda vamos realizar uma ação conjunta e só existe uma forma de fazer isso com segurança, considerando que X é um de nós. A autonomia continental acaba aqui. É um luxo que não podemos mais sustentar, pois os esquemas de X só vão terminar com a derrota econômica do resto de nós ou com a intervenção de Trantor. Eu mesmo sou o único em que posso confiar, então, de agora em diante, eu comando o Sark unido. Vocês estão comigo?"

Eles estavam todos de pé, gritando. Bort agitava o punho. Havia um tênue fio de espuma no canto de seus lábios.

Fisicamente, não havia nada que pudessem fazer. Fife sorriu. Cada um estava a um continente de distância. Ele podia só ficar sentado atrás da mesa, vendo-os espumar.

— Vocês não têm escolha — falou ele. — Nesse ano que se passou desde a nossa primeira reunião, também fiz os meus preparativos. Enquanto vocês quatro ficaram quietos me ouvindo, oficiais fiéis a mim tomaram o comando da Marinha.

— Traição! — eles gritaram.

— Traição contra a autonomia continental — retorquiu Fife. — Lealdade a Sark.

Steen entrelaçava nervosamente os dedos, cujas unhas pintadas de vermelho-cobre conferiam o único toque de cor à sua pele.

– Mas é o X. Mesmo que X seja um de nós, há três inocentes. Eu não sou X. – Ele lançou um olhar venenoso ao redor. – É um dos outros.

– Aqueles de vocês que forem inocentes farão parte do meu governo se quiserem. Vocês não têm nada a perder.

– Mas você não diz quem é inocente – berrou Bort. – Você nos deixa todos de fora com essa história de X, nessa... nessa... – A falta de fôlego o fez parar.

– Não vou dizer. Em vinte e quatro horas vou saber quem é X. Não contei para vocês. O espaçoanalista de quem estávamos falando está nas minhas mãos.

Eles se calaram. Olharam uns para os outros com reservas e desconfiança.

Fife deu risada.

– Vocês estão se perguntando quem pode ser X. Um de vocês sabe, tenham certeza disso. E em vinte e quatro horas todos nós vamos saber. Agora tenham em mente, cavalheiros, que todos vocês estão indefesos. Os navios de guerra são meus. Tenham um bom dia!

O gesto dele foi de quem havia terminado.

Um a um eles se apagaram, como estrelas nas profundezas do vácuo sendo encobertas na visitela pelo volume invisível e errante de uma espaçonave destroçada.

Steen foi o último a ir embora.

– Fife – disse ele com a voz trêmula.

Fife levantou os olhos.

– Pois não? Você quer confessar agora que nós dois estamos sozinhos? Você é X?

O rosto de Steen se contorceu, extremamente alarmado.

– Não, não. Não, mesmo. Eu só queria perguntar se você está realmente falando sério. Quero dizer, sobre a autonomia continental e todas essas coisas. É verdade?

Fife olhou para o velho cronômetro na parede.

– Tenha um bom dia.

Steen resmungou. Sua mão foi até o botão e ele também desapareceu.

Fife ficou ali, inflexível e estático. Terminada a reunião, passado o calor da crise, ele foi tomado pela depressão. Sua boca de lábios finíssimos era um talho acentuado no rosto grande.

Todos os cálculos começaram com este fato: o espaçoanalista era louco e não havia nenhuma destruição. Mas tanta coisa havia acontecido por causa de um maluco! Será que Junz da AIE passaria mesmo um ano procurando por um lunático? Seria ele tão obstinado em sua busca por contos de fadas?

Fife não contara a ninguém sobre isso. Ele mal se atrevia a compartilhá-lo com a própria alma. E se o espaçoanalista nunca tivesse estado louco? E se a destruição pairasse sobre o planeta do kyrt?

O secretário floriniano surgiu diante do grande nobre, com a voz insípida e seca.

– Senhor!

– O que é?

– A nave com a sua filha aterrissou.

– O espaçoanalista e a mulher nativa estão em segurança?

– Sim, senhor.

– Não deixe que aconteça nenhum interrogatório na minha ausência. Eles devem permanecer incomunicáveis até eu chegar... Alguma notícia de Florina?

– Sim, senhor. O citadino está sob custódia e sendo trazido para Sark.

13. O IATISTA

As luzes do porto se acendiam por igual à medida que o crepúsculo se acentuava. Em nenhum momento a iluminação geral variou daquela esperada para um fim de tarde um tanto apagado. No porto nove, como nos outros portos para iates na Cidade Alta, era dia durante todo o período de rotação de Florina. O brilho podia ser estranhamente acentuado sob o sol do meio-dia, mas essa era a única variação.

Markis Genro sabia dizer que o dia passara só porque, ao entrar no porto, deixara as coloridas luzes noturnas da cidade para trás. Essas brilhavam contra o céu que escurecia, mas não fingiam substituir o dia.

Genro parou logo após a entrada principal e não parecia nem um pouco impressionado pela gigantesca ferradura com suas três dúzias de andares e cinco dutos de decolagem. Fazia parte dele, assim como fazia parte de qualquer iatista experiente.

Ele pegou um cigarro comprido de cor violeta em cuja ponta havia o mais fino toque de kyrt e colocou-o nos lábios. Protegeu a ponta exposta com as palmas das mãos e viu-a acender-se com um brilho verde enquanto tragava.

O cigarro queimava devagar e não deixava cinzas. Uma fumaça esmeralda saiu por suas narinas.

— Negócios, como sempre! — murmurou ele.

Um membro do comitê de iates, vestindo traje de iatista, com apenas uma inscrição discreta e de bom gosto acima de um botão da túnica para indicar que era membro do comitê, andara rápido para encontrar Genro, evitando cuidadosamente aparentar que estivesse com pressa.

— Ah, Genro! E por que não negócios, como sempre?

— Oi, Doty. Só achei que, com todo esse furor e frenesi acontecendo, poderia passar pela cabeça de algum rapaz brilhante fechar os portos. Graças a Sark que não passou.

O membro do comitê ficou sério.

— Sabe, pode chegar a esse ponto. Você já soube da última? Genro sorriu.

— Como você consegue distinguir entre a última e a depois-da-última?

— Bem, você ouviu falar que é certeza agora sobre o nativo? O assassino?

— Você quer dizer que ele foi pego? Eu não tinha ouvido essa.

— Não, ele não foi pego. Mas sabem que ele não está na Cidade Baixa!

— Não? Onde ele está, então?

— Oras, na Cidade Alta. Aqui.

— Continue. — Genro arregalou os olhos, depois estreitou-os, incrédulo.

— Não, sério — falou o membro do comitê, um pouco magoado. — Sei de fonte segura. Os patrulheiros estão percorrendo a Estrada do Kyrt. Eles cercaram o parque da cidade e estão usando a arena central como ponto de coordenação. É tudo verdade.

O IATISTA

– Bem, talvez. – Os olhos de Genro vagaram desatentos pelas naves nos hangares. – Faz dois meses que não venho aqui no Nove, eu acho. Tem alguma nave nova no porto?

– Não. Bem, tem sim, tem o *Flecha Flamejante* do Hjordesse.

Genro chacoalhou a cabeça.

– Esse eu já vi. É todo feito de cromo e mais nada. Odeio pensar que vou acabar projetando a minha própria nave.

– Você vai vender o *Cometa V*?

– Vender ou jogar fora. Estou cansado desses últimos modelos. São tão automáticos. Com seus relês automáticos e seus computadores que medem a trajetória, estão acabando com o esporte.

– Sabe, já ouvi outras pessoas falarem a mesma coisa – concordou o membro do comitê. – Vou fazer o seguinte. Se eu ficar sabendo de um modelo antigo em boas condições no mercado, aviso você.

– Obrigado. Você se importa se eu der uma andada por aqui?

– Claro que não. Vá em frente. – O membro do comitê sorriu, acenou e afastou-se.

Genro caminhava devagar, com o cigarro pela metade pendendo de um lado da boca. Ele parava em cada um dos hangares ocupados, avaliando astutamente seu conteúdo.

No hangar vinte e seis, demonstrou maior interesse. Olhou por cima da barreira mais baixa e disse:

– Nobre?

O chamado foi o de uma indagação cortês, mas, após uma pausa de vários instantes, teve de chamar de novo, de forma um pouco mais decisiva, um pouco menos cortês.

O nobre que apareceu não era impressionante de se ver. Para começar, não estava usando traje de iatismo. Em segundo lugar, precisava fazer a barba, e sua boina de aparência repugnante estava enfiada na cabeça de um jeito cafona. Parecia cobrir metade do rosto. Por fim, sua atitude era a de um excesso de cautela particularmente suspeito.

— Sou Markis Genro — apresentou-se. — Esta é a sua nave, senhor?

— É, é sim. — As palavras foram expressas de forma lenta e tensa.

Genro desconsiderou isso. Inclinou a cabeça para trás e examinou as linhas do iate com atenção. Tirou dos lábios o que restara do cigarro e arremessou-o bem alto no ar. O cigarro ainda não chegara ao ponto alto do arco que formava quando, com uma pequena faísca, desapareceu.

— Se importa se eu entrar? — indagou Genro. O outro hesitou, depois deu um passo para o lado. Genro entrou.

— Que tipo de motor tem essa nave, senhor? — perguntou.

— Por que pergunta?

Genro era alto, de pele negra e olhos escuros, cabelo encaracolado e curto. Era um palmo mais alto do que o outro, e seu sorriso mostrava dentes brancos e uniformemente espaçados.

— Para ser bem franco, ando à procura de uma nave nova — falou ele.

— Quer dizer que está interessado nesta nave?

— Não sei. Algo do tipo, talvez, se o preço for bom. Mas, em todo caso, se importa se eu der uma olhada nos controles e nos motores?

O nobre ficou ali, calado.

A voz de Genro tornou-se um pouco mais fria.

— Como preferir, claro. — Ele se virou.

— Talvez eu venda — falou o nobre. Ele mexeu nos bolsos. — Aqui está a habilitação!

O IATISTA

Genro deu uma olhada rápida e experiente dos dois lados. Devolveu-a.

– Você é Deamone?

O nobre aquiesceu.

– Pode entrar, se quiser.

Genro olhou brevemente para o grande cronômetro do porto, os ponteiros luminescentes brilhando forte mesmo com a iluminação do dia, indicando o início da segunda hora após o pôr do sol.

– Obrigado. Não vai me mostrar o caminho?

O nobre vasculhou os bolsos outra vez e tirou um bloco de cartões-chave.

– O senhor primeiro.

Genro pegou o bloco de chaves. Folheou os cartões procurando o pequeno código do "selo de navio". O outro homem nem sequer tentou ajudá-lo.

– Esta, suponho? – indagou ele, enfim.

Subiu a pequena rampa até o nível da escotilha e examinou o fino encaixe à direita da fechadura com atenção.

– Não estou vendo... Ah, aqui está – e passou para o outro lado da escotilha.

Devagar, sem fazer barulho, a fechadura se abriu e Genro entrou na escuridão. A escotilha vermelha acendeu-se automaticamente quando a porta se fechou atrás deles. A porta interna se abriu e, quando entraram na embarcação, as luzes corretas foram se acendendo por toda a extensão da nave.

Myrlyn Terens não tinha escolha. Ele não se lembrava mais da época em que existia uma "escolha". Durante três longas e infelizes horas, ficara perto da nave de Deamone, esperando e sem poder fazer mais nada. A espera não levara

ISAAC ASIMOV

a nada até agora. Ele via que aquilo não poderia levar a outra coisa que não à captura.

E então chegou esse sujeito de olho na nave. Lidar com ele era loucura. Não dava para manter a farsa em um espaço tão restrito. Mas também não podia continuar onde estava.

Pelo menos dentro da nave podia haver comida. Estranho que isso não tivesse lhe ocorrido antes.

Havia.

– É quase hora do jantar – falou Terens. – Você gostaria de comer alguma coisa?

O outro mal olhou por cima do ombro.

– Bem, mais tarde, talvez. Obrigado.

Terens não o apressou. Deixou-o perambular pela nave e ocupou-se agradecidamente com a carne enlatada e a fruta embalada em celulano. Matou a sede sequiosamente. Havia um banheiro de frente para a cozinha, do outro lado do corredor. Ele trancou a porta e tomou banho. Era um prazer poder tirar aquela boina apertada, pelo menos por algum tempo. Encontrou até mesmo um pequeno closet onde pôde escolher uma muda de roupa.

Estava muito mais senhor de si quando Genro voltou.

– Escute, você se importaria se eu experimentasse pilotar esta nave? – perguntou Genro.

– Não tenho nenhuma objeção. Você consegue pilotar este modelo? – perguntou Terens, com uma excelente imitação de indiferença.

– Acho que sim – respondeu o outro com um sorrisinho. – Eu me gabo de poder pilotar qualquer um dos modelos comuns. Em todo caso, tomei a liberdade de contatar a torre de controle e existe um duto de decolagem disponível. Aqui está a minha habilitação de iatista, se quiser ver antes de eu assumir o controle.

Terens deu uma olhada tão superficial quanto Genro dera em sua habilitação.

– Os controles são todos seus – disse.

A nave saiu do hangar como uma baleia aérea, movendo-se devagar, com sua fuselagem diamagnetizada quase oito centímetros acima do barro compactado e liso do campo.

Terens observava Genro manuseando os controles com minuciosa precisão. A nave era algo vivo sob o toque dele. A pequena réplica do campo que aparecia na visitela deslocava-se e mudava a cada minúsculo movimento de cada contato.

A nave parou na ponta de um duto de decolagem. O campo diamagnético intensificou-se em direção à proa da nave e ela começou a virar para cima. Terens felizmente não percebeu isso, uma vez que a sala do piloto girava sobre os seus eixos cardans universais para manter-se em conformidade com a gravidade em alteração. Majestosamente, as saliências da parte traseira da nave se encaixaram nas ranhuras apropriadas do duto. Ela estava na vertical, apontando para o céu.

A cobertura de duralite do duto de decolagem deslizou para dentro da sua reentrância, revelando o revestimento neutralizado, a noventa metros de profundidade, que recebeu os primeiros impulsos energéticos dos motores hiperatômicos.

Genro mantinha uma troca codificada de informação com a torre de controle.

– Dez segundos para a decolagem – disse ele enfim.

Um fio vermelho que subia por um tubo de quartzo marcava a passagem dos segundos. O fio fez contato e a primeira onda de energia os empurrou para trás.

Terens sentiu-se mais pesado, pressionado contra o assento. O pânico tomou conta dele.

— Como vão as coisas? — gemeu ele.

Genro parecia insensível à aceleração. Sua voz tinha quase o timbre natural quando respondeu:

— Moderadamente bem.

Terens recostou-se contra a poltrona, tentando parar de lutar contra a pressão, vendo as estrelas na visitela tornarem-se rígidas e brilhantes à medida que a atmosfera entre ele e elas desaparecia. O kyrt em contato com a sua pele parecia frio e úmido.

Estavam no espaço agora. Genro colocava a nave em seu ritmo normal. Terens não tinha como saber disso em primeira mão, mas podia ver as estrelas passando continuamente pela visitela enquanto os compridos dedos delgados do iatista brincavam com os controles como se fossem teclas de um instrumento musical. Enfim, o segmento volumoso e alaranjado de um planeta preencheu a superfície clara da visitela.

— Nada mau — comentou Genro. — Você mantém a sua nave em boas condições, Deamone. É pequena, mas tem as suas qualidades.

— Suponho que gostaria de testar a velocidade e a capacidade de Salto — sugeriu Terens com cautela. — Pode testar, se quiser. Não tenho nenhuma objeção.

Genro aquiesceu.

— Muito bem. Para onde sugere que viajemos? Que tal... — Ele hesitou, depois continuou: — Bem, por que não Sark?

A respiração de Terens ficou um pouco mais acelerada. Ele esperava isso. Estava a ponto de acreditar que vivia em um mundo mágico. Pensava em como as coisas forçavam seus movimentos, mesmo sem a sua conivência. Não teria sido difícil convencê-lo de que não eram "coisas", mas a intencionalidade que provocava as jogadas. Sua infância fora repleta das superstições que os nobres nutriam entre os nativos e é difícil se libertar dessas coisas. Em Sark estava Rik, com suas lembranças que pouco a pouco retornavam. O jogo não estava terminado.

– Por que não, Genro? – retorquiu ele, em tom impetuoso.

– Vamos para Sark, então – disse Genro.

A uma velocidade cada vez maior, o globo de Florina saiu do campo de visão da visitela e as estrelas voltaram.

– Qual é o seu melhor tempo de percurso entre Sark e Florina? – perguntou Genro.

– Nada de quebrar recordes – respondeu Terens. – Mais ou menos a média.

– Então você fez em menos de seis horas, suponho.

– De vez em quando, sim.

– Você se importa se eu tentar fazer em cinco?

– De modo algum – replicou Terens.

Levou horas para chegar a um ponto distante o suficiente da distorção da massa estelar do tecido espacial a fim de tornar o Salto possível.

A vigília era uma tortura para Terens. Era sua terceira noite de pouco ou nenhum sono, e a tensão dos dias exacerbara essa privação.

Genro olhou para ele de soslaio.

– Por que não vai se deitar?

Terens forçou os flácidos músculos faciais a assumirem uma expressão de vivacidade.

– Não é nada. Não é nada – respondeu.

Ele bocejou longamente e sorriu, como que pedindo desculpas. O iatista voltou-se para os instrumentos e os olhos de Terens ficaram vidrados outra vez.

Os assentos de um iate espacial eram confortáveis por uma questão de necessidade. Precisavam proteger as pessoas da aceleração. Um homem que não está particularmente cansado pode cair no sono fácil e tranquilamente acomodado neles. Terens, que poderia, nesse momento, ter dormido sobre vidro quebrado, nem sequer viu quando passaram pela linha divisória.

Ele dormiu durante horas; dormiu de forma tão profunda e tão livre de sonhos como jamais dormira na vida.

Não se mexia. Não mostrava um único sinal de vida além da respiração regular quando tiraram a boina de sua cabeça.

Terens acordou aos poucos, sonolento. Durante longos minutos, não teve a menor noção do seu paradeiro. Pensou que havia retornado a sua casinha de citadino. A verdadeira situação foi voltando à sua mente de forma gradativa. Por fim, conseguiu sorrir para Genro, que continuava nos controles, e disse:

— Acho que peguei no sono.

— Acho que sim. Ali está Sark. — Genro apontou com a cabeça para a grande crescente branca na visitela.

— Quando aterrissamos?

— Daqui a mais ou menos uma hora.

Terens estava acordado o bastante agora para sentir uma mudança sutil na atitude do outro. Foi com grande choque que ele percebeu que o objeto cinza cor de aço na mão de Genro era o gracioso cano de uma pistola-agulha.

— O que, pelo Espaço... — Terens começou a dizer, levantando-se.

— Sente-se — ordenou Genro com cautela. Havia uma boina na outra mão dele.

Terens levou uma das mãos à cabeça e notou que seus dedos tocavam o cabelo claro.

O IATISTA

– É – comentou Genro –, é bastante óbvio. Você é nativo.

Terens fitou-o e não disse nada.

– Eu sabia que você era nativo antes de entrar na nave do pobre Deamone – revelou Genro.

A boca de Terens estava seca como o algodão e seus olhos ardiam. Ele observou o minúsculo cano mortal da arma e esperou por um clarão repentino e silencioso. Chegara tão longe, tão longe, e perdera a aposta no final das contas.

Genro parecia não ter pressa. Ele segurava a pistola-agulha com firmeza, e suas palavras eram uniformes e lentas.

– O seu erro básico, citadino, foi a ideia de que poderia mesmo despistar uma força policial organizada indefinidamente. Mesmo assim, teria se saído melhor se não tivesse feito a escolha infeliz de tornar Deamone uma vítima sua.

– Eu não escolhi – resmungou Terens.

– Então chame de sorte. Umas doze horas atrás, Alstare Deamone estava no parque da cidade esperando pela mulher. Não havia nenhum motivo a não ser sentimentalismo para encontrá-la justo naquele lugar. Tinham se encontrado naquele exato local pela primeira vez e se encontravam ali de novo em cada aniversário do primeiro encontro. Não há nada de particularmente original nesse tipo de cerimônia entre maridos e mulheres jovens, mas parece importante para eles. Claro que Deamone não percebeu que o relativo isolamento do lugar o tornava uma vítima adequada para um assassino. Quem na Cidade Alta teria pensado nisso?

"No decurso normal dos acontecimentos, o assassinato poderia passar dias sem ser descoberto. Porém, a mulher de Deamone esteve no local meia hora depois do crime. O fato de o marido não estar lá a surpreendeu. Ele não era do tipo, ela explicou, de sair furioso por um pequeno atraso dela. Ela costumava se atrasar. Ele meio que teria contado com isso. A mulher pensou que Deamone poderia estar esperando por ela dentro da caverna "deles".

"Deamone estava esperando do lado de fora da caverna 'deles', naturalmente. Como consequência, era a caverna mais próxima ao local da agressão e aquela para onde ele foi arrastado. A mulher entrou na gruta e encontrou... Bem, você sabe o quê. Ela conseguiu transmitir a notícia para a Corporação dos Patrulheiros através dos nossos próprios escritórios do Depseg, embora sua fala fosse quase desconexa por causa do choque e da histeria.

"Qual é a sensação, citadino, de matar um homem a sangue frio, deixando-o para ser encontrado pela mulher no lugar mais marcado por boas lembranças para os dois?"

Terens estava engasgando.

– Vocês, sarkitas, mataram milhões de florinianos. Mulheres. Crianças – disparou, em meio a uma névoa de raiva e frustração. – Vocês enriqueceram à nossa custa. Este iate...

– Deamone não era responsável pela situação que encontrou ao nascer – ponderou Genro. – Se você tivesse nascido sarkita, o que teria feito? Renunciado às suas propriedades, se tivesse alguma, e ido trabalhar nos campos de kyrt?

– Bem, então atire em mim – gritou Terens, contorcendo-se. – O que está esperando?

– Não há pressa. Há bastante tempo para eu terminar a minha história. Nós não tínhamos certeza sobre a identidade do cadáver ou do assassino, mas tínhamos um bom palpite de que fossem Deamone e você, respectivamente. Pareceu óbvio para nós, pelo fato de as cinzas perto do corpo serem de um uniforme de patrulheiro, que você estava disfarçado de sarkita. Pareceu também provável que você fosse para o iate de Deamone. Não superestime a nossa estupidez, citadino.

"As coisas ainda estavam bastante complexas. Você era um homem desesperado. Encontrá-lo não era suficiente. Você estava armado e com certeza cometeria suicídio se fosse encurralado. Suicídio era algo que não queríamos. Queriam você em Sark e queriam você em boas condições.

"Era uma questão particularmente delicada para mim, e foi necessário convencer o Depseg de que eu podia dar conta sozinho, de que conseguiria levar você até Sark sem barulho ou dificuldade. Você tem de admitir que é exatamente o que estou fazendo.

"Para falar a verdade, no começo me perguntei se você era mesmo o nosso homem. Você estava usando uma roupa comum de negócios no porto. Foi uma coisa de incrível mau gosto. Me pareceu que ninguém sonharia em se fazer passar por um iatista sem a vestimenta apropriada. Achei que tinha sido mandado de propósito como isca, que estava *tentando* ser preso enquanto o homem que queríamos fugia em outra direção.

"Eu hesitei e testei você de outras formas. Me atrapalhei colocando a chave no lugar errado. Nenhuma nave jamais inventada abria do lado direito da escotilha. Ela abre sempre e invariavelmente do lado esquerdo. Você nunca mostrou nenhuma surpresa com o meu equívoco. Nenhuma. Então perguntei a você se a sua nave já tinha feito o percurso entre Sark e Florina em menos de seis horas. Você respondeu que sim... de vez em quando. Isso é bem impressionante. O tempo recorde para o percurso é de mais de nove horas.

"Concluí que você não podia ser uma isca. A ignorância era grande demais. Você tinha que ser naturalmente ignorante e provavelmente o homem certo. Bastava apenas esperar que adormecesse (e estava estampado na sua cara que precisava desesperadamente dormir), desarmá-lo e mantê-lo na mira com uma arma adequada. Tirei o seu chapéu mais por curiosidade do que qualquer coisa. Queria ver como ficava uma roupa sarkita com uma cabeça ruiva saindo dela."

Terens mantinha os olhos no chicote. Talvez Genro estivesse vendo-o cerrar a mandíbula. Talvez apenas houvesse adivinhado o que Terens estava pensando.

— Claro que não posso matá-lo, nem se você me atacar — disse ele. — Não posso matá-lo nem em legítima defesa. Não pense que isso lhe dá vantagem. Se começar a se mexer, eu atiro em sua perna.

O impulso de lutar se esvaiu de Terens. Ele colocou as palmas das mãos na testa e ficou inflexível.

— Sabe por que contei tudo isso? — indagou Genro em tom baixo.

Terens não respondeu.

— Em primeiro lugar — falou Genro —, eu gosto de ver você sofrer. Não gosto de assassinos e, principalmente, não gosto de nativos que matam sarkitas. Recebi ordens para entregá-lo vivo, mas nada nessas ordens diz que eu tenho que tornar essa viagem agradável para você. Em segundo lugar, é preciso que tenha plena consciência da situação, já que, depois que aterrissarmos em Sark, os passos seguintes vão depender de você.

Terens ergueu os olhos.

— O quê?

— O Depseg sabe que você está chegando. O escritório regional floriniano enviou uma notificação assim que esta embarcação transpôs a atmosfera de Florina. Você pode ter certeza. Mas eu disse que tive que convencer o Depseg de que podia cuidar disso sozinho, e o fato de ter conseguido faz toda a diferença.

— Não estou entendendo — falou Terens em desespero.

— Eu disse que "eles" queriam você em Sark, "eles" queriam você em boas condições. Quando digo "eles", não estou falando do Depseg, estou falando de Trantor! — respondeu Genro com serenidade.

14. O RENEGADO

Selim Junz nunca fora do tipo fleumático. Um ano de frustração não fizera nada para melhorar isso. Ele não conseguia beber vinho detidamente enquanto sua orientação mental se assentava sobre alicerces que de repente estremeciam. Em resumo, ele não era Ludigan Abel.

E, quando Junz terminara de gritar raivosamente que em nenhuma circunstância Sark deveria ter liberdade para sequestrar e aprisionar um membro da AIE, independentemente da condição da rede de espionagem de Trantor, Abel apenas disse:

– Acho melhor você passar a noite aqui, doutor.

– Tenho coisa melhor para fazer – retrucou Junz com frieza.

– Sem dúvida, colega, sem dúvida – concordou Abel. – Mesmo assim, se os meus homens estão sendo desintegrados, Sark deve ter muita ousadia mesmo. Existe uma grande possibilidade de que algum acidente possa acontecer com você antes que a noite termine. Vamos esperar a noite, então, e ver o que o novo dia traz.

Os protestos de Junz contra a falta de ação não deram em nada. Abel, sem jamais perder seu ar frio, quase negligente, de indiferença, de repente ficou difícil de ouvir. Junz foi acompanhado com firme cortesia a um aposento.

Na cama, olhou para o teto ligeiramente luminoso, pintado com afrescos (onde brilhava uma cópia razoavelmente bem-feita da "Batalha das Luas Arcturianas", de Lenhaden), e soube que não dormiria. Então deu uma borrifada de leve no gás somnin e dormiu antes de conseguir dar outra borrifada. Cinco minutos depois, quando uma corrente de ar forçada limpou o quarto do anestésico, já havia sido administrada uma quantidade suficiente para garantir saudáveis oito horas de sono.

Ele foi acordado na fria meia-luz da alvorada. Piscou para Abel.

— Que horas são? — perguntou ele.

— Seis.

— Grande Espaço. — Ele olhou ao redor e tirou as pernas ossudas de baixo do lençol. — O senhor acorda cedo.

— Eu não dormi.

— O quê?

— Sinto falta, acredite. Não reajo à antisomnina como eu reagia quando era mais jovem.

— Pode me dar licença um momento? — murmurou Junz.

Desta vez, seus preparativos da manhã para o dia não demoraram mais do que isso. Ele voltou para o quarto, colocando o cinto em volta da túnica e ajustando o magneto-fecho.

— Bem, e então? — indagou ele. — O senhor certamente não passaria a noite acordado e me despertaria às seis a menos que tivesse algo para me contar.

— Você está certo. Você está certo. — Abel sentou-se na cama desocupada por Junz e jogou a cabeça para trás com uma risada. Era uma risada tênue e estridente. Dava para ver seus dentes, o forte e levemente amarelado plástico dos dentes incompatível com sua gengiva murcha.

– Me desculpe, Junz – disse ele. – Não estou no meu normal. Essa vigília à base de drogas me deixa um pouco zonzo. Chego a achar que vou aconselhar Trantor a me substituir por um homem mais jovem.

– Você descobriu que eles não estão com o espaçoanalista no final das contas? – perguntou Junz com um quê de sarcasmo, não inteiramente desprovido de uma repentina esperança.

– Não, eles estão, sim. Lamento, mas estão. Receio que a graça se deva totalmente ao fato de que as nossas redes estão intactas.

Junz gostaria de ter dito "danem-se as suas redes", mas se conteve.

– Não há dúvidas de que eles sabiam que Khorov era um dos nossos agentes – continuou Abel. – Pode ser que saibam de outros em Florina. Esses são peixe pequeno. Os sarkitas sabiam disso e nunca acharam que valia a pena fazer mais do que mantê-los em observação.

– Eles mataram um – salientou Junz.

– Não mataram – retorquiu Abel. – Foi um dos companheiros do espaçoanalista disfarçado de patrulheiro que usou o desintegrador.

Junz ficou olhando.

– Não entendo.

– É uma história um tanto complicada. Você não vem tomar café da manhã comigo? Preciso muito de comida.

Enquanto tomava café, Abel contou a história das últimas trinta e seis horas.

Junz ficou atônito. Pousou a xícara de café meio cheia e não voltou a pegá-la.

— Mesmo considerando que tivessem viajado escondidos justo nessa nave, continua sendo fato que eles podem não ter sido detectados. Se você mandar os seus homens ao encontro daquela nave quando ela aterrissar...

— Bah. Você já devia saber. Nenhuma nave moderna poderia deixar de detectar a presença de excesso de calor corporal.

— Poderia ter passado despercebido. Os instrumentos podem ser infalíveis, mas os homens não são.

— Doce ilusão. Escute. Neste exato momento, quando a nave com o espaçoanalista a bordo está se aproximando de Sark, há relatos de excelente confiabilidade de que o nobre de Fife está em reunião com os outros grandes nobres. Essas reuniões intercontinentais são tão espaçadas quanto as estrelas da Galáxia. Coincidência?

— Uma reunião intercontinental por causa de um espaçoanalista?

— Um assunto por si só sem importância, é. Mas nós o tornamos importante. A AIE vem procurando por ele faz quase um ano com uma persistência extraordinária.

— Não a AIE — insistiu Junz. — Eu. Estou trabalhando quase extraoficialmente.

— Os nobres não sabem disso e não acreditariam se você lhes dissesse. Além disso, Trantor também tem interesse.

— A meu pedido.

— Mais uma vez, eles não sabem disso e não acreditariam.

Junz levantou-se e sua cadeira afastou-se automaticamente da mesa. Com as mãos firmemente entrelaçadas atrás das costas, ele andou sobre o tapete. De um lado a outro. De um lado a outro. De vez em quando, lançava um olhar duro para Abel.

Abel virou-se impassivelmente para uma segunda xícara de café.

– Como sabe de tudo isso? – perguntou Junz.

– Tudo o quê?

– Tudo. Como e quando o espaçoanalista viajou clandestinamente. Como e de que maneira o citadino vem escapando da captura. Seu objetivo é me enganar?

– Meu caro dr. Junz...

– O senhor admitiu que havia homens de olho no espaçoanalista independentemente de mim. Garantiu que eu estivesse seguramente fora do caminho ontem à noite, não deixando nada por conta do acaso. – Junz lembrou-se de súbito daquela dose de somnin.

– Passei uma noite, doutor, em constante comunicação com alguns dos meus agentes. O que eu fiz e o que descobri se chama, digamos, informação confidencial. Você tinha que estar fora do caminho e, no entanto, a salvo. O que acabei de lhe contar fiquei sabendo pelos meus agentes ontem à noite.

– Para descobrir o que descobriu, precisaria de espiões no próprio governo sarkita.

– Bom, naturalmente.

Junz virou-se para o embaixador.

– Ah, por favor!

– Você acha surpreendente? Sem dúvida, Sark é conhecido pela estabilidade do seu governo e pela lealdade do seu povo. O motivo é bastante simples, já que o sarkita mais pobre é um nobre em comparação com os florinianos e pode se considerar, por mais falacioso que seja, membro de uma classe dominante.

"Pense, contudo, que Sark não é o mundo de bilionários que a maioria da Galáxia acha que é. Um ano de residência lá deve ter convencido você muito bem disso. Oitenta por cento da população tem um padrão de vida em pé de igualdade com o de outros mundos e não muito mais alto do que o padrão da própria Florina. Sempre vai existir certo número de sarkitas que, em sua ganância, vão estar suficientemente irritados com a pequena fração da população claramente mergulhada em luxo para se prestar ao meu uso.

"Ter associado a rebelião durante séculos apenas a Florina é a maior fraqueza do governo sarkita. Eles se esqueceram de vigiar a si mesmos."

— Esses sarkitas menores, supondo que eles existem, não podem fazer muito por você — opinou Junz.

— Individualmente, não. Coletivamente, eles formam ferramentas úteis para os nossos homens mais importantes. Existem até membros da verdadeira classe dominante que levaram a sério as lições dos últimos dois séculos. Eles estão convencidos de que, no final das contas, Trantor vai estabelecer seu domínio sobre toda a Galáxia e, acredito eu, estão corretos. Até desconfiam que o domínio final pode acontecer enquanto estiverem vivos e preferem estabelecer por conta própria, com antecedência, um lado vitorioso.

Junz fez uma careta.

— O senhor faz a política interestelar parecer um jogo muito sujo.

— Ela é, mas reprovar a sujeira não a elimina. Tampouco todas as suas facetas são uma completa sujeira. Pense no idealista. Pense nos poucos homens no governo de Sark que servem Trantor não por dinheiro nem por promessas de poder, mas só porque acreditam sinceramente que um governo galáctico unificado é melhor para a humanidade e que apenas

Trantor pode concretizar um governo assim. Eu tenho um desses homens, o meu melhor, no Departamento de Segurança de Sark e, neste momento, ele está trazendo o citadino.

— Você disse que ele tinha sido capturado — falou Junz.

— Pelo Depseg, foi. Mas o meu homem é o Depseg *e meu homem*. — Por um momento, Abel franziu o cenho e ficou irritadiço. — A utilidade dele vai ser drasticamente reduzida depois disso. Depois que ele deixar o citadino escapar, vai ser rebaixado na melhor das hipóteses e preso na pior. Ah, bem!

— O que está planejando agora?

— Não sei. Em primeiro lugar, precisamos pegar o nosso citadino. Tenho certeza apenas de que ele vai estar no ponto de chegada no espaçoporto. O que vai acontecer a partir daí... — Abel encolheu os ombros, e sua pele envelhecida e amarelada esticou como um pergaminho sobre as maçãs do rosto.

— Os nobres vão estar esperando o citadino também — acrescentou ele, então. — Estão com a impressão de tê-lo nas mãos e, até que um de nós o pegue, mais nada pode acontecer.

Mas essa afirmação estava errada.

Estritamente falando, todas as embaixadas estrangeiras de toda a Galáxia mantinham direitos extraterritoriais sobre a área imediata de sua localização. Em geral, isso significava nada mais do que um desejo pio, exceto onde a força do planeta natal impunha respeito. Na prática, significava que apenas Trantor conseguia de fato manter a independência de seus embaixadores.

O terreno da embaixada trantoriana cobria mais ou menos um quilômetro quadrado e meio, e, dentro dele, homens armados usando vestimentas trantorianas e insígnia faziam a patrulha. Nenhum sarkita podia entrar a menos que fosse convidado, e nenhum sarkita armado em hipótese alguma. Evidentemente, o total de homens e armas trantorianos podia resistir ao ataque determinado de um único regimento sarkita blindado por não mais do que duas ou três horas, mas atrás do pequeno grupo havia o poder de retaliação da força organizada de um milhão de planetas.

A embaixada permanecia inviolável.

Podia até manter comunicação material direta com Trantor sem a necessidade de passar pelos portos sarkitas de entrada ou desembarque. Do porão de uma nave-mãe trantoriana pairando nos arredores do limite de cento e sessenta quilômetros, que marcava a fronteira entre o "espaço planetário" e o "espaço livre", pequenas gironaves, equipadas com palhetas para viagens atmosféricas com o mínimo de gasto de energia, podiam surgir e mergulhar (meio em ponto morto, meio guiado) até o pequeno porto dentro do terreno da embaixada.

A gironave que aparecia agora sobre o porto da embaixada, porém, não estava programada nem era trantoriana. A força-mosquito da embaixada entrou em ação de forma rápida e truculenta. Um canhão-agulha ergueu seu cano enrugado no ar. Campos de força foram erguidos.

Mensagens de rádio corriam de um lado para o outro. Palavras inflexíveis eram levadas pelos impulsos; palavras agitadas eram enviadas de volta.

O tenente Camrum afastou-se do instrumento e disse:

– Não sei. Ele alega que vão atirar nele em dois minutos se não deixarmos que aterrisse. Ele pede asilo.

O capitão Elyut acabara de entrar.

– Claro. Aí Sark vai alegar que estamos interferindo na política e, se Trantor decidir deixar as coisas seguirem seu curso, você e eu seremos esmagados com um gesto. Quem é ele?

– Não quer falar – respondeu o tenente, um tanto exasperado. – Ele diz que quer conversar com o embaixador. Me diga o que fazer, capitão.

O receptor de ondas curtas chiou e uma voz meio histérica disse:

– Tem alguém *aí*? Eu simplesmente vou descer, só isso. Sério! Não posso esperar outro instante, estou dizendo. – A comunicação terminou com um rangido.

– Grande Espaço, eu conheço essa voz – comentou o capitão. – Deixe-o descer! É por minha responsabilidade!

As ordens foram dadas. A gironave desceu na vertical, mais rápido do que deveria, resultado de haver uma mão inexperiente e em pânico nos controles. O canhão-agulha manteve a mira.

O capitão estabeleceu uma conexão com Abel e a embaixada entrou em estado de total emergência. A esquadrilha de naves sarkitas que pairou lá no alto menos de dez minutos após a aterrissagem da primeira embarcação manteve uma ameaçadora vigília por duas horas, depois foi embora.

Eles se sentaram para jantar, Abel, Junz e o recém-chegado. Com admirável desembaraço, considerando as circunstâncias, Abel fingia-se de anfitrião despreocupado. Durante horas, abstivera-se de perguntar por que um grande nobre precisava de asilo.

Junz estava com bem menos paciência.

– Pelo Espaço! O que vai fazer com ele? – chiou para Abel.

E Abel respondeu com um sorriso.

– Nada. Pelo menos até eu descobrir se tenho o meu citadino ou não. Gosto de saber que cartas tenho na mão antes de colocar fichas na mesa. E, já que ele veio até mim, a espera vai perturbá-lo mais do que a nós.

Ele estava certo. Duas vezes o nobre começou um monólogo rápido e duas vezes Abel interveio:

– Meu caro nobre! Ter uma conversa séria de estômago vazio é desagradável. – Ele deu um sorriso gentil e pediu o jantar.

Enquanto tomava vinho, o nobre tentou de novo.

– Você deve querer saber por que deixei o continente de Steen – ele começou.

– Não consigo imaginar nenhuma razão – admitiu Abel – para o nobre de Steen ter fugido de embarcações sarkitas.

Steen os observava com cautela. Sua figura pequena e o rosto fino e pálido revelavam a tensão provocada pelos cálculos mentais que fazia. Seu cabelo comprido estava penteado em tufos cuidadosamente presos por minúsculas presilhas que raspavam umas contra as outras, produzindo um som farfalhante sempre que ele mexia a cabeça, como que para chamar a atenção para o seu desprezo pela atual moda sarkita de penteados com presilhas. Um leve cheiro emanava de sua pele e de suas roupas.

Abel, que não deixou de notar Junz apertando de leve os lábios e o modo breve como o espaçoanalista tocou o próprio cabelo curto e lanoso, pensou como poderia ter sido engraçada a reação de Junz se Steen tivesse surgido com a aparência típica: as bochechas maquiadas com *blush* e as unhas pintadas de vermelho-cobre.

– Aconteceu uma reunião intercontinental hoje – contou Steen.

– É mesmo? – replicou Abel.

Abel ouviu a história da reunião sem a mínima mudança no semblante.

– E nós temos vinte e quatro horas – falou Steen, indignado. – São quatro da tarde agora. Francamente!

– E você é X – gritou Junz, que fora ficando cada vez mais agitado durante a ladainha. – Você é X. Você veio para cá porque ele o pegou. Bom, tudo bem. Abel, aqui está a prova da identidade do espaçoanalista. Podemos usá-lo para forçá-los a entregar o homem.

A voz fina de Steen teve dificuldade de se fazer ouvir diante do firme tom barítono de Junz.

– Francamente. Estou dizendo, francamente. Você está louco. Pare com isso! Me deixe falar, estou dizendo... Vossa Excelência, não consigo lembrar o nome desse homem.

– Doutor Selim Junz, nobre.

– Muito bem, sr. Selim Junz, nunca vi esse idiota ou espaçoanalista ou o que quer que ele seja na vida. Verdade! Nunca ouvi uma bobagem dessas. Eu certamente não sou X. É sério! Vou agradecer a vocês por nem sequer usar aquela carta estúpida. Imagine acreditar no melodrama ridículo de Fife! Sinceramente!

Junz não arredou pé de sua opinião.

– Por que fugiu, então?

– Meu bom Sark, não ficou claro? Ah, eu poderia sufocar. Francamente! Escute aqui, você não vê o que Fife está fazendo?

– Se puder explicar, nobre, não haverá interrupções – interveio Abel em voz baixa.

– Bem, sou grato *a você,* pelo menos. – Ele continuou, com um ar de dignidade ferida. – Os outros não me dão muita importância, porque não vejo razão para me incomodar com documentos e estatísticas e todos esses detalhes chatos. Com toda a sinceridade, eu gostaria de saber para que serve o Serviço Público se um grande nobre não pode *ser* um grande nobre?

"No entanto, isso não significa que eu seja um pateta, sabe, só porque gosto do meu conforto. Sério! Talvez os outros estejam cegos, mas eu consigo ver que Fife não liga a mínima para o espaçoanalista. Acho que ele nem existe. Fife simplesmente teve a ideia um ano atrás e vem forjando-a desde então.

"Ele está nos fazendo de bobos e idiotas. Verdade! E os outros também. Tolos asquerosos! Ele *organizou* todo esse absurdo perfeitamente horrível sobre idiotas e espaçoanalistas. Não me surpreenderia se o nativo que supostamente está matando patrulheiros às dúzias fosse apenas um dos espiões de Fife com uma peruca ruiva. Ou, se for um nativo de fato, suponho que tenha sido contratado por Fife.

"Fife seria bem capaz. Sério! Ele usaria nativos contra a sua própria espécie. Ele é vil assim.

"De qualquer forma, é óbvio que ele está usando isso só como desculpa para arruinar o resto de nós e se tornar ditador de Sark. Não está claro para vocês?

"Não existe nenhum X, mas amanhã, a menos que tenha parado, ele vai espalhar mensagens subetéricas cheias de conspirações e declarações de emergência e vai se declarar Líder. Faz quinhentos anos que não temos um líder em Sark, mas isso não impedirá Fife. Para ele, a constituição que se dane. De verdade!

"Só eu pretendo detê-lo. Foi por isso que tive que partir. Se eu ainda estivesse em Steen, estaria em prisão domiciliar.

"Assim que a reunião terminou, mandei verificarem o meu próprio porto e, sabe, ele tinha tomado o controle. Foi um claro desrespeito à autonomia continental. Foi o ato de um canalha. Sério! Mas, por mais sórdido que seja, ele não é muito esperto. Achou que alguns de nós poderiam tentar sair do planeta, então mandou vigiarem os espaçoportos, mas — ele deu um sorriso raposino e soltou o espectro de uma risada — não passou pela cabeça dele vigiar os giroportos.

O RENEGADO

"Ele provavelmente pensou que não existia nenhum lugar seguro no planeta para nós. Mas eu pensei na embaixada trantoriana. Fiz mais do que os outros. Eles me cansam. Sobretudo o Bort. Você conhece o Bort? Ele é terrivelmente bronco. *Sujo* de verdade. Fala comigo como se tivesse algo de errado em ser limpo e cheirar bem."

Ele encostou as pontas dos dedos no nariz e respirou com delicadeza.

Abel pousou de leve a mão no pulso de Junz, já que ele se remexia inquieto na cadeira.

— Você deixou uma família para trás — lembrou Abel. — Você parou para pensar que Fife ainda pode usar uma arma contra você?

— Não dava para colocar todos os meus lindinhos na gironave. — Ele corou um pouco. — Fife não se atreveria a tocar neles. Além do mais, vou voltar para Steen amanhã.

— Como? — perguntou Abel.

Steen olhou para ele, atônito. O nobre entreabriu os lábios.

— Estou oferecendo uma aliança, Vossa Excelência. Você não pode fingir que Trantor não tem *interesse* em Sark. Com certeza, você vai dizer a Fife que qualquer tentativa de mudar a constituição de Sark precisaria da intervenção de Trantor.

— Não vejo como isso possa ser feito, mesmo que eu achasse que meu governo me apoiaria — falou Abel.

— Como *não* pode ser feito? — perguntou Steen, indignado. — Se ele controlar todo o comércio de kyrt, vai elevar o preço, pedir concessões para entrega rápida e todo tipo de coisa.

— Vocês cinco não controlam o preço dessa maneira?

Steen se jogou para trás na cadeira.

– Bom, é sério! Não sei todos os detalhes. Daqui a pouco você vai me pedir números. Caramba, você é tão terrível quanto Bort. – Então se restabeleceu e riu. – Estou só brincando, claro. O que quero dizer é que, com Fife fora do caminho, Trantor *poderia* fazer um acordo com o resto de nós. Em troca da sua ajuda, seria certo que Trantor recebesse tratamento especial, ou talvez até uma pequena participação no negócio.

– E como impediríamos que a intervenção se transformasse em uma guerra galáctica?

– Ah, mas, realmente, você não vê? Está claro como o dia. Vocês não seriam os *agressores*. Vocês estariam apenas evitando que uma guerra civil interrompesse o comércio de kyrt. Eu anunciaria que apelei para você em busca de ajuda, o que estaria a mundos de distância de uma agressão. A Galáxia inteira ficaria do seu lado. Claro, se Trantor se beneficiar depois, bom, não é da conta de ninguém. De verdade!

Abel juntou os dedos nodosos e ficou olhando para eles.

– Não acredito que você queira mesmo unir forças com Trantor.

Um intenso olhar de ódio passou momentaneamente pelo rosto de Steen, que exibia um sorriso débil.

– Antes Trantor do que Fife – disse ele.

– Não gosto do uso de uma força ameaçadora – falou Abel. – Não podemos esperar e deixar as coisas se desenrolarem um pouco...

– Não, não – gritou Steen. – Nem um dia. É sério! Se você não for firme agora, neste exato momento, será tarde demais. Depois que passar o prazo, ele já terá ido longe demais para recuar sem sofrer uma humilhação. Se me ajudar agora, as pessoas de Steen vão me apoiar, os outros grandes nobres vão se juntar a mim. Se esperar um dia que seja, a máquina de propaganda de Fife vai começar a funcionar. Vou ficar com fama de renegado. De verdade! Eu! *Eu!* Um renegado! Ele vai usar todo o preconceito anti-Trantor que conseguir angariar, e você sabe, sem querer ofender, que é considerável.

– E se pedirmos que ele nos permita interrogar o espaçoanalista?

– De que isso vai servir? Ele vai jogar uma parte contra a outra. Vai nos dizer que o idiota floriniano é um espaçoanalista, mas vai dizer a vocês que o espaçoanalista é um idiota floriniano. Você não conhece esse homem. Ele é *terrível*!

Abel refletiu sobre o assunto. Murmurou de si para si, com o dedo indicador contando delicadamente o tempo.

– Nós temos o citadino, sabe – disse ele então.

– Qual citadino?

– Aquele que matou os patrulheiros e o sarkita.

– Ah! Pois bem! Você acha que Fife vai se importar com isso, quando se trata de tomar o planeta Sark inteiro?

– Acho que sim. Sabe, não é que temos o citadino. São as circunstâncias da captura dele. Eu acho, nobre, que Fife vai me ouvir, e que o fará com muita humildade.

Pela primeira vez desde que conhecera Abel, Junz sentiu diminuir a frieza na voz do velho, sendo substituída por satisfação, quase triunfo.

15. O CATIVO

Não era muito comum que lady Samia de Fife se sentisse frustrada. Agora lhe ocorria algo sem precedentes, inconcebível: havia horas que se sentia frustrada.

O comandante do espaçoporto era como o capitão Racety. Educado, quase obsequioso, parecia infeliz, expressava suas desculpas, negava a mínima disposição de contradizê-la e continuava firme como o ferro contra seus desejos claramente expressos.

Por fim, ela foi forçada a deixar de expressar seus desejos e passar a exigir seus direitos como se fosse uma sarkita comum.

– Presumo que, como cidadã, eu tenha o direito de ir ao encontro de qualquer embarcação que quiser.

Ela foi venenosa quanto a esse ponto.

O comandante pigarreou, e a expressão de dor em seu rosto enrugado, para dizer o mínimo, tornou-se mais evidente e definida.

– Na verdade, milady, não queremos excluí-la de forma alguma – ele falou por fim. – É só que recebemos ordens específicas do nobre, seu pai, para proibi-la de ir ao encontro da nave.

— Você está me mandando sair do porto, então? – retrucou Samia friamente.

— Não, milady. – O comandante estava feliz em chegar a um meio-termo. – Não recebemos ordens para excluí-la do porto. Se a senhorita quiser ficar aqui, pode ficar. Mas, com todo o respeito, vamos ter que impedi-la de se aproximar das áreas de pouso.

Ele se foi, e Samia ficou no luxo inútil do seu carro terrestre particular, uns trinta metros para dentro da entrada mais externa do porto. Eles a estavam esperando e observando. Provavelmente continuariam a observá-la. Se virasse uma roda que fosse mais para dentro, pensou, indignada, provavelmente cortariam sua energia.

Ela cerrou os dentes. Era injusto da parte de seu pai fazer isso. Eles eram todos iguais. Sempre a tratavam como se não entendesse nada. No entanto, ela achava que entendia.

Ele se levantara da cadeira para cumprimentá-la, algo que nunca fazia com mais ninguém agora que a Mãe estava morta. Ele a abraçara, a apertara bastante, deixara todo o trabalho por ela. Até mandara o secretário sair da sala porque sabia que ela sentia repulsa pelo semblante pálido e estático do nativo.

Foi quase como no passado, antes de o Avô morrer, quando o Pai ainda não se tornara um grande nobre.

— Mia, minha filha, eu contei as horas – disse ele. – Nunca imaginei que Florina ficasse tão longe. Quando fiquei sabendo que aqueles nativos tinham se escondido na sua nave, aquela que eu tinha enviado só para garantir a sua segurança, quase fiquei louco.

— Papai! Não tinha nada com que se preocupar.

— Não tinha? Quase mandei a frota inteira para pegar você e trazê-la com segurança militar completa.

O CATIVO

Eles riram juntos da ideia. Minutos se passaram antes que Samia trouxesse a conversa de volta ao assunto que a ocupava.

— O que vai fazer com os passageiros clandestinos, Pai? — perguntou ela casualmente.

— Por que quer saber, Mia?

— Você não acha que eles planejam assassinar o senhor ou algo do tipo?

Fife deu um sorriso.

— Você não devia pensar em coisas tão mórbidas.

— O senhor não acha, ou acha? — insistiu ela.

— Claro que não.

— Ótimo! Porque eu conversei com eles, Pai, e acredito que não passam de pobres pessoas inofensivas. Não me importa o que diz o capitão Racety.

— Eles infringiram um número considerável de leis para "pobres pessoas inofensivas", Mia.

— O senhor não pode tratá-los como criminosos comuns, Pai. — Ela ergueu a voz, alarmada.

— De que outra forma devo tratá-los?

— O homem não é nativo. Ele vem de um planeta chamado Terra e sofreu uma sondagem psíquica e não é responsável.

— Bem, nesse caso, querida, o Depseg vai perceber. Deixe esse assunto com eles.

— Não, é importante demais para simplesmente deixar com eles. Eles não entendem. Ninguém entende. Só eu!

— Só você no mundo inteiro, Mia? — perguntou ele em tom indulgente, estendendo um dedo para acariciar um cacho que havia caído sobre a testa da moça.

— Só eu! Só eu! — exclamou Samia com energia. — Todos os outros vão pensar que ele é louco, mas eu tenho *certeza* de que não é. Ele diz que Florina e toda a Galáxia correm um grande perigo. Ele é espaçoanalista, e o senhor sabe que espaçoanalistas são especialistas em cosmologia. Ele *saberia*!

– Como você sabe que ele é espaçoanalista, Mia?

– Ele falou.

– E quais são os detalhes sobre esse perigo?

– Ele não sabe. Aplicaram uma sonda psíquica nele. O senhor não vê que essa é a melhor evidência de todas? Ele sabia demais. Alguém estava interessado em manter tudo às escuras. – Seu tom de voz instintivamente baixou e tornou-se roucamente confidencial. Ela refreou um impulso de olhar por cima do ombro, então continuou: – O senhor não vê que, se as teorias dele fossem falsas, não haveria necessidade para uma sondagem psíquica?

– Por que não o mataram, se é esse o caso? – perguntou Fife, e instantaneamente se arrependeu da pergunta. Era inútil provocar a moça.

Samia pensou por um tempo em vão, depois falou:

– Se o senhor mandar o Depseg me deixar conversar com ele, eu vou descobrir. Ele confia em mim. Sei que confia. Posso tirar mais coisas dele do que o Depseg. Por favor, fale para o Depseg me deixar vê-lo, Pai. É *muito* importante.

Fife apertou os punhos cerrados da moça com delicadeza e sorriu para ela.

– Ainda não, Mia. Ainda não. Em algumas horas, vamos ter a terceira pessoa nas nossas mãos. Depois disso, talvez.

– A terceira pessoa? O nativo responsável por todas as mortes?

– Exatamente. A nave que o está transportando vai aterrissar em mais ou menos uma hora.

– E o senhor não vai fazer nada com a nativa e o espaçoanalista até lá?

— Nadinha.

— Ótimo! Eu vou ao encontro da nave. — Ela se pôs de pé.

— Aonde você vai, Mia?

— Ao porto, Pai. Tenho muitas coisas para perguntar a esse outro nativo. — Ela riu. — Vou lhe mostrar que a sua filha pode ser uma detetive e tanto.

Fife não reagiu à sua risada.

— Prefiro que não vá — disse ele.

— Por que não?

— É essencial que não haja nada fora do comum quanto à chegada desse homem. Você chamaria atenção demais no porto.

— E daí?

— Não posso explicar política para você, Mia.

— Política, bah! — Ela se inclinou em direção a ele, deu-lhe um beijo no meio da testa e sumiu.

Agora estava confinada dentro do carro no porto sem poder fazer nada, enquanto lá no alto havia um pontinho cada vez maior no céu, um pontinho escuro contra a claridade do final de tarde.

Ela apertou o botão que abria o porta-luvas e apanhou os óculos de polo. Normalmente, esses dispositivos eram usados para seguir as estripulias rodopiantes dos veículos individuais rápidos que faziam parte do polo estratosférico. Eles também podiam ser usados para coisas mais sérias. Ela os levou aos olhos e o pontinho que descia tornou-se uma nave em miniatura, deixando o brilho avermelhado do motor bem visível.

Ela ao menos veria o homem quando saíssem, descobriria quanto fosse possível com o sentido da visão, conseguiria uma entrevista de algum modo, *de algum modo,* depois disso.

Sark preencheu a visitela. Um continente e metade de um oceano, ocultos em parte pelo branco algodão desbotado das nuvens, estava ali embaixo.

— O espaçoporto não vai estar fortemente vigiado — disse Genro; suas palavras um pouquinho irregulares eram a única indicação de que a melhor parte de sua mente estava forçosamente nos controles diante dele. — Isso foi sugestão minha também. Falei que qualquer tratamento estranho dispensado à chegada da nave poderia alertar Trantor de que está acontecendo alguma coisa. Eu disse que o sucesso dependia de que Trantor não soubesse em nenhum momento da real situação até que fosse tarde demais. Bem, não importa.

Terens deu de ombros, desanimado.

— Qual é a diferença?

— Muita, para você. Vou usar a área de pouso mais próxima ao Portão Leste. Você vai sair pela saída de segurança na parte de trás assim que eu aterrissar. Ande rápido, mas não rápido demais em direção ao portão. Tenho alguns documentos que podem ajudar você a passar sem dificuldade e podem não ajudar. Fica por sua conta tomar as medidas necessárias se houver algum problema. Com base no passado, acredito que posso confiar em você a esse ponto. Do lado de fora do portão, haverá um carro esperando para levá-lo até a embaixada. Isso é tudo.

— E você?

Aos poucos, Sark estava passando de uma enorme esfera amorfa de tons marrons e verdes e azuis e brancos-nuvem ofuscantes para algo mais vivo, para uma superfície cortada por rios e encrespada por montanhas.

O sorriso de Genro era frio e sem graça.

O CATIVO

– Preocupe-se consigo mesmo. Quando descobrirem que você foi embora, pode ser que me matem como traidor. Se me encontrarem completamente impossibilitado e fisicamente incapaz de deter você, pode ser que apenas me rebaixem ao nível de tolo. Esse último, suponho, é preferível, então lhe peço que, antes de sair, use o chicote neurônico em mim.

– Você sabe como é um chicote neurônico? – perguntou o citadino.

– Sei bem. – Havia gotículas de transpiração nas têmporas dele.

– Como sabe que não vou matá-lo depois? Sou um matador de nobres, sabe.

– Eu sei. Mas me matar não vai ajudá-lo. Só vai desperdiçar o seu tempo. Já corri riscos maiores.

A superfície de Sark vista a partir da visitela estava aumentando; sua extremidade escapava rapidamente ao limite de visibilidade, seu centro expandia-se e novas extremidades escapavam, por sua vez, à vista. Era possível ver algo como o colorido de uma cidade sarkita.

– Espero – disse Genro – que você não tenha a ideia de atacar sozinho. Sark não é lugar para isso. Ou é Trantor ou são os nobres. Lembre-se.

A vista era definitivamente a de uma cidade agora, e a faixa marrom esverdeada nos arredores se ampliou e se tornou um espaçoporto lá embaixo. O lugar flutuava em direção a eles em um ritmo cada vez mais lento.

– Se Trantor não estiver com você dentro de uma hora, os nobres vão pegá-lo antes que o dia acabe – falou Genro. – Não dou garantias sobre o que Trantor vai fazer com você, mas posso dar garantias sobre o que Sark vai fazer com você.

Terens estivera no Serviço Público. Ele sabia o que Sark faria com um matador de nobres.

O porto se mantinha estável na visitela, mas Genro não olhava mais para ele. Passara aos instrumentos, direcionando o feixe de pulso para baixo. A nave virou-se lentamente no ar, a mil e seiscentos metros de altura, e posicionou-se com a parte traseira para baixo.

Noventa metros acima da área de pouso, os motores fizeram um grande estrondo. Terens pôde sentir seu tremor sobre as molas hidráulicas. Ele ficou zonzo.

– Pegue o chicote – disse Genro. – Rápido. Cada segundo é importante. A porta de emergência vai se fechar depois que você passar. Eles vão demorar cinco minutos para se perguntar por que não abro a porta principal, outros cinco minutos para arrombar e outros cinco minutos para encontrar você. Você tem quinze minutos para sair do porto e entrar no carro.

O tremor parou e, no denso silêncio, Terens sabia que eles haviam feito contato com Sark.

Os campos diamagnéticos de movimentação assumiram o controle. O iate inclinou-se e tombou lentamente sobre a lateral.

– Agora! – exclamou Genro. Seu uniforme estava molhado de suor.

Terens, com a cabeça rodando e olhos que se recusavam a se concentrar, ergueu o chicote neurônico...

Terens sentiu o frio cortante de um outono sarkita. Ele passara anos em suas rigorosas estações até quase esquecer o suave verão eterno de Florina. Agora, seus dias no Serviço Público voltavam-lhe à memória como se nunca houvesse deixado esse planeta de nobres.

Só que naquele momento era um fugitivo, marcado pelo maior dos crimes: o assassinato de um nobre.

Ele caminhava no mesmo ritmo que as batidas do seu coração. Às suas costas estava a nave e dentro dela estava Genro, paralisado pela agonia do chicote. A porta se fechara suavemente após a sua passagem, e ele descia uma ampla vereda pavimentada. Havia trabalhadores e mecânicos aos montes à sua volta. Cada um tinha o próprio trabalho e os próprios problemas. Eles não paravam para olhar no rosto de um homem. Não tinham motivo para isso.

Será que alguém o vira, de fato, sair da nave?

Ele disse a si mesmo que não, ou a essa altura haveria algazarra de perseguição.

Tocou rapidamente a boina. Ela ainda cobria as suas orelhas e o pequeno medalhão que havia nela agora era macio ao toque. Genro dissera que ele serviria como identificação. Os homens de Trantor estariam prestando atenção especificamente àquele medalhão, cintilando ao sol.

Ele poderia tirá-lo, perambular por conta própria, encontrar o caminho até outra nave... de alguma maneira. Ele podia fugir de Sark... de alguma maneira. Ele escaparia... de alguma maneira.

Havia muitos "de alguma maneira"! Em seu coração ele sabia que chegara ao fim e, como Genro dissera, ou era Trantor ou era Sark. Ele odiava e temia Trantor, mas sabia que não poderia nem deveria ser Sark em nenhuma hipótese.

– Você! Ei, você!

Terens ficou paralisado. Ergueu os olhos em puro estado de pânico. O portão estava a trinta metros de distância. Se ele corresse... Mas não permitiriam que um homem correndo saísse. Ela algo que ele não ousava fazer. Não devia correr.

A jovem olhava para fora pelo vidro de um carro como Terens jamais vira, nem durante quinze anos em Sark.

O veículo brilhava com o metal e cintilava com gemmita translúcida.

— Venha aqui — ela falou.

As pernas de Terens o levaram devagar até o carro. Genro dissera que o carro de Trantor estaria esperando do lado de fora do porto. Ou será que não fora isso? E será que mandariam uma mulher em uma missão daquelas? Uma garota, na verdade. Uma garota negra, de rosto bonito.

— Você chegou na nave que acabou de aterrissar, não chegou? — perguntou ela.

Ele permaneceu calado.

Ela ficou impaciente.

— Qual é, eu vi você sair da nave! — Ela deu uma batidinha nos óculos de polo. Ele já vira esses óculos antes.

— Cheguei, cheguei — murmurou Terens. Ele falou: — Você sabe quem eu sou. — Ele ergueu os dedos momentaneamente até o medalhão.

Sem nenhum barulho de força motriz, o carro recuou e virou.

No portão, Terens encolheu-se no estofado macio e gelado revestido de kyrt, mas não havia motivo para cautela. A moça falou peremptoriamente e eles passaram.

— Este homem está comigo. Sou Samia de Fife — disse ela.

Levou alguns segundos para o cansado Terens ouvir e entender aquelas palavras. Quando fez um movimento brusco e tenso para a frente, o carro estava percorrendo as vias expressas a cem por hora.

Um trabalhador dentro do porto alçou os olhos de onde estava e murmurou breves palavras na lapela. Depois entrou no prédio e voltou ao trabalho. Seu superintendente franziu o cenho e anotou mentalmente que devia falar com Tip sobre

O CATIVO

o hábito de se demorar lá fora para fumar cigarros durante meia hora de cada vez.

Do lado de fora do porto, um homem em um carro terrestre falou para o outro com irritação:

– Entrou em um carro com uma garota? Que carro? Que garota? – Apesar das roupas sarkitas, seu sotaque definitivamente pertencia aos planetas arcturianos do império trantoriano.

Seu companheiro era sarkita, bastante versado em visicomunicados à imprensa. Quando o carro em questão passou pelo portão e pegou velocidade, ao começar a guinar e subir para o nível da via expressa, ele se soergueu no assento e gritou:

– É o carro de lady Samia de Fife. Não existe outro igual. Grande Galáxia, o que vamos fazer?

– Segui-los – disse o outro em poucas palavras.

– Mas lady Samia...

– Ela não significa nada para mim. Não deveria significar para você também. Do contrário, o que você está fazendo aqui?

O carro deles estava fazendo a volta, subindo para as amplas faixas quase vazias nas quais só eram permitidas as viagens mais rápidas em carro aéreo.

– Não podemos alcançar aquele carro – resmungou o sarkita. – Assim que ela nos vir, vai eliminar a resistência. Aquele carro pode chegar a duzentos e cinquenta.

– Ela está a cem por enquanto – falou o arcturiano.

Depois de um tempo, ele disse:

– Ela não está indo para o Depseg. Isso é certo.

Depois de mais um tempo, acrescentou:

– Ela não está indo para o palácio de Fife.

Houve outro intervalo, então ele comentou:

– Pelo espaço, não faço ideia de para onde ela está indo. Vai sair da cidade de novo.

– Como sabemos que é o matador de nobres que está lá? – perguntou o sarkita. – E se for um esquema para nos afastar do posto? Ela não está tentando se livrar de nós e não usaria um carro desses se não *quisesse* ser seguida. Não dá para deixar de ver em um raio de pouco mais de três quilômetros.

– Eu sei, mas Fife não mandaria a filha para nos tirar do caminho. Um esquadrão de patrulheiros teria feito o trabalho melhor.

– Talvez não seja a lady de verdade no carro.

– Nós vamos descobrir, colega. Ela está diminuindo a velocidade. Ultrapasse e pare depois de uma curva!

– Quero conversar com você – disse a garota.

Terens concluiu que não era o tipo comum de armadilha que considerara ser a princípio. Ela *era* a lady de Fife. Devia ser. Não pareceu lhe passar pela cabeça que alguém pudesse ou devesse impedi-la.

Ela jamais olhara para trás para ver se estava sendo seguida. Por três vezes ele notara o mesmo carro logo atrás quando viraram, mantendo distância, nem se aproximando nem se afastando.

Não era só um carro. Isso era certo. Poderia ser Trantor, o que seria bom. Poderia ser Sark e, nesse caso, a lady seria um bom tipo de refém.

– Estou pronto para falar – disse ele.

– Você estava na nave que trouxe o nativo de Florina? – perguntou ela. – Aquele procurado por todos aqueles assassinatos?

– Eu falei que estava.

– Muito bem. Eu trouxe você aqui para que não houvesse nenhuma interferência. O nativo foi interrogado durante a viagem para Sark?

Tanta ingenuidade, pensou Terens, não pode ser fingimento. Ela realmente não sabia quem ele era.

– Foi – respondeu ele com cautela.

– Você estava presente no interrogatório?

– Estava.

– Ótimo. Eu pensei que estivesse. Por que saiu da nave, a propósito?

Essa, pensou Terens, deveria ter sido a primeira pergunta.

– Eu devia levar – falou – um relatório especial para... – Ele hesitou.

Ela se agarrou à hesitação com avidez.

– Para o meu pai? Não se preocupe com isso. Vou dar a você total proteção. Vou dizer que veio comigo porque eu mandei.

– Muito bem, milady.

A expressão "milady" penetrou bem fundo em sua consciência. Ela era uma lady, a maior daquela terra, e ele um floriniano. Um homem capaz de matar patrulheiros também poderia aprender facilmente a matar nobres, e um matador de nobres poderia, do mesmo modo, olhar no rosto de uma lady.

Ele a fitou, com olhos firmes e perscrutadores. Ergueu a cabeça e olhou para ela de cima a baixo.

Era muito bonita.

E, sendo a mais importante lady daquela terra, não se deu conta do seu olhar.

– Quero que me conte tudo o que ouviu no interrogatório – disse ela. – Quero saber tudo o que o nativo falou para você. É muito importante.

– Posso saber por que a senhorita está interessada no nativo, milady?

– Não pode – respondeu ela terminantemente.

– Como quiser, milady.

Ele não sabia o que ia dizer. Com metade da consciência, esperava que o carro que os seguia os alcançasse. Com a outra metade, prestava cada vez mais atenção ao rosto e ao corpo da bela garota sentada ao seu lado.

Os florinianos do Serviço Público e aqueles trabalhando como citadinos eram, teoricamente, celibatários. Na prática, a maioria burlava essa restrição quando podia. Terens fizera o que se atrevera a fazer e o que era conveniente nesse sentido. Na melhor das hipóteses, suas experiências nunca haviam sido satisfatórias.

Portanto, era mais importante ainda o fato de que ele jamais estivera tão perto de uma garota bonita em um carro tão luxuoso e em condições de tamanha privacidade.

Ela estava esperando que ele falasse, com os olhos escuros – *tão escuros* – flamejando de interesse, os lábios carnudos e vermelhos entreabertos em antecipação; uma figura ainda mais bela por estar usando kyrt. Ela não tinha a menor consciência de que qualquer um, *qualquer um* pudesse se atrever a nutrir pensamentos perigosos a respeito da lady de Fife.

A metade da consciência que esperava os perseguidores desvaneceu.

De repente, ele descobriu que o assassinato de um nobre não era o maior dos crimes, afinal.

Ele não estava completamente ciente de ter se mexido. Sabia apenas que o corpo pequeno da moça estava em seus braços, que aquele corpo se distendeu, que, por um instante, ela gritou, e então ele abafou o grito com os lábios...

Havia mãos sobre seu ombro e um fluxo de ar frio nas suas costas que entrara pela porta aberta do carro. Seus dedos tatearam em busca da arma, tarde demais. Ela fora arrancada de sua mão.

Samia ofegou, sem palavras.

— Você viu o que ele fez? — comentou o sarkita, horrorizado.

— Esqueça isso! — exclamou o arcturiano.

Ele colocou um pequeno objeto preto no bolso e fechou a abertura, alisando o tecido.

— Pegue-o — ele falou.

O sarkita arrastou Terens para fora do carro com a energia da fúria.

— E ela deixou — murmurou ele. — Ela deixou.

— Quem *são* vocês? — gritou Samia com súbito vigor. — Meu pai mandou vocês?

— Sem perguntas, por favor — disse o arcturiano.

— Você é um estrangeiro — replicou Samia com raiva.

— Por Sark, vou arrebentar a cabeça dele — falou o sarkita. Ele cerrou o punho.

— Pare! — exclamou o arcturiano. Ele agarrou o punho do sarkita e o forçou a abaixar o braço.

— Existem limites — resmungou o sarkita em tom taciturno. — Posso tolerar os assassinatos dos nobres. Eu próprio gostaria de matar alguns. Mas ficar parado vendo um nativo fazer o que ele fez é demais para mim.

— Nativo? — disse Samia, com a voz estranhamente aguda.

O sarkita inclinou-se para a frente e arrancou com violência a boina de Terens. O citadino empalideceu, mas não se mexeu. Não tirou os olhos da garota e seu cabelo claro agitou-se de leve ao sabor da brisa.

Impotente, Samia voltou a recostar-se no assento do carro até onde pôde, e então, com um rápido movimento, cobriu o rosto com as duas mãos, a pele empalidecendo sob a pressão dos dedos.

– O que vamos fazer com ela? – perguntou o sarkita.

– Nada.

– Ela viu a gente. Vai mandar o planeta inteiro nos procurar antes de termos percorrido um quilômetro.

– Você vai matar a lady de Fife? – perguntou o arcturiano sarcasticamente.

– Bom, não. Mas podemos destruir o carro dela. Quando ela encontrar um radiofone, vamos estar bem.

– Não é necessário. – O arcturiano inclinou-se na direção do carro. – Milady, só tenho um minuto. A senhorita pode me ouvir?

Ela não se mexeu.

– É melhor me ouvir – continuou o arcturiano. – Lamento tê-la interrompido em um momento de ternura, mas, por sorte, fiz uso desse momento. Agi rápido e consegui registrar a cena com uma tricâmera. Não estou blefando. Vou transferir o negativo para um lugar seguro minutos depois que eu sair e, portanto, qualquer interferência da sua parte vai me forçar a ser desagradável. Tenho certeza de que me entende.

Ele virou as costas.

– Ela não vai dizer nada sobre isso. Nadinha. Venha comigo, citadino.

Terens o seguiu. Não foi capaz de olhar para o rosto pálido e aflito no carro.

O que quer que fosse acontecer agora, ele realizara um milagre. Por um instante, beijara a lady mais orgulhosa de Sark, sentindo o toque fugaz de seus lábios macios e perfumados.

16. O ACUSADO

A diplomacia tem uma linguagem e um conjunto de atitudes só seus. As relações entre os representantes dos estados soberanos, se conduzidas estritamente de acordo com o protocolo, são estilizadas e desumanizadas. A expressão "consequências desagradáveis" torna-se sinônimo de guerra, e "ajuste adequado", de rendição.

Quando estava por conta própria, Abel preferia deixar de lado o papo furado diplomático. Com um feixe pessoal firme conectando-o com Fife, poderia ter sido apenas um velho conversando amigavelmente enquanto toma uma taça de vinho.

— Foi difícil achar você, Fife — disse ele.

Fife sorriu. Parecia tranquilo e imperturbável.

— Dia agitado, Abel.

— É. Eu ouvi falar alguma coisa.

— Steen? — retorquiu Fife em tom casual.

— Em parte. Steen está conosco faz umas sete horas.

— Eu sei. É minha culpa também. Você está considerando a possibilidade de entregá-lo para nós?

— Receio que não.

— Ele é um criminoso.

Abel riu e girou a taça que tinha na mão, observando as borbulhas preguiçosas.

— Acho que podemos fazer de conta que ele é um refugiado político. A lei interestelar vai protegê-lo em território trantoriano.

— O seu governo vai apoiá-lo?

— Acho que vai, Fife. Não passei trinta e sete anos na diplomacia sem saber o que Trantor vai apoiar e o que não vai.

— Posso pedir para Sark solicitar o seu regresso.

— De que isso serviria? Sou um homem pacífico que você conhece bem. Meu sucessor poderia ser qualquer um.

Houve uma pausa. O semblante leonino de Fife contraiu-se.

— Acho que você tem uma sugestão.

— Tenho. Você está com um dos nossos homens.

— Qual dos seus homens?

— Um espaçoanalista. Um nativo do planeta Terra, que, por sinal, faz parte do território trantoriano.

— Steen lhe contou isso?

— Entre outras coisas.

— Ele viu esse terráqueo?

— Ele não disse que viu.

— Bem, ele não viu. Nessas circunstâncias, duvido que você possa confiar na palavra dele.

Abel pousou a taça. Entrelaçou as mãos frouxamente sobre o colo e falou:

— Mesmo assim, tenho certeza de que o terráqueo existe. Eu lhe digo, Fife, que nós deveríamos chegar a um acordo. Eu estou com Steen e você está com o terráqueo. De certo modo, estamos empatados. Antes de você continuar com os seus planos atuais, antes que o seu ultimato expire e o seu golpe de Estado aconteça, por que não uma reunião sobre a situação do kyrt em geral?

O ACUSADO

– Não vejo necessidade. O que está acontecendo em Sark agora é uma questão puramente interna. Estou disposto a garantir pessoalmente que não haverá intervenção no comércio de kyrt, independentemente dos acontecimentos políticos que vão ocorrer aqui. Acredito que isso deve pôr fim aos interesses legítimos de Trantor.

Abel bebeu vinho, aparentando estar pensativo.

– Parece-me que temos um segundo refugiado político – falou ele. – Um caso curioso. Um dos seus subordinados, a propósito. Um citadino. Myrlyn Terens, ele se chama.

Os olhos de Fife faiscaram de repente.

– Nós meio que desconfiávamos. Por Sark, Abel, existe um limite para a interferência descarada de Trantor neste planeta. O homem que vocês sequestraram é um assassino. Vocês não podem transformá-lo em refugiado político.

– Bem, e então, você quer esse homem?

– Você tem um acordo em mente? É isso?

– A reunião da qual falei.

– Por um assassino floriniano. Claro que não.

– Mas o modo como o citadino conseguiu escapar e chegar até nós é bastante curioso. Pode ser que você se interesse...

Junz andava de um lado para o outro, chacoalhando a cabeça. A noite já estava bem avançada. Ele gostaria de conseguir dormir, mas sabia que precisaria de somnin de novo.

– Eu poderia ter precisado ameaçar o uso de força, como sugeriu Steen – disse Abel. – Teria sido ruim. Os riscos teriam sido terríveis e os resultados, incertos. No entanto, até o citadino ser trazido para nós, eu não via alternativa, exceto, claro, a política de não fazer nada.

Junz chacoalhou a cabeça com violência.

– Não. Algo tinha que ser feito. Porém, tornou-se chantagem.

– Tecnicamente, acho que sim. O que você queria que eu fizesse?

– Exatamente o que fez. Não sou hipócrita, Abel. Ou tento não ser. Não vou condenar os seus métodos quando pretendo fazer pleno uso dos resultados. Mas, e a garota?

– Não vão machucá-la enquanto Fife honrar seu compromisso.

– Tenho pena dela. Comecei a não gostar dos nobres sarkitas pelo que fizeram a Florina, mas não posso deixar de sentir pena dela.

– Como indivíduo, sim. Mas a verdadeira responsabilidade é de Sark em si. Escute, meu velho, você já beijou uma garota em um carro terrestre?

Uma ponta de sorriso fez os cantos da boca de Junz se mexerem.

– Já.

– Eu também, embora tenha que recorrer a lembranças mais antigas do que você, imagino. Minha neta mais velha provavelmente está fazendo esse tipo de coisa neste momento, não seria de surpreender. O que é um beijo roubado em um carro terrestre, afinal, se não a expressão da emoção mais natural da Galáxia?

"Escute, parceiro. Nós temos uma garota, evidentemente de posição social elevada, que, por conta de um equívoco, se vê no mesmo carro que, digamos, um criminoso. Ele aproveita a oportunidade para beijá-la. Acontece em um impulso e sem o consentimento dela. Como ela deveria se sentir? Como o pai dela deveria se sentir? Zangado? Talvez. Incomodado? Com certeza. Bravo? Ofendido? Insultado? Sim, tudo isso. Mas desonrado? Não! Desonrado a ponto de estar disposto a pôr em risco questões de Estado importantes para evitar a exposição? Bobagem.

"Mas é exatamente essa a situação, e só poderia acontecer em Sark. Lady Samia não tem culpa de nada, a não ser de teimosia e certa ingenuidade. Tenho certeza de que ela já foi beijada antes. Se tivesse beijado de novo e se tivesse beijado inúmeras vezes qualquer um que não fosse um floriniano, ninguém diria nada. Mas ela *beijou* um floriniano.

"Não importa que ela não soubesse que ele era floriniano. Não importa que ele tenha forçado esse beijo. Tornar pública a foto que temos de lady Samia nos braços de um floriniano tornaria a vida insuportável para ela e para o pai dela. Eu vi a cara do Fife enquanto ele olhava para a reprodução. Não dava para saber com certeza que o citadino era um floriniano. Ele usava vestimentas sarkitas e uma boina que cobria bem o seu cabelo. A pele dele era pálida, mas isso não permitia chegar a nenhuma conclusão. No entanto, Fife sabia que muitos acreditariam no boato com prazer, muitos interessados no escândalo e no sensacionalismo e no fato de a foto ser considerada uma prova incontestável. E ele sabia que seus inimigos políticos capitalizariam o máximo que pudessem em cima disso. Você pode chamar de chantagem, Junz, e talvez seja, mas é uma chantagem que não funcionaria em nenhum outro planeta da Galáxia. O próprio sistema social doentio nos deu essa arma e não tenho pudor de usá-la."

Junz suspirou.

– Qual foi o acordo final?

– Vamos nos reunir amanhã ao meio-dia.

– Então ele adiou o ultimato?

– Indefinidamente. Vou estar no escritório dele em pessoa.

– Esse é um risco necessário?

— Não é tão arriscado assim. Haverá testemunhas. E estou ansioso para estar na presença desse espaçoanalista que você vem procurando há tanto tempo.

— Eu vou participar?

— Ah, sim. O citadino também vai. Vamos precisar dele para identificar o espaçoanalista. E Steen, claro. Todos vocês vão estar presentes através de personificação trimênsica.

— Obrigado.

O embaixador trantoriano abafou um bocejo e piscou para Junz, com os olhos cheios d'água.

— Agora, se não se importa, não durmo faz dois dias e uma noite e receio que meu corpo velho não suporte mais antisomnina. Preciso dormir.

Com a personificação trimênsica aperfeiçoada, reuniões importantes raramente aconteciam cara a cara. Fife teve a intensa sensação de um quê de verdadeira indecência na presença material do velho embaixador. Não se podia dizer que sua tez trigueira houvesse escurecido, mas as linhas do seu rosto tinham um ar de raiva silenciosa.

Ele tinha de ficar em silêncio. Não podia dizer nada. Podia apenas olhar soturnamente para o homem que o encarava.

Abel! Um velho caquético de roupas gastas com um milhão de mundos atrás dele.

Junz! Um interferente de pele negra e cabelo lanoso cuja perseverança precipitara a crise.

Steen! O traidor! Com medo de olhar direto nos seus olhos!

O citadino! Olhar para ele era a coisa mais difícil de todas. Era o nativo que desonrara sua filha com um toque e que, no entanto, podia permanecer seguro e intocável atrás dos muros da embaixada trantoriana. Fife teria ficado feliz em cerrar os dentes e bater na mesa se estivesse sozinho. Nas atuais circunstâncias, nenhum músculo do seu rosto devia se mexer, embora se rasgasse por trás daquele esforço.

Se Samia não houvesse... Ele abandonou esse pensamento. Sua própria negligência cultivara a teimosia dela, e ele não podia culpá-la por isso agora. Ela não tentara se desculpar nem atenuar sua própria culpa. Ela lhe contara toda a verdade sobre suas tentativas particulares de bancar a espiã interestelar e a forma horrível como tudo acabara. Confiara completamente, em sua vergonha e amargura, que ele compreenderia, e ela teria essa compreensão, se isso significasse a ruína da estrutura que ele vinha construindo.

— Fui forçado a participar desta reunião — disse ele. — Não vejo motivo para dizer nada. Estou aqui para ouvir.

— Acredito que Steen gostaria de ser o primeiro a falar — disse Abel.

Os olhos de Fife se encheram de um desdém que ferroou Steen.

— Você me fez recorrer a Trantor, Fife — Steen gritou sua resposta. — Você violou o princípio de autonomia. Você não podia esperar que eu fosse tolerar isso. Francamente.

Fife não falou nada e Abel interveio, não sem um pouco de desdém:

— Vá direto ao ponto, Steen. Você falou que tinha algo a dizer. Diga.

As bochechas pálidas de Steen, mesmo sem *blush*, coraram.

— Vou falar, e vou falar agora mesmo. Claro que não alego ser o detetive que o nobre de Fife diz ser, mas sei pensar. Sério! Eu *andei* pensando. Fife tinha uma história a contar ontem sobre um misterioso traidor que chamou de X. Eu podia perceber que era só um falatório para ele poder declarar uma emergência. Ele não me enganou nem um minuto.

– Não existe nenhum X? – indagou Fife em voz baixa.

– Então por que *você* fugiu? Um homem que foge não precisa de nenhuma outra acusação.

– Ah, é assim então? Mesmo? – gritou Steen. – Bem, eu sairia correndo de um prédio em chamas mesmo que não fosse eu mesmo o responsável pelo incêndio.

– Continue, Steen – disse Abel.

Steen umedeceu os lábios e passou a examinar minuciosamente as unhas. Alisava-as com delicadeza enquanto falava.

– Mas aí eu pensei: por que inventar essa história em particular com todas as suas implicações e detalhes? Não é o estilo dele. Verdade! Não é o estilo de Fife. Eu o conheço. Todos nós o conhecemos. Ele não tem imaginação nenhuma. Sua Excelência. Um homem bruto! Quase tão ruim quanto Bort.

Fife ficou carrancudo.

– Ele está falando alguma coisa, Abel, ou está balbuciando?

– Continue, Steen – disse Abel.

– Vou continuar, se vocês me deixarem falar. Puxa vida! De que lado você está? Depois do jantar eu perguntei a mim mesmo: por que um homem como Fife inventaria uma história dessas? Ele não poderia ter inventado tais coisas. Não com a cabeça *dele*. Então era verdade. Tinha que ser verdade. E, claro, patrulheiros *tinham* sido mortos, embora Fife fosse bem capaz de dar um jeito de isso acontecer.

Fife deu de ombros.

– Quem é X? – continuou Steen. – Não sou eu. De verdade! Sei que não sou eu. E admito que só poderia ter sido um grande nobre. Mas qual dos grandes nobres sabia mais sobre esse assunto, afinal? Qual dos grandes nobres vem tentando usar a história do espaçoanalista há um ano para assustar os outros a ponto de participarem do que ele chama de "esforço conjunto" e o que eu chamo de rendição a uma ditadura do Fife? Vou dizer quem é X.

Steen levantou-se; sua cabeça roçava a borda do cubo--receptor e se achatava quando a parte mais alta desaparecia. Ele apontou um dedo trêmulo e disse:

– *Ele é* X. O nobre de Fife. Ele encontrou o espaçoanalista. Ele o tirou do caminho quando viu que o resto de nós não ficou impressionado com as suas afirmações idiotas na nossa primeira reunião, e depois o trouxe de volta quando já tinha organizado um golpe militar.

Fife virou-se cansadamente para Abel.

– Ele já terminou? Se terminou, tire-o da reunião. Ele é uma ofensa insuportável para qualquer homem decente.

– Você tem algum comentário a fazer sobre o que ele diz? – perguntou Abel.

– Claro que não. Não vale a pena comentar. O homem está desesperado. Ele vai falar qualquer coisa.

– Você não pode simplesmente ignorar o que eu disse, Fife – gritou Steen. Ele olhou para os demais. Seus olhos se estreitaram, e a pele das narinas estava branca de tensão. Ele continuou de pé. – Escutem. Ele contou que seus investigadores encontraram registros em uma clínica médica. Contou que o médico morreu em um acidente depois de diagnosticar o espaçoanalista como vítima de uma sondagem psíquica. Falou que foi um assassinato cometido por X para manter a identidade do espaçoanalista em segredo. Pergunte a ele. Pergunte a ele se não foi isso que ele disse.

– E se foi? – retrucou Fife.

ISAAC ASIMOV

— Então pergunte a ele como conseguiria acessar os registros da clínica de um médico que estava morto e enterrado havia meses se não estivesse com esses registros o tempo todo. Sério!

— Isso é bobagem — replicou Fife. — Podemos desperdiçar o nosso tempo indefinidamente desse jeito. Outro médico assumiu a clínica do morto e os registros dele também. Algum de vocês acha que os registros médicos são destruídos junto com o médico?

— Não, claro que não — respondeu Abel.

Steen gaguejou, então se sentou.

— O que vem agora? — perguntou Fife. — Algum de vocês tem mais alguma coisa a dizer? Mais acusações? Mais qualquer coisa? — Ele falava baixo. A amargura transparecia em sua voz.

— Bem, essa foi a fala de Steen, e nós vamos deixar passar — falou Abel. — Agora Junz e eu estamos aqui por outro tipo de assunto. Nós gostaríamos de ver o espaçoanalista.

Fife mantivera as mãos pousadas sobre a mesa até então. Naquele momento, ergueu-as e baixou-as, agarrando a borda da mesa. Franziu as sobrancelhas pretas.

— Temos sob custódia um homem de mentalidade abaixo do normal que alega ser o espaçoanalista — disse ele. — Vou mandar trazerem esse homem!

Valona March jamais, jamais na vida sonhara que existissem essas coisas impossíveis. Por mais de um dia agora, desde que aterrissara neste planeta de Sark, houvera um toque de assombro em tudo. Até mesmo as celas da prisão onde ela e Rik haviam sido colocados separadamente pareciam ter um aspecto majestoso surreal. A água saía de um buraco em um cano quando se apertava um botão. O aque-

O ACUSADO

cimento saía da parede, embora o ar lá fora estivesse mais frio do que ela pensava que o ar pudesse ser. E todo mundo que falava com ela vestia roupas muito bonitas.

Ela estivera em salas onde havia todo tipo de coisa que nunca vira antes. Aquela que via agora era maior do que qualquer uma delas, mas estava quase vazia. No entanto, havia mais pessoas dentro dela. Havia um homem de aspecto severo atrás de uma mesa, e um homem muito mais velho, muito enrugado em uma poltrona, e três outros...

Um era o citadino!

Ela ergueu-se de um salto e correu até ele.

– Citadino! Citadino!

Mas ele não estava lá.

Ele se levantara e acenara para ela.

– Fique aí, Lona. Fique aí.

E ela passou direto por ele. Ela estendera a mão para tocar a manga de sua roupa; ele desviou. Ela precipitou-se, meio que tropeçando, e passou direto por ele. Por um momento, faltou-lhe o fôlego. O citadino se virara, encarava-a outra vez, mas ela só conseguia olhar para as próprias pernas.

Ambas estavam enfiadas no braço pesado da poltrona onde o citadino estava sentado. Ela conseguia ver com nitidez, com todas as cores e solidez. O móvel rodeava suas pernas, mas ela não sentia. Estendeu uma mão trêmula e seus dedos se afundaram uns dois centímetros em um estofamento que ela também não sentia. Seus dedos continuavam visíveis.

Ela gritou e caiu. Sua última sensação foi ver os braços do citadino se estendendo automaticamente em direção a ela e cair sobre eles como se fossem pedaços de ar pintados da cor de carne.

Estava sentada em uma cadeira outra vez, enquanto Rik segurava-lhe uma das mãos com firmeza e o velho enrugado se inclinava sobre ela.

– Não se assuste, minha querida – ele disse. – É só uma imagem. Uma fotografia, sabe?

Valona olhou em volta. O citadino continuava sentado ali. Ele não estava olhando para ela.

Ela apontou um dedo.

– Ele está ali?

– É uma personificação trimênsica, Lona – disse Rik de repente. – Ele está em outro lugar, mas podemos vê-lo daqui.

Valona chacoalhou a cabeça. Se Rik tinha dito, tudo bem. Mas ela abaixou os olhos. Não ousava olhar para pessoas que estavam lá e ao mesmo tempo não estavam.

– Então você sabe o que é personificação trimênsica, jovem? – Abel perguntou para Rik.

– Sim, senhor. – Fora um dia extraordinário para Rik também, mas, enquanto Valona estava cada vez mais deslumbrada, ele achava as coisas cada vez mais familiares e compreensíveis.

– Onde aprendeu sobre isso?

– Não sei. Eu sabia antes... antes de esquecer.

Fife não se mexera de sua cadeira atrás da mesa durante o movimento impetuoso de Valona March na direção do citadino.

– Lamento ter que atrapalhar esta reunião trazendo uma nativa histérica – comentou ele em um tom mordaz. – O suposto espaçoanalista solicitou a presença dela.

– Está tudo bem – disse Abel. – Mas percebo que o seu floriniano com mentalidade abaixo do normal parece ter familiaridade com a personificação trimênsica.

– Ele foi bem treinado, eu imagino – retorquiu Fife.

– Ele foi interrogado depois que chegou a Sark? – perguntou Abel.

– Sem dúvida.

– E qual foi o resultado?

O ACUSADO

– Nenhuma informação nova.

Abel voltou-se para Rik.

– Qual é o seu nome?

– Rik é o único nome que lembro – respondeu ele, calmamente.

– Você conhece alguém aqui?

Rik olhou de rosto em rosto sem medo.

– Só o citadino – respondeu. – E Lona, claro.

– Este – falou Abel indicando Fife – é o maior nobre que já existiu. Ele é dono do planeta inteiro. O que você acha dele?

– Eu sou terráqueo. Ele não é *meu* dono – retrucou Rik com audácia.

– Não acho que um floriniano nativo adulto pudesse ser treinado para demonstrar esse tipo de rebeldia – Abel comentou com Fife à parte.

– Mesmo com uma sonda psíquica? – contestou Fife com desdém.

– Você conhece este cavalheiro? – perguntou Abel, apontando para Rik.

– Não, senhor.

– Este é o dr. Selim Junz. Ele é um importante oficial da Agência Interestelar de Espaçoanálise.

Rik olhou para ele com atenção.

– Então ele seria um dos meus chefes. Mas – prosseguiu, desapontado – não o conheço. Ou talvez apenas não lembre.

Junz chacoalhou a cabeça com tristeza.

– Eu nunca o vi, Abel.

– É algo para ficar registrado – murmurou Fife.

– Agora escute, Rik – recomeçou Abel. – Vou lhe contar uma história. Quero que você ouça com toda atenção e pense. Pense e pense! Você entendeu?

Rik assentiu.

Abel falou devagar. Sua voz foi o único som na sala durante longos minutos. Enquanto continuava, as pálpebras de Rik se fecharam e permaneceram bem fechadas. Ele apertou os lábios, levou os punhos ao peito e inclinou a cabeça para a frente. Tinha a aparência de um homem em agonia.

Abel continuou a falar, recuando e avançando na reconstrução dos acontecimentos do modo como haviam sido apresentados originalmente pelo nobre de Fife. Falou da mensagem original de desastre, de sua intercepção, do encontro entre Rik e X, da sondagem psíquica, de como Rik fora encontrado e reeducado em Florina, do médico que o diagnosticou e depois morreu, de sua memória que estava voltando.

– Essa é a história inteira, Rik – disse ele. – Eu contei tudo. Alguma coisa soa familiar para você?

Lentamente, dolorosamente, Rik respondeu:

– Eu me lembro das últimas partes. Os últimos dias, sabe. Lembro alguma coisa de antes também. Talvez tenha sido o médico, quando comecei a falar. É muito vago... Mas é só.

– Mas você *se lembra* de antes também – falou Abel. – Você se lembra de perigo para Florina.

– Lembro. Lembro. Foi a primeira coisa que lembrei.

– Então você não consegue se lembrar do que veio depois? Você aterrissou em Sark e encontrou um homem.

– Não consigo – gemeu Rik. – Não consigo lembrar.

– Tente! Tente!

Rik levantou os olhos. Seu rosto pálido estava úmido devido à transpiração.

– Me lembro de uma palavra.

– Que palavra, Rik?

– Não faz sentido.

– Diga mesmo assim.

– Ela veio junto com uma mesa. Muito, muito tempo atrás. Muito vago. Eu estava sentado. Acho que talvez alguma outra pessoa estivesse sentada. Depois ele estava de pé, olhando para mim. E tem uma palavra.

Abel teve paciência.

– Qual palavra?

Rik cerrou os punhos e sussurrou:

– Fife!

Todos os homens, menos Fife, levantaram-se.

– Eu falei – gritou Steen, e então soltou uma gargalhada borbulhante e estridente.

17. O ACUSADOR

– Vamos acabar com essa farsa – disse Fife, com uma paixão rigorosamente controlada.

Ele esperara antes de falar, com os olhos firmes e o rosto inexpressivo, até que, em um absoluto anticlímax, o resto foi forçado a se sentar de novo. Rik inclinara a cabeça, de olhos dolorosamente fechados, sondando a própria mente dolorida. Valona puxou-o para perto de si, tentando com afinco aninhar a cabeça dele em seu ombro, acariciando-lhe o rosto com delicadeza.

– Por que você diz que é uma farsa? – perguntou Abel, trêmulo.

– E não é? – retrucou Fife. – Concordei em participar dessa reunião, em primeiro lugar, só por causa de uma ameaça em particular que você me fez. Eu teria recusado mesmo assim se soubesse que o objetivo da reunião era me julgar com renegados e assassinos agindo tanto como promotores quanto como júri.

Abel franziu o cenho e retorquiu, com uma formalidade fria:

– Isso não é um julgamento, nobre. O dr. Junz está aqui para resgatar um membro da AIE, como é seu direito e dever.

Eu estou aqui para proteger os interesses de Trantor em um momento conturbado. Não me restou dúvida de que esse homem, Rik, é o espaçoanalista desaparecido. Podemos terminar essa parte da reunião de imediato se você concordar em entregar o homem para o dr. Junz para exames mais detalhados, inclusive uma verificação de características físicas. Naturalmente, nós pediríamos uma assistência adicional para encontrar o culpado pela aplicação da sonda psíquica e para estabelecer salvaguardas contra uma futura repetição de tais atos contra aquela que é, afinal, uma agência interestelar que sempre esteve acima da política regional.

– Um discurso e tanto! – exclamou Fife. – Mas o óbvio continua sendo óbvio e os seus planos são muito transparentes. O que aconteceria se eu entregasse este homem? Prefiro pensar que a AIE vai conseguir descobrir exatamente o que quer descobrir. Ela afirma ser uma agência interestelar sem ligações regionais, mas o fato é que Trantor contribui com dois terços do orçamento anual, não é? Duvido que qualquer observador sensato a consideraria realmente neutra na Galáxia de hoje. Suas descobertas em relação a este homem com certeza atenderão aos interesses imperialistas de Trantor.

"E quais serão essas descobertas? Isso também está claro. A memória desse homem voltará lentamente. A AIE emitirá boletins diários. Pouco a pouco, ele se lembrará cada vez mais dos detalhes necessários. Primeiro o meu nome. Depois a minha aparência. Em seguida, as exatas palavras que eu disse. Vou ser solenemente declarado culpado. Vão exigir reparações e Trantor será forçado a ocupar Sark temporariamente, uma ocupação que de alguma forma se tornará permanente.

"Existe um limite além do qual qualquer chantagem cai por terra. A sua, senhor embaixador, termina aqui. Se quiser este homem, diga a Trantor para enviar uma frota para buscá-lo."

— Não é uma questão para o uso de força — falou Abel. — No entanto, percebo que você cuidadosamente evitou negar a implicação do que o espaçoanalista disse por último.

— Não existe nenhuma implicação que eu precise dignificar com uma negação. Ele lembra uma palavra, ou diz lembrar. E daí?

— O fato de ele lembrar não significa nada?

— Absolutamente nada. O nome Fife é importante em Sark. Mesmo se presumirmos que o suposto espaçoanalista seja sincero, ele teve um ano para ouvir o nome em Florina. Veio para Sark na nave que transportava a minha filha, uma oportunidade ainda melhor de ter ouvido o nome Fife. O que é mais natural do que o nome se embaralhar com os vestígios da memória dele? Claro, pode ser que não seja sincero. Essas revelações pouco a pouco podem muito bem ser ensaiadas.

Abel não pensou em nada para dizer. Olhou para os outros. Junz franzia sombriamente o cenho, enquanto os dedos da mão direita alisavam devagar o queixo. Steen dava sorrisos afetados e falava consigo mesmo. O citadino floriniano olhava inexpressivamente para os joelhos.

Foi Rik quem falou, soltando-se do abraço de Valona e levantando-se.

— Escutem — ele disse. Seu rosto pálido estava distorcido. Seus olhos refletiam dor.

— Outra revelação, suponho — comentou Fife.

— Escutem! — exclamou Rik. — Nós estávamos sentados a uma mesa. O chá estava batizado. Nós estávamos discutindo. Não lembro por quê. Depois eu não conseguia me mexer. Só conseguia ficar ali parado. Não conseguia falar. Só conseguia pensar: *Grande Espaço, fui drogado.* Eu queria gritar e berrar e correr, mas não podia. Então veio o outro, Fife. Ele tinha gritado comigo. Só que agora não estava gritando. Não precisava. Ele contornou a mesa. Ficou ali, pairando sobre mim. Eu não podia dizer nada. Não podia fazer nada. Só consegui tentar erguer a cabeça em direção a ele.

Rik permaneceu de pé, calado.

— Esse outro homem era Fife? — perguntou Junz.

— Lembro que o nome dele era Fife.

— Bem, ele era aquele homem?

Rik não se virou para olhar.

— Não consigo me lembrar da aparência dele — respondeu.

— Tem certeza?

— Eu estou tentando. Vocês não sabem como é difícil — disparou ele. — Dói! É como uma agulha em brasa. Bem fundo! Aqui! — Ele colocou a mão na cabeça.

— Sei que é difícil — falou Junz, suavemente. — Mas você precisa tentar. Não vê que precisa continuar tentando? Olhe para aquele homem! Vire-se e olhe para ele!

Rik voltou-se para o nobre de Fife. Olhou por um momento, depois virou de costas.

— Consegue se lembrar agora? — indagou Junz.

— Não! Não!

Fife deu um sorriso sinistro.

— O seu homem esqueceu as falas dele ou a história vai parecer mais crível se ele se lembrar do meu rosto da próxima vez?

— Eu nunca vi esse homem antes e nunca falei com ele — retrucou Junz, em um tom acalorado. — Não houve nenhum acordo para incriminar você e estou cansado das suas acusações nesse sentido. Só quero a verdade.

— Então, posso fazer algumas perguntas para ele?

O ACUSADOR

— Vá em frente.

— Obrigado pela gentileza. Agora você... Rik, ou qualquer que seja o seu nome verdadeiro...

Ele era um nobre dirigindo-se a um floriniano.

Rik alçou os olhos.

— Sim, senhor.

— Você se lembra de um homem se aproximando de você pelo outro lado da mesa onde estava sentado, drogado e indefeso.

— Sim, senhor.

— Você olhou para ele, ou tentou olhar.

— Sim, senhor.

— Sente-se.

Rik se sentou.

Por um momento, Fife não fez nada. Talvez tenha cerrado mais a boca de lábios finíssimos; os músculos do maxilar, sob o brilho azul enegrecido da barba por fazer que lhe cobria o rosto e o queixo, moveram-se um pouco. Então ele escorregou cadeira abaixo.

Escorregou *abaixo*! Era como se tivesse se ajoelhado atrás da mesa.

Mas ele saiu de trás da mesa e foi possível ver claramente que estava de pé.

A cabeça de Junz rodou. O homem, tão escultural e formidável em seu assento, transformara-se sem nenhum aviso em um mísero anão.

As pernas deformadas de Fife se mexiam debaixo dele com esforço, levando adiante a desengonçada massa do torso e da cabeça. Seu rosto enrubesceu, mas seus olhos mantiveram o ar de arrogância intacto. Steen soltou uma gargalhada e sufocou-a quando aqueles olhos se voltaram para ele. Os demais ficaram em um silêncio fascinado.

Rik, com os olhos arregalados, observou-o se aproximar.

– Fui eu o homem que se aproximou de você contornando a mesa? – perguntou Fife.

– Não consigo me lembrar do rosto dele, senhor.

– Não peço que se lembre do rosto dele. Será possível que você tenha se esquecido disso? – Ele fez um gesto largo com os dois braços, enquadrando seu corpo. – Será possível que você tenha se esquecido da minha aparência, do meu jeito de andar?

– Parece que não deveria, senhor, mas não sei – respondeu Rik em tom lastimoso.

– Mas você estava sentado, ele estava de pé e você levantou a cabeça para olhar para ele.

– Sim, senhor.

– Ele abaixou a cabeça para olhar para você, "pairando" sobre você, na verdade.

– Sim, senhor.

– Você se lembra disso pelo menos? Está seguro desse fato?

– Sim, senhor.

Os dois estavam cara a cara agora.

– Estou abaixando a cabeça para olhar para você?

– Não, senhor – respondeu Rik.

– Você ergueu a cabeça para olhar para mim?

Rik, sentado, e Fife, de pé, olhavam um para o outro no mesmo nível, olho a olho.

– Não, senhor.

– Eu poderia ter sido esse homem?

– Não, senhor.

– Tem certeza?

– Sim, senhor.

– Você continua dizendo que o nome de que se lembra é Fife?

O ACUSADOR

– Eu me lembro desse nome – insistiu Rik obstinadamente.

– Quem quer que tenha sido, então, usou meu nome como disfarce?

– Ele... deve ter usado.

Fife virou-se; então, com vagarosa dignidade, voltou com dificuldade para a mesa e subiu na cadeira.

– Nunca permiti que nenhum homem me visse de pé antes em toda a minha vida adulta – falou ele. – Existe algum motivo para essa reunião continuar?

Abel ficou constrangido e irritado ao mesmo tempo. Até o momento, a reunião fora muito contraproducente. A cada passo, Fife conseguira se colocar do lado certo e os outros, do lado errado. Fora bem-sucedido em apresentar-se como mártir. Havia sido forçado a participar daquela reunião por causa de uma chantagem trantoriana e se tornara objeto de acusações falsas que haviam caído por terra de imediato.

Fife trataria de inundar a Galáxia com a sua versão da reunião e não teria de se afastar muito da verdade para transformá-la em uma excelente propaganda antitrantoriana.

Abel gostaria de poder diminuir o prejuízo. O espaçoanalista que sofrera uma sondagem psíquica seria inútil para Trantor agora. Ririam de qualquer "lembrança" que ele pudesse ter de agora em diante e a ridicularizariam, por mais verdadeira que fosse. Ele seria considerado um instrumento do colonialismo trantoriano; um instrumento quebrado, aliás.

Mas ele hesitou, e foi Junz quem falou.

– Me parece que existe uma razão muito boa para não terminar a reunião ainda – disse Junz. – Não determinamos exatamente quem foi o responsável pela sondagem psíquica.

ISAAC ASIMOV

O senhor acusou o nobre de Steen e Steen acusou o senhor. Pressupondo que os dois estejam enganados e que os dois sejam inocentes, continua sendo verdade que cada um de vocês acredita que um dos grandes nobres é culpado. Então, qual?

— Isso importa? — perguntou Fife. — No que se refere a vocês, tenho certeza de que não. Essa questão estaria resolvida a essa altura não fosse a interferência de Trantor e da AIE. Vamos acabar descobrindo o traidor. Lembre-se de que o responsável pela sondagem psíquica, seja quem for, tinha a intenção original de conseguir à força que um monopólio de kyrt fosse parar em suas mãos, então é pouco provável que eu vá deixá-lo escapar. Quando identificarmos o responsável e cuidarmos dele, o seu homem aqui será devolvido a vocês ileso. Essa é a única oferta que posso fazer, e é uma oferta razoável.

— O que você vai fazer com o homem que aplicou a sonda psíquica?

— Essa é uma questão estritamente interna que não é da sua conta.

— Ah, é, sim — contestou Junz energicamente. — Não se trata apenas do espaçoanalista. Existe algo mais importante envolvido e estou surpreso que ninguém o tenha mencionado ainda. Não aplicaram a sonda psíquica nesse homem, Rik, só porque ele era espaçoanalista.

Abel não sabia ao certo quais eram as intenções de Junz naquele momento, mas colocou seu peso na balança.

— O dr. Junz está se referindo, claro, à mensagem original de perigo do espaçoanalista — disse em um tom brando.

Fife deu de ombros.

— Até onde sei, ninguém deu importância a isso até agora, inclusive o dr. Junz nesse último ano. No entanto, o seu homem está aqui, doutor. Pergunte a ele que história é essa.

O ACUSADOR

— Naturalmente, ele não vai se lembrar — retorquiu Junz, irritado. — A sonda psíquica é mais eficaz sobre as redes mais intelectuais de raciocínio armazenadas na mente. Esse homem pode nunca recuperar os aspectos quantitativos do seu trabalho de uma vida.

— Então já era — disse Fife. — O que se pode fazer a esse respeito?

— Algo muito concreto. Essa é a questão. Existe outra pessoa que sabe, e é o sondador. Ele pode não ser um espaçoanalista, pode não saber os detalhes exatos. Porém, conversou com o homem quando sua mente estava intocada. Deve ter descoberto o bastante para nos colocar na trilha certa. Sem ter descoberto o suficiente, ele não teria se atrevido a destruir a fonte de informação. Mas, só para constar, você *lembra*, Rik?

— Apenas que havia perigo e que envolvia as correntes do espaço — murmurou Rik.

— Mesmo se você descobrir, o que vai ter? — indagou Fife. — Até que ponto são confiáveis as teorias alarmantes que esses espaçoanalistas loucos estão sempre criando? Muitos deles acham que conhecem os segredos do universo, quando estão tão loucos que mal conseguem ler seus instrumentos.

— Talvez esteja certo. O senhor está com medo de me deixar descobrir?

— Sou contra criar rumores, sejam verdadeiros ou falsos, que possam afetar o comércio de kyrt. Não concorda comigo, Abel?

Abel contorceu-se por dentro. Fife estava se colocando em uma posição de onde qualquer interrupção nas entregas de kyrt resultantes de seu próprio *golpe* pudessem ser imputadas a manobras trantorianas. Mas Abel era um bom jogador. Ele aumentou as apostas calma e impassivelmente.

– Não – respondeu. – Sugiro que você ouça o dr. Junz.

– Obrigado – disse Junz. – Agora o senhor falou, nobre Fife, que quem quer que tenha aplicado a sonda psíquica deve ter matado o médico que examinou o Rik. Isso implica que o sondador manteve alguma espécie de vigilância sobre o Rik durante o tempo que ele ficou em Florina.

– E daí?

– Devem existir sinais dessa vigilância.

– Quer dizer que acha que esses nativos saberiam quem estava de olho neles?

– Por que não?

– Você não é sarkita, então comete erros – respondeu Fife. – Eu lhe garanto que os nativos ficam em seus lugares. Não se aproximam dos nobres e, se os nobres se aproximarem deles, eles sabem que devem olhar para baixo. Não saberiam nada sobre ser observados.

Junz visivelmente estremeceu de indignação. Os nobres tinham o despotismo tão arraigado que não viam nada de errado ou vergonhoso em falar sobre ele às claras.

– Os nativos comuns, talvez – ponderou ele. – Mas temos um homem aqui que não é um nativo comum. Acho que ele nos mostrou exaustivamente que não é um floriniano respeitoso o bastante. Até agora não contribuiu em nada para a discussão, e está na hora de fazer algumas perguntas para ele.

– A evidência daquele nativo não vale nada – disse Fife. – Na verdade, aproveito a oportunidade mais uma vez para exigir que Trantor o entregue para um julgamento adequado nas cortes de Sark.

– Deixe-me conversar com ele primeiro.

– Acho que não custa nada fazer algumas perguntas para ele, Fife – interveio Abel, com um tom ameno. – Se ele

O ACUSADOR

não cooperar ou se mostrar indigno de confiança, podemos considerar o seu pedido de extradição.

Terens, que até o momento se concentrara imperturbavelmente nos dedos de suas mãos entrelaçadas, levantou os olhos por um breve instante.

Junz voltou-se para Terens.

– Rik esteve na sua cidade desde que foi encontrado em Florina, não esteve? – perguntou ele.

– Esteve.

– E você esteve na cidade o tempo todo? Quero dizer, você não fez nenhuma viagem de trabalho demorada, fez?

– Citadinos não fazem viagens de trabalho. Seu trabalho é a sua cidade.

– Certo. Agora relaxe e não se melindre. Faria parte do seu trabalho saber se algum nobre viesse para a cidade, imagino.

– Claro. Quando eles vêm.

– Eles vieram?

Terens deu de ombros.

– Uma ou duas vezes. Pura rotina, eu lhe garanto. Os nobres não sujam suas mãos com kyrt. Isto é, kyrt não processado.

– Mais respeito! – bradou Fife.

Terens olhou para ele e retrucou:

– Você pode me obrigar?

– Vamos manter isso entre o homem e o dr. Junz, Fife – interrompeu Abel suavemente. – Você e eu somos espectadores.

Junz sentiu um brilho de satisfação com a insolência do citadino, mas disse:

– Responda às minhas perguntas sem comentários extras, por favor, citadino. Agora, quem eram exatamente os nobres que visitaram a sua cidade neste último ano?

– Como posso saber? – retorquiu Terens em um tom impetuoso. – Não sei responder a essa pergunta. Nobres são nobres e nativos são nativos. Posso ser citadino, mas ainda sou um nativo para eles. Não vou aos portões da cidade para cumprimentá-los e perguntar seus nomes.

"Eu recebo uma mensagem, só isso. Ela vem endereçada para o 'citadino'. Diz que haverá uma inspeção de nobre em tal e tal dia e que devo tomar as providências necessárias. Então tenho que garantir que os funcionários das fábricas estejam vestidos com suas melhores roupas, que a fábrica esteja limpa e funcionando adequadamente, que o estoque de kyrt seja amplo, que todos pareçam contentes e satisfeitos, que as casas estejam limpas e as ruas policiadas, que alguns dançarinos estejam à mão caso os nobres queiram ver alguma dança nativa divertida, que talvez algumas belas m..."

— Esse detalhe não importa, citadino — interveio Junz.

— Para *você* não importa. Para mim, sim.

Após suas experiências com os florinianos do Serviço Público, Junz achou o citadino tão revigorante como um copo de água gelada. Decidiu que usaria qualquer influência que a AIE pudesse exercer para evitar que o citadino fosse entregue aos nobres.

— De qualquer forma, essa é a minha parte — continuou Terens, em um tom mais calmo. — Quando eles vêm, eu entro na fila junto com os outros. Não sei quem são. Não falo com eles.

— Houve alguma dessas inspeções na semana anterior à morte do médico da Cidade? Suponho que você saiba em que semana isso aconteceu.

— Acho que ouvi nos noticiários. Creio que não houve nenhuma inspeção de nobres naquele momento. Não posso afirmar com certeza.

— A quem pertence a sua terra?

Terens deu um meio sorriso.

O ACUSADOR

— Ao nobre de Fife.

Steen pronunciou-se, interrompendo a conversa entre os dois com uma subitaneidade um tanto surpreendente.

— Ah, olhe aqui. Sinceramente! Você está fazendo o jogo do Fife com esse tipo de interrogatório, dr. Junz. Você não vê que não vai chegar a lugar nenhum? Verdade! Você acha que, se Fife tivesse interesse em vigiar aquela criatura ali, ele se daria o trabalho de fazer viagens a Florina para olhar para ele? Para que servem os patrulheiros? Francamente!

Junz pareceu confuso.

— Em um caso desses, com a economia de um planeta e talvez sua segurança física dependendo do conteúdo da mente de um homem, seria natural que o sondador não quisesse deixar a guarda aos cuidados dos patrulheiros.

— Mesmo depois de ter eliminado essa mente, para todos os efeitos? — interveio Fife.

Abel projetou o lábio inferior e franziu a testa. Viu sua última aposta cair nas mãos de Fife, com todo o resto.

— Havia algum patrulheiro ou grupo de patrulheiros em particular que estava sempre em solo? — voltou a tentar Junz, hesitante.

— Eu jamais saberia. Eles são apenas uniformes para mim.

Junz virou-se para Valona com o efeito de um salto repentino. Um momento antes, ela ficara muito pálida e seus olhos estavam arregalados e fixos. Junz não deixara de notar isso.

— E você, garota? — indagou ele.

Ela apenas chacoalhou a cabeça, sem dizer nada.

Abel pensava gravemente: *Não há mais nada a fazer. Acabou.*

Mas Valona se pôs de pé, trêmula.

— Quero dizer uma coisa — falou, em um murmúrio rouco.

— Continue, garota — encorajou Junz. — O que é?

Valona falava de modo ofegante, com um medo nítido em cada linha de seu semblante e em cada contração nervosa dos dedos.

– Sou só uma moça do campo – disse ela. – Por favor, não fiquem bravos comigo. Mas parece que as coisas só podem ser de uma maneira. O meu Rik era tão importante assim? Quero dizer, como vocês dizem?

– Acho que ele era muito, muito importante. Acho que ainda é – respondeu Junz gentilmente.

– Então deve ter sido como você falou. Quem quer que tenha colocado Rik em Florina não teria se atrevido a tirar os olhos dele nem um minuto sequer, teria? Quero dizer, suponhamos que Rik apanhasse do superintendente ou fosse apedrejado pelas crianças ou ficasse doente e morresse. Não deixariam que ele ficasse desamparado no campo, onde ele poderia morrer antes de ser encontrado, deixariam? Não iriam pensar que *sorte* seria suficiente para mantê-lo a salvo. – Ela falava com intensa fluência agora.

– Continue – disse Junz, observando-a.

– Porque houve uma pessoa que observou Rik desde o começo. Ele o encontrou no campo, providenciou que eu cuidasse dele, que o mantivesse longe de problemas e ficava sabendo dele todos os dias. Sabia até sobre o médico porque eu contei. Foi ele! Foi ele!

Gritando, apontou o dedo rigidamente para Myrlyn Terens, o citadino.

E, desta vez, até a calma sobre-humana de Fife desapareceu e seus braços se estenderam sobre a mesa, soerguendo o corpo maciço quase três centímetros enquanto girava a cabeça rapidamente em direção ao citadino.

18. OS VITORIOSOS

Era como se uma paralisia vocal houvesse se apossado de todos eles. Até Rik, com descrença nos olhos, conseguia apenas olhar rigidamente, primeiro para Valona, depois para Terens.

Então ouviu-se a risada estridente de Steen e quebrou-se o silêncio.

— Eu acredito — falou Steen. — De verdade! Eu disse o tempo todo. Disse que o nativo estava na folha de pagamento de Fife. Isso mostra o tipo de homem que o Fife é. Ele pagaria um nativo para...

— Essa é uma mentira horrenda.

Não foi Fife quem falou, mas o citadino. Ele estava de pé, e seus olhos brilhavam de paixão.

Abel, que parecia o menos comovido de todos, perguntou:

— O que é mentira?

Terens olhou para ele por um momento, sem compreender; então disse, abafadamente:

— O que o nobre falou. Eu não estou na folha de pagamento de nenhum sarkita.

— E o que a garota disse? É mentira também?

Terens umedeceu os lábios secos com a ponta da língua.

– Não, é verdade. Fui eu que apliquei a sonda psíquica. – Ele se apressou em continuar. – Não olhe para mim desse jeito, Lona. Eu não quis machucá-lo. Não tive a intenção de fazer nada do que aconteceu. – Ele voltou a se sentar.

– Isso é algum tipo de artifício – falou Fife. – Não sei exatamente o que você está planejando, Abel, mas é impossível, diante disso, que esse criminoso possa ter incluído esse crime em particular ao seu repertório. É certo que só um grande nobre poderia ter o conhecimento e as instalações necessárias. Ou você está ansioso para livrar a cara do seu amigo Steen conseguindo uma confissão falsa?

Terens, com as mãos fortemente entrelaçadas, inclinou-se para a frente no assento. – Eu também não recebo dinheiro trantoriano.

Fife o ignorou.

Junz foi o último a voltar a si. Por alguns minutos, foi incapaz de aceitar que o citadino não estava de fato no mesmo cômodo que ele, mas em outra parte na sede da embaixada, e que podia vê-lo apenas em imagem – tão real quanto Fife, que estava a mais de trinta e dois quilômetros de distância. Ele queria se aproximar do citadino, agarrá-lo pelos ombros, conversar com ele a sós, mas não podia.

– Não faz sentido discutirmos antes de ouvir o sujeito – disse ele. – Vamos ouvir os detalhes. Se ele *for* o responsável pela aplicação da sonda psíquica, precisamos muito dos detalhes. Se não for ele, os detalhes que vai tentar nos dar vão provar isso.

– Se querem saber o que aconteceu – gritou Terens –, eu vou contar. Manter segredo não vai mais me ajudar. É Sark ou Trantor, afinal, então para o espaço com tudo. Pelo menos vou ter a chance de revelar uma ou duas coisas.

Ele apontou para Fife com desdém.

OS VITORIOSOS

– Ali está um grande nobre. Somente um grande nobre, diz esse grande nobre, pode ter o conhecimento ou as instalações para fazer o que o sondador fez. Ele também acredita. Mas do que ele sabe? Do que qualquer um dos sarkitas sabe?

"Eles não administram o governo. Os florinianos administram! O Serviço Público Floriniano administra. Eles recebem os documentos, fazem os documentos, arquivam os documentos. E são os documentos que gerem Sark. Claro, a maioria de nós está abatida demais até para lamuriar-se, mas vocês sabem o que nós poderíamos fazer se quiséssemos, mesmo debaixo dos narizes dos seus malditos nobres? Bem, vocês viram o que eu fiz.

"Eu fui gerente de tráfego por algum tempo no espaçoporto, um ano atrás. Parte do meu treinamento. Está nos registros. Vocês vão ter que procurar um pouco para encontrar, porque o gerente de tráfego na lista é um sarkita. Ele tinha o título, mas eu que fazia o trabalho de verdade. Meu nome seria encontrado na seção especial denominada Funcionários Nativos. Nenhum sarkita teria sujado os olhos procurando lá.

"Quando a AIE local enviou a comunicação do espaçoanalista para o porto, sugerindo que fôssemos ao encontro da nave com uma ambulância, fui eu que recebi a mensagem. Passei adiante o que era seguro. Essa questão da destruição de Florina não foi repassada.

"Providenciei um encontro com o espaçoanalista em um pequeno porto da periferia. Consegui fazer isso com facilidade. Todas as linhas e fios que geriam Sark estavam nas pontas dos meus dedos. Eu estava no Serviço Público, lembrem-se. Um grande nobre que quisesse fazer o que fiz não conseguiria, a menos que desse ordens para um floriniano fazer por ele. Eu pude fazer sem ajuda de ninguém. Mais ainda pelo conhecimento e pela facilidade.

"Me encontrei com o espaçoanalista e o mantive longe tanto de Sark quanto da AIE. Tirei dele o máximo de informações que pude e comecei a usar essa informação a favor de Florina e contra Sark."

Fife sentiu-se forçado a falar.

— Você mandou aquelas primeiras cartas?

— Eu mandei aquelas primeiras cartas, grande nobre — confirmou Terens, calmamente. — Achei que poderia conseguir à força o controle de áreas de kyrt suficientes para fazer um acordo com Trantor nos meus próprios termos e tirar vocês do planeta.

— Você estava louco.

— Talvez. De qualquer forma, não funcionou. Eu tinha dito para o espaçoanalista que era o nobre de Fife. Tive que fazer isso porque ele sabia que Fife era o homem mais importante do planeta e, contanto que acreditasse que eu era Fife, estaria disposto a conversar abertamente. Perceber que ele achou que Fife estaria ansioso para fazer o que fosse melhor para Florina me fez rir.

"Infelizmente, ele estava mais impaciente do que eu. Insistia que cada dia perdido era uma calamidade, enquanto eu sabia que as minhas negociações com Sark exigiam tempo mais do que qualquer outra coisa. Achei difícil controlá-lo e acabei tendo que usar a sonda psíquica. Consegui uma. Eu tinha visto a sonda em uso em hospitais. Sabia alguma coisa sobre ela. Infelizmente, não o bastante.

"Ajustei a sonda para apagar a ansiedade das camadas superficiais da mente dele. É uma operação simples. Ainda não sei o que aconteceu. Acho que a ansiedade devia ocupar um lugar mais profundo, bem mais profundo, e a sonda automaticamente seguiu esse caminho, arrancando junto a maior parte da mente consciente. Fiquei com uma coisa sem mente nas minhas mãos... Sinto muito, Rik."

Rik, que estivera ouvindo com atenção, comentou com tristeza:

— Você não devia ter me atrapalhado, citadino, mas imagino como se sentiu.

— É — concordou Terens —, você viveu no planeta. Sabe sobre os patrulheiros e os nobres e a diferença entre a Cidade Alta e a Cidade Baixa.

Ele retomou o fluxo da sua história.

— Então, lá estava eu com o espaçoanalista completamente indefeso. Eu não podia deixar que ele fosse encontrado por alguém que pudesse descobrir a identidade dele. Não podia matá-lo. Eu tinha certeza de que a memória dele voltaria e ainda iria precisar do conhecimento dele. Isso sem falar que, se o matasse, eu perderia a boa vontade de Trantor e da AIE, da qual eu viria a precisar. Além do mais, naquela época eu era incapaz de matar.

"Providenciei minha transferência para Florina como citadino e levei o espaçoanalista comigo. Dei um jeito para que ele fosse encontrado e escolhi Valona para cuidar dele. Não houve nenhum perigo depois disso, a não ser aquela vez com o médico. Então tive que entrar nas centrais elétricas da Cidade Alta. Não foi impossível. Os engenheiros eram sarkitas, mas os zeladores eram florinianos. Em Sark, aprendi o suficiente sobre a mecânica da energia elétrica para saber como causar um curto-circuito em uma rede de energia. Demorou três dias para encontrar o momento apropriado. Depois disso, pude matar com facilidade. Mas eu nunca soube que o médico guardava registros duplicados nas duas metades da clínica. Eu gostaria de ter sabido."

Terens podia ver o cronômetro de Fife de onde estava.

— Então, cem horas atrás… parecem cem anos… — Rik começou a se lembrar de novo. — Agora vocês têm a história completa.

ISAAC ASIMOV

– Não – discordou Junz –, não temos. Quais são os detalhes da história do espaçoanalista sobre destruição planetária?

– Você acha que eu entendi os detalhes do que ele tinha a dizer? Era alguma espécie de... me perdoe, Rik... loucura.

– Não era, não – contestou Rik, em um tom inflamado. – Não pode ter sido.

– Esse espaçoanalista tinha uma nave – comentou Junz. – Onde está ela?

– No ferro-velho há muito tempo – respondeu Terens. – Uma ordem para descartá-la foi expedida. Meu superior a assinou. Um sarkita nunca lê documentos, claro. Ela foi descartada sem questionamentos.

– E os documentos de Rik? Você disse que ele lhe mostrou documentos!

– Entregue esse homem a nós – disse Fife de repente –, e descobriremos o que ele sabe.

– Não – respondeu Junz. – O primeiro crime dele foi contra a AIE. Ele sequestrou e danificou a mente de um espaçoanalista. Ele é nosso.

– Junz está certo – concordou Abel.

– Escutem aqui – interveio Terens. – Eu não digo uma palavra sem garantias. Sei onde estão os documentos de Rik. Estão em um lugar onde nenhum sarkita ou trantoriano jamais encontrará. Se quiserem os documentos, vão ter que concordar que sou um refugiado político. O que fiz foi por patriotismo, por consideração às necessidades do meu planeta. Um sarkita ou um trantoriano podem alegar que são patriotas; por que um floriniano não?

– O embaixador disse que você será entregue à AIE – declarou Junz. – Eu lhe garanto que você não será entregue para Sark. Pelo que fez com o espaçoanalista, você será julgado. Não posso garantir o resultado, mas, se cooperar conosco, isso contará a seu favor.

Terens lançou um olhar penetrante para Junz, e então falou:

— Vou me arriscar com você, doutor... De acordo com o espaçoanalista, o sol de Florina está no estágio pré-nova.

— O quê?! — A exclamação ou seu equivalente veio de todos, menos de Valona.

— Ele está prestes a explodir e ir pelos ares — continuou Terens sardonicamente. — E, quando isso acontecer, Florina inteira vai desaparecer como uma baforada de cigarro.

— Não sou espaçoanalista, mas ouvi dizer que não há como prever quando uma estrela vai explodir — objetou Abel.

— É verdade. Até agora, em todo caso. Rik explicou o que o fez pensar assim? — perguntou Junz.

— Acho que os documentos dele vão mostrar isso. A única coisa que consigo lembrar é a corrente de carbono.

— O quê?

— Ele ficava falando: "A corrente de carbono do espaço, a corrente de carbono do espaço". Isso e a expressão "efeito catalítico". Aí está.

Steen deu risada. Fife franziu a testa. Junz ficou olhando.

— Me perdoem — murmurou Junz então. — Eu já volto. — Ele saiu dos limites do cubo-receptor e desvaneceu.

Voltou quinze minutos depois.

Junz olhava ao redor, perplexo, quando retornou. Só Abel e Fife estavam presentes.

— Onde... — começou a dizer.

— Estávamos esperando você, dr. Junz — interrompeu Abel instantaneamente. — O espaçoanalista e a garota estão a caminho da embaixada. A reunião está terminada.

– Terminada? Pela Grande Galáxia, nós apenas começamos. Tenho que explicar as possibilidades de formação de uma nova.

Abel contorceu-se no assento, inquieto.

– Não é preciso fazer isso, doutor.

– É necessário, sim. É essencial. Me deem cinco minutos.

– Deixe-o falar – disse Fife. Ele estava sorrindo.

– Vamos partir do começo – propôs Junz. – Nos primeiros textos científicos da civilização galáctica de que se tem registro, já se sabia que as estrelas obtinham sua energia a partir das transformações nucleares no seu interior. Também se sabia que, considerando o que sabemos sobre as condições no interior das estrelas, dois tipos e apenas dois tipos de transformações nucleares podem produzir a energia necessária. Ambos envolvem a conversão de hidrogênio em hélio. A primeira transformação é direta: dois hidrogênios e dois nêutrons se combinam para formar um núcleo de hélio. A segunda é indireta, com várias etapas. Ela termina com o hidrogênio se tornando hélio, mas nas etapas intermediárias participam núcleos de carbono. Esses núcleos de carbono não são usados, mas formados outra vez à medida que as reações prosseguem, de modo que uma pequena quantidade de carbono possa ser usada repetidas vezes, servindo para converter uma grande quantia de hidrogênio em hélio. Em outras palavras, o carbono age como catalisador. Tudo isso é conhecido desde a pré-história, na época em que a raça humana estava restrita a um único planeta, se é que houve essa época.

– Se todos nós sabemos dessas coisas – disse Fife –, acho que você não está contribuindo com nada além de perda de tempo.

– Mas isso é *tudo* o que sabemos. Se as estrelas usam um ou o outro, ou os dois processos nucleares, nunca foi determinado. Sempre houve escolas de pensamento a favor de uma ou outra alternativa. Em geral, o peso da opinião tem estado a favor da conversão direta de hidrogênio em hélio, uma vez que é a mais simples das duas.

"Bem, a teoria do Rik deve ser esta: a conversão direta do hidrogênio em hélio é a fonte *normal* de energia estelar, mas, em certas condições, a catálise do carbono acrescenta o seu peso, apressando o processo, acelerando-o, aquecendo a estrela.

"Existem correntes no espaço. Todos vocês sabem bem disso. Algumas delas são correntes de carbono. As estrelas que passam pelas correntes absorvem inumeráveis átomos. A massa total de átomos atraídos, porém, é incrivelmente microscópica em comparação ao peso da estrela e não a afeta de nenhuma forma. Exceto pelo carbono! Uma estrela que passa por uma corrente que contém concentrações de carbono fora do comum se torna instável. Não sei quantos anos ou séculos ou milhões de anos leva para os átomos de carbono se dispersarem pelo interior da estrela, mas provavelmente é muito tempo. Isso significa que uma corrente de carbono precisa ser ampla e uma estrela deve cruzá-la em um ângulo pequeno. De qualquer modo, uma vez que a quantidade de carbono difundindo-se no interior da estrela passa de uma quantia crítica, a radiação da estrela de repente é imensamente potencializada. As camadas externas cedem sob uma explosão inimaginável e você tem uma nova. Entende?"

Junz esperou.

– Você deduziu tudo isso em dois minutos com base em uma expressão vaga que o citadino lembrou ter ouvido do espaçoanalista um ano atrás? – perguntou Fife.

– É, é. Não há nada de surpreendente nisso. A espaçoanálise está pronta para essa teoria. Se Rik não tivesse descoberto isso, outra pessoa descobriria em breve. Na verdade, teorias semelhantes foram apresentadas antes, mas nunca foram levadas a sério. Elas foram formuladas antes que as técnicas de espaçoanálise fossem desenvolvidas, e ninguém jamais conseguiu explicar a súbita aquisição de excesso de carbono por parte da estrela em questão.

"Mas agora sabemos que *existem* correntes de carbono. Podemos traçar suas rotas, descobrir quais estrelas cruzaram essas rotas nos últimos dez mil anos e comparar com os nossos registros sobre formação de novas e variações de radiação. É isso que o Rik deve ter feito. Esses devem ter sido os cálculos e as observações que ele tentou mostrar ao citadino. Mas nada disso vem ao caso.

"O que precisa ser providenciado é a imediata evacuação de Florina."

— Achei que fosse chegar a esse ponto — comentou Fife calmamente.

— Lamento, Junz — disse Abel —, mas isso é impossível.

— Por que é impossível?

— *Quando* o sol de Florina vai explodir?

— Não sei. Pela ansiedade de Rik um ano atrás, eu diria que temos pouco tempo.

— Mas você não consegue estabelecer uma data?

— Claro que não.

— Quando você vai conseguir estabelecer uma data?

— Não dá para dizer. Mesmo que peguemos os cálculos de Rik, tudo terá que ser verificado de novo.

— Você pode garantir que vai ficar provado que a teoria do espaçoanalista está correta?

Junz franziu o cenho.

— Eu pessoalmente estou seguro disso, mas nenhum cientista pode garantir nenhuma teoria com antecedência.

– Então você quer que Florina seja evacuada por mera especulação.

– Acho que não se pode correr o risco de matar a população de um planeta.

– Se Florina fosse um planeta comum, eu concordaria com você. Mas Florina produz o suprimento galáctico de kyrt. Isso não pode ser feito.

– Foi esse o acordo que você fez com Fife enquanto eu estava fora? – retrucou Junz com raiva.

Fife interveio.

– Deixe-me explicar, dr. Junz – falou ele. – O governo de Sark jamais consentiria em evacuar Florina, mesmo que a AIE afirmasse ter provas dessa sua teoria da estrela nova. Trantor não pode nos forçar porque, embora a Galáxia possa apoiar uma guerra contra Sark com o propósito de manter o comércio de kyrt, ela nunca apoiará uma guerra com o propósito de acabar com esse comércio.

– Exatamente – concordou Abel. – Receio que o nosso próprio povo não nos apoiaria em uma guerra dessas.

Junz sentiu a repulsa se intensificar dentro de si. Um planeta cheio de gente não significava nada contra os ditados da necessidade econômica!

– Me escutem – disse ele. – Não se trata de um planeta, mas de toda uma Galáxia. Existem agora vinte novas inteiras se originando dentro da Galáxia a cada ano. Além do mais, umas duas mil estrelas em meio às cem bilhões da Galáxia modificam sua radiação o suficiente para tornar inabitável qualquer planeta habitável que possam ter. Os seres humanos ocupam um milhão de sistemas estelares na Galáxia. Isso significa que, em média, uma vez a cada cinquenta anos, um planeta habitado se torna quente demais para a vida humana. Esses casos são uma questão de registro histórico.

A cada cinco mil anos, algum planeta habitado tem cinquenta por cento de chance de ser transformado em gás por uma estrela nova.

"Se Trantor não fizer nada sobre Florina, permitindo que o planeta seja vaporizado com seu povo, todas as pessoas da Galáxia vão entender que, quando chegar a sua vez, elas não deverão esperar ajuda, caso essa ajuda interfira no caminho da conveniência econômica de alguns homens poderosos. Você pode correr esse risco, Abel?

"Por outro lado, ajudando Florina, Trantor demonstra que coloca sua responsabilidade para com as pessoas da Galáxia acima da preservação de meros direitos de propriedade. Trantor vai angariar uma boa vontade que jamais conseguiria angariar por meio da força."

Abel inclinou a cabeça e depois chacoalhou-a, com fadiga.

– Não, Junz. O que você diz me agrada, mas não é prático. Eu não poderia contar com emoções em comparação com o efeito político garantido de qualquer tentativa de acabar com o comércio do kyrt. Acho que seria sensato evitar a investigação da teoria. A ideia de que ela poderia estar certa causaria estragos demais.

– Mas, e se *for* verdade?

– Precisamos partir do princípio de que não é. Imagino que, quando você sumiu alguns instantes atrás, foi para contatar a AIE.

– Foi.

– Não importa. Trantor, creio eu, terá influência suficiente para impedir as investigações.

– Receio que não. Não essas investigações. Senhores, em breve teremos o segredo do kyrt barato. Não haverá monopólio de kyrt daqui a um ano, haja ou não uma nova.

– O que você quer dizer?

– A reunião está chegando ao ponto essencial agora, Fife. De todos os planetas habitados, o kyrt cresce apenas em Florina. Suas sementes produzem celulose comum em todas as outras partes. Florina é provavelmente o único planeta habitado, por obra do acaso, que está neste momento em estágio pré--nova, e provavelmente esteve nesse estágio desde que entrou na corrente de carbono, talvez milhares de anos atrás, se o ângulo de interseção era pequeno. Parece bastante provável, então, que exista uma relação entre o kyrt e o estágio pré-nova.

– Bobagem! – disse Fife.

– Será? Deve haver alguma razão para o kyrt ser kyrt em Florina e algodão em outras partes. Os cientistas tentaram muitos outros métodos para produzir artificialmente o kyrt em outros lugares, mas o fizeram às cegas, então sempre fracassaram. Agora vão saber que a produção se deve a fatores induzidos em um sistema estelar pré-nova.

– Eles tentaram reproduzir as qualidades da radiação do sol de Fife – disse Fife com desdém.

– Com arcos de luz apropriados, sim, que reproduziam o espectro visível e ultravioleta apenas. E a radiação infravermelha e as outras? E os campos magnéticos? E a emissão de elétrons? E os efeitos dos raios cósmicos? Não sou bioquímico físico, de modo que pode haver fatores que desconheço. Mas os bioquímicos físicos vão estar de olho agora, uma Galáxia inteira deles. Em um ano, eu lhe garanto, a solução será encontrada.

"A economia está do lado da humanidade agora. A Galáxia quer kyrt barato e, se o encontrarem, ou mesmo se imaginarem que encontrarão logo, vão querer que Florina seja evacuada, não só por uma questão de humanidade, mas pelo desejo de finalmente virar o jogo contra os sarkitas escavadores de kyrt."

– Blefe! – rosnou Fife.

ISAAC ASIMOV

– Você acha que é blefe, Abel? – perguntou Junz. – Se ajudar os nobres, Trantor será considerado não só o salvador do comércio de kyrt, mas o salvador do monopólio de kyrt. Você pode correr esse risco?

– Trantor pode correr o risco de uma guerra? – indagou Fife.

– Guerra? Bobagem! Nobre, daqui a um ano as suas propriedades em Florina não vão valer nada, com ou sem nova. Venda. Venda Florina inteira. Trantor pode pagar.

– Comprar um planeta? – retorquiu Abel, desconcertado.

– Por que não? Trantor tem os recursos e o que vai ganhar em termos de boa vontade entre os povos do universo vai pagar em dobro. Se dizer a eles que vocês estão salvando centenas de milhões de vidas não for suficiente, diga-lhes que vai levar kyrt barato para eles. Isso vai servir.

– Vou pensar no assunto – respondeu Abel.

Abel olhou para o nobre. Fife baixou os olhos.

– Vou pensar no assunto – disse ele também, após uma longa pausa.

Junz deu uma risada áspera.

– Não pensem demais. A história do kyrt vai se espalhar logo. Nada pode impedir. Depois disso, nenhum de vocês dois terá liberdade de ação. Cada um de vocês pode fazer uma negociação melhor agora.

O citadino parecia abatido.

– É verdade mesmo? – ele ficava repetindo. – Verdade mesmo? Não haverá mais Florina?

– É verdade – confirmou Junz.

Terens abriu os braços, deixando-os cair junto ao corpo.

– Se quiserem vê-los, os documentos que peguei de Rik estão arquivados em meio a arquivos estatísticos vitais na minha cidade natal. Eu peguei os arquivos mortos, registros de um século atrás e até mais. Ninguém jamais procuraria lá por motivo nenhum.

– Olhe – disse Junz. – Tenho certeza de que podemos fazer um acordo com a AIE. Vamos precisar de um homem em Florina, que conheça o povo floriniano, que possa nos dizer como explicar os fatos para eles, como organizar melhor a evacuação, como escolher os planetas de refúgio mais adequados. Você vai nos ajudar?

– E ganhar o jogo desse jeito, você quer dizer? Me safar dos assassinatos? Por que não? – De repente, brotaram lágrimas nos olhos do citadino. – Mas, de qualquer modo, eu saio perdendo. Não vou mais ter um planeta, um lar. Todos nós vamos perder. Os florinianos perdem o seu planeta, os sarkitas perdem a sua riqueza, os trantorianos perdem a chance de pôr a mão nessa riqueza. Não existem vencedores no final das contas.

– A menos – replicou Junz suavemente – que você perceba que, na nova Galáxia, uma Galáxia a salvo da ameaça de instabilidade estelar, com kyrt disponível para todos e onde a unificação política estará tão mais próxima, haverá vencedores, afinal. Um quatrilhão de vencedores. O povo da Galáxia: *eles* serão os vitoriosos.

EPÍLOGO
UM ANO DEPOIS

– Rik! Rik! – Selim Junz atravessou o terreno do porto correndo em direção à nave, com as mãos estendidas. – E a Lona? Eu jamais teria reconhecido nenhum dos dois. Como vocês estão? Como vocês estão?

– Tão bem quanto poderíamos desejar. Vejo que as nossas cartas chegaram até você – disse Rik.

– Claro. Diga-me, o que acha disso tudo? – Eles estavam voltando juntos para o escritório de Junz.

– Visitamos o nosso antigo vilarejo hoje de manhã – contou Valona com tristeza. – Os campos estão tão vazios. – Suas vestimentas eram agora as de uma mulher do império, e não as de uma camponesa de Florina.

– É, deve ser triste para uma pessoa que viveu aqui. É triste até para mim, mas vou ficar o máximo que puder. Os registros da radiação do sol de Florina são de enorme interesse teórico!

– Tanta evacuação em menos de um ano! Isso revela uma organização excelente.

– Estamos fazendo o melhor que podemos, Rik. Ah, acho que devo chamá-lo pelo seu verdadeiro nome.

– Não, por favor. Nunca vou me acostumar. Eu sou o Rik. Esse ainda é o único nome que lembro.

– Você já decidiu se vai voltar para a espaçoanálise? – perguntou Junz.

Rik chacoalhou a cabeça.

– Já me decidi, mas a decisão é não. Nunca vou lembrar o suficiente. Essa parte se perdeu para sempre. Mas isso não me incomoda. Vou voltar para a Terra... A propósito, eu esperava ver o citadino.

– Acho que não vai dar. Ele decidiu partir hoje. Acho que se sente culpado. Você não guarda ressentimento dele?

– Não – respondeu Rik. – Ele tinha boas intenções e mudou a minha vida para melhor de muitas formas. Para começar, eu conheci a Lona. – Ele a envolveu com o braço.

Valona olhou para ele e sorriu.

– Além do mais – continuou Rik –, ele me curou de uma coisa. Eu descobri por que era espaçoanalista. Sei por que quase um terço de todos os espaçoanalistas são recrutados em um planeta, a Terra. Qualquer um que viva em um mundo radioativo está fadado a crescer com medo e insegurança. Um passo em falso pode significar a morte, e a própria superfície do nosso planeta é o maior inimigo que temos.

"Isso inculca uma espécie de ansiedade em nós, dr. Junz, um medo de planetas. Só estamos felizes no espaço; é o único lugar onde podemos nos sentir seguros."

– E você não sente mais isso, Rik?

– Com certeza, não. Nem me lembro de me sentir assim. O citadino ajustou a sonda psíquica para remover sensações de ansiedade e não se deu o trabalho de ajustar o controle de intensidade. Ele achava que tinha um problema recente e superficial para resolver. Em vez disso, existia essa ansiedade profunda e entranhada que ele desconhecia. Ele se

EPÍLOGO

livrou completamente dela. De certo modo, valeu a pena me livrar dela, apesar de ter perdido tanta coisa junto. Não preciso ficar no espaço agora. Posso voltar para a Terra. Posso trabalhar lá, e a Terra precisa de homens. Sempre vai precisar.

– Sabe – disse Junz –, por que não podemos fazer pela Terra o que fizemos por Florina? Não é necessário criar terráqueos com tanto medo e insegurança. A Galáxia é grande.

– Não – concordou Rik com veemência. – É um caso diferente. A Terra tem o seu passado, dr. Junz. Muitas pessoas podem não acreditar, mas nós, terráqueos, sabemos que a Terra é o planeta originário da raça humana.

– Bom, talvez. Não posso dizer nem que sim nem que não.

– *É*, sim. É um planeta que não pode ser abandonado, que *não deve* ser abandonado. Um dia vamos transformá-lo, transformar a sua superfície no que deve ter sido antes. Até lá… vamos ficar.

– E eu sou uma terráquea agora – falou Valona, em um tom suave.

Rik agora olhava para o horizonte. A Cidade Alta estava espalhafatosa como sempre, mas as pessoas haviam ido embora.

– Quantos restaram em Florina?

– Uns vinte milhões – respondeu Junz. – Trabalhamos mais devagar à medida que avançamos. Temos que manter as nossas desocupações equilibradas. As pessoas que ficarem sempre devem se manter como uma unidade econômica nos meses que restam. Claro, o reassentamento está em seus primeiros estágios. A maioria dos evacuados ainda está em acampamentos temporários em mundos vizinhos. Existem dificuldades inevitáveis.

– Quando partirá a última pessoa?

– Na verdade, nunca.

– Não entendo.

– O citadino solicitou extraoficialmente permissão para ficar. Ela foi concedida, também extraoficialmente. A questão não entrará para os registros públicos.

– Ficar? – Rik estava chocado. – Mas, pelo amor de toda a Galáxia, por quê?

– Eu não sabia – replicou Junz –, mas acho que você explicou quando falou sobre a Terra. Ele se sente como você. Sempre diz que não consegue suportar a ideia de deixar Florina morrer sozinha.

POSFÁCIO

As correntes do espaço foi escrito em 1951 e publicado pela primeira vez em 1952. Na época, sabia-se comparativamente muito pouco sobre a astrofísica da formação de uma nova, de modo que minha especulação relativa às "correntes de carbono" era legítima. Os astrônomos sabem muito mais agora, e parece bastante seguro afirmar que a natureza das correntes do espaço não têm nada a ver com a formação de novas (embora, por acaso, a análise de nuvens interestelares de poeira e gás tenha se tornado bem mais interessante agora do que eu jamais imaginei em 1951). É uma pena, pois as minhas especulações a respeito das correntes do espaço eram tão perspicazes (na minha opinião) que sinto que elas *deveriam* ter sido verdadeiras. No entanto, o Universo segue o seu próprio caminho e não vai se curvar apenas para homenagear a minha perspicácia; então, só posso pedir que vocês reprimam sua descrença quanto à formação de novas e apreciem o livro (supondo que apreciem) em seus próprios termos.

TIPOGRAFIA:
Bembo [texto]
Circular [entretítulos]

PAPEL:
Pólen Natural Soft 80 g/m² [miolo]
Cartão Supremo 250 g/m² [capa]

IMPRESSÃO:
Rettec Artes Gráficas e Editora Ltda. [julho de 2022]